Rebekka Knoll
Geliebte Angst

Rebekka Knoll

Geliebte Angst

Thriller

cbt

Kinder- und Jugendbuchverlag
in der Verlagsgruppe Random House

MIX
Papier aus verantwortungsvollen Quellen
FSC® C014496

Verlagsgruppe Random House FSC® N001967
Das für dieses Buch verwendete FSC®-zertifizierte
Papier *Super Snowbright* liefert
Hellefoss AS, Hokksund, Norwegen.

1. Auflage 2015

Lektorat: Catherine Beck
Umschlaggestaltung:
© init | Kommunikationsdesign, Bad Oeynhausen
Umschlagmotiv:
© Plainpicture/Glasshouse, Thinkstock/Ingram Publishing
jb • Herstellung: kw
Satz: KompetenzCenter, Mönchengladbach
Druck: GGP Media GmbH, Pößneck
ISBN 978-3-570-16326-9
Printed in Germany

www.cbt-buecher.de

Für Carina, mit der jede noch so verrückte Idee ein ganzer Roman werden kann.

Prolog

Auf dem Weg zu ihr gibt es keine Kurven. Keine Straßen. Keine Bäume. Mein Auto kann fliegen, ich bin Pilot, und ich fliege nur geradeaus, über alles und jeden hinweg. Von so weit oben besteht die Welt nur noch aus bunten Farbklecksen. Die Details sind zu klein, um sie wirklich zu beachten.

Das einzig Wichtige ist ihr Haus, vor dem ich lande, punktgenau. Die Bäume links und rechts biegen sich unter dem Wind, den mein Flugzeug erzeugt. Als sie aus der Tür heraustritt, flattern ihre Haare in alle Richtungen. Wie gern ich sie jetzt, genau in diesem Augenblick, fotografieren würde. Kann man Stärke einfangen? Selbstständigkeit? Wie hell leuchtet Unabhängigkeit?

»Marico!«, ruft sie lächelnd, und noch während ich die Autotür öffne, bekomme ich das Gefühl, dass mir nichts passieren kann. Nicht mit ihr an meiner Seite. Nicht, solange ich vor ihrem Haus stehe.

»Ich wusste gar nicht, dass du noch vorbeikommst!«

»Ich wollte dich überraschen.«

Mit großen Schritten gehe ich auf sie zu.

»Das hat geklappt.« Sie lacht.

Es war die richtige Entscheidung, noch vorbeizukommen. Auch wenn ich nicht lange bleiben kann. Wir küssen uns, wir lächeln viel, wir sehen in die Wipfel der Bäume vor ihrem Haus, wir spüren den Wind, der sich anfühlt, als würde der Motor meines Flugzeugs noch immer laufen. Dann muss ich wieder los.

»Schon?«

»Ich hab mich entschieden.«

»Das musst du nicht.«

»Ich fühl mich aber gut dabei.«

Sie nickt. Ich laufe zurück zu meinem Flugzeug und spüre ihre Blicke im Rücken. Als ich die Tür öffne, wird es wieder zum Auto. Ich steige ein, und es knallt laut, als ich die Autotür schließe.

Auf dem Rückweg wird die Straße wieder eine Straße sein, das weiß ich. Mit Kurven, mit Bäumen. Doch es geht nicht anders, ich muss zurück. Kurve um Kurve nehmen, auf dem Boden der Tatsachen. Einmal noch. Ich starte den Motor, schaue ein letztes Mal durch das Seitenfenster, dann leg ich den Rückwärtsgang ein.

1

Mindestens einmal die Woche bin ich mit Marico zu einem Feuerwerk gefahren. Er hat Farben geliebt. Farben und Funken. Er war der bunteste Mensch, den ich kannte. Nicht von außen, es war eine andere Buntheit, aber man hat sie sofort gespürt.«

Eigentlich hatte ich erwartet, dass mir die Stimme versagt. Dass sie mir wegbricht. Als wäre ich dünnes Eis, für das die Worte zu schwer sind. Ich müsste aufsplittern, hatte ich gedacht, und all meinen Worten dabei zusehen, wie sie im kalten Wasser untergehen.

Doch das tat ich nicht. Ich war die Einzige, die nicht weinte. Ich war die Einzige, die reden konnte. Ich redete weiter: »Mindestens einmal die Woche haben wir unsere Kameras eingepackt und uns ins Auto gesetzt. Egal, wie weit der Weg war. Und sobald wir dort ankamen, wo es funkte und knallte, versuchte Marico, alle Farben auf Fotos festzuhalten.

Einmal hat er zu mir gesagt, dass er nur deswegen so viele Farben sehen könnte, weil er so große Augen hätte, aber ich glaube das nicht. Ich glaube, es war andersrum. Er hatte nur deswegen so große Augen, damit er all die Farben sehen konnte. Denn niemand sah sie schöner als er.

Ich vermisse seinen bunten Blick in die Welt. Ich vermisse seine Farben.

Aber heute soll es für Marico noch einmal leuchten und knallen. Noch ein letztes Mal. Es war mein Wunsch, ihn in einem Feuerwerk beizusetzen, und ich bin sicher, dass auch er sich gewünscht hätte, zu Farbe zu werden. Lieber Marico, ich werde dich immer vermissen.«

Nicht einmal beim letzten Satz kamen mir die Tränen, dabei ist das in Filmen immer so. Das letzte Wort einer Trauerrede kann doch niemand mehr richtig aussprechen. Eigentlich. Aber ich konnte. Maricos Eltern hätten mir das nicht zugetraut. Ich, das kleine süße Mädchen, das jedes Gefühl auf ihrem Gesicht ausstellt, für alle sichtbar. So jemand kann doch keine Trauerrede halten, der bricht doch zusammen, der kriegt nicht mal das erste Wort richtig raus.

»Emilia, Schatz, du brauchst dir das nicht aufzuhalsen!«

Doch als Marico gestorben ist, habe ich mir vorgenommen, auf solche Einschätzungen nichts mehr zu geben. Und das war ganz leicht. Wenn die erste große Liebe mit 18 Jahren gegen einen Baum fährt und sofort tot ist, wird fast alles egal. Nur nicht der Freund, nur nicht sein Alter, nur nicht der Baum und das Auto, das vom Baum gebremst wurde. Und auch sein Feuerwerk nicht.

Es war lauter, als ich es erwartet hatte. Viel lauter.

Aber vielleicht hatte ich die Welt vorher auch nur leise gedreht. Sogar meine eigene Stimme.

Als der erste Knall über die große Wiese hallte, zuckten wir alle zusammen. Maricos Eltern, sein Opa, Maricos bester Freund Jonathan und ich. Mehr Leute hatten wir nicht mitnehmen wollen, nicht mit nach Tschechien, nicht zu dieser ganz besonderen Trauerfeier.

Beim zweiten Knall hätten wir schon daran gewöhnt sein sollen, waren es aber nicht. Wir zuckten noch einmal zusammen, obwohl dieser Knall schöner war. Er war rot, dann violett, dann blau. Er knisterte schon, bevor sein Echo ganz verhallt war.

Beim dritten fing ich dann doch an zu weinen. Aber ganz leise, um nicht von den Geräuschen abzulenken. Es sollte Maricos Auftritt sein. Ich wunderte mich über mich selbst, dass ich meine Tränen noch kontrollieren konnte, aber ich konnte. Mein Kinn kräuselte sich nicht, ich schluchzte nicht, die Tränen liefen leise, aber schnell. Es wurden immer mehr. Meine Wangen, meine Nase fühlten sich ganz heiß an. Lautlos landeten die salzigen Tropfen auf meinen Schultern. Viel lauter explodierten am Himmel die Farben. Rot, Orange, Gelb. Auf meinen Wangen blitzte es auf, doch es war nicht Maricos Kamera, nicht sein Blitz, der sich auf mir spiegelte. Das würde er nun nie wieder tun.

Dabei hatte er es erst vor ein paar Tagen getan. Wenn wir keine Feuerwerke fotografiert hatten, dann uns gegenseitig. Ständig hatte ich mich in seiner Linse gespiegelt, fast öfter als in seinen Augen.

Einmal sollte ich auch weinen. Er malte dicke schwarze Striche auf meine Lider und verstärkte meine Mascara. Doch auf Knopfdruck weinen konnte ich noch nie. Höchstens das Gesicht verziehen, das Kinn kräuseln, die Hände dramatisch vor den Mund schlagen – darin war ich richtig gut. Aber Tränen? Unmöglich.

Also hatten wir mit Augentropfen nachgeholfen, sodass sich Mascara und Kajal schwarz tropfend auf meinem Gesicht verteilten. So hatte Marico mich fotografiert. Und mit jedem Klicken blitzte etwas unter meinen Augen auf. Gerade so nah an den Pupillen, dass ich es sehen konnte.

Nun blitzte es mit jedem Knall, doch Marico stand nicht vor mir. Er regnete in Funken auf mich herab. Und bevor er bei mir ankommen konnte, war er schon verglüht.

Es war sein Knall, der mich aufweckte, der die Welt wieder lauter drehte, der sie aus der Dumpfheit hob, die mich seit diesem einen Tag umgeben hatte. Er zerfetzte die Stöpsel in meinen Ohren, die gar nicht da waren. Erst jetzt konnte ich hören, dass Schuhe immer noch klackerten, dass Naseputzen weiterhin ein ekliges Geräusch war und der Wind immer noch durch die Bäume fuhr. So, wie er es auch an dem Tag getan hatte, an dem Marico leider kein Wind gewesen war. An dem der Baum ihn gebremst hatte, statt nur zu rascheln.

Ich versuchte mir dieses Geräusch nicht vorzustellen, das Geräusch von Motorhaube an Baumrinde.

Stattdessen wollte ich meinen Schuhen zuhören, wie sie von der weichen Wiese auf dem Beton der Straße ankamen und leise schabten, wenn ich die Füße nicht richtig hob. Ich konzentrierte mich auf die Stimmen der Straße, die langsam immer mehr wurden und deren Sprache ich nicht verstand. Auf das Rollen eines Kinderwagens. Auf den Aufprall eines Balls. Auf Jonathans leises »Mmh«, das er immer wieder machte, ohne es selbst zu merken.

Doch spätestens als der Fahrer die Tür des kleinen Busses mit einem lauten Klacken und Schaben aufschob, konnte ich auch hören, wie Marico seine Autotür an dem einen Tag geöffnet haben musste.

Mit einem großen Schwung hat er seinen langen Körper in den Wagen befördert und den Motor gestartet. Er musste ein ähnliches Geräusch gemacht haben wie der Motor, der jetzt angelassen wurde.

Wir fuhren langsam durch die Straßen der tschechischen Kleinstadt, die ich nie wieder sehen wollte. Marico musste hierbleiben. Hier und eigentlich nicht hier, eigentlich war nichts von ihm übrig, auch nicht in Tschechien.

An diesem einen Tag ist das noch anders gewesen. Er hatte einen langen Körper, großen Schwung und einen laufenden Motor.

Mit seinen riesigen Augen hatte er durch die Windschutzscheibe gesehen – so viel ist jedenfalls sicher. Er fuhr mit dem Auto auf einer schmalen Landstraße, es war schon dunkel. Warum ist er von der Straße abgekommen?

Ich saß in dem kleinen Bus und sah aus dem Fenster und das Geräusch unseres Motors vermischte sich in meinem Kopf mit dem Rauschen seines Autos. Wie konnte Marico, der nie zu schnell fuhr, der nie betrunken gefahren war, von der Straße abgekommen sein?

Vielleicht hatte er immer wieder in den Himmel gesehen. Anders konnte ich es mir nicht vorstellen. Auch ich sah jetzt in den Himmel. Wenn man in den Himmel sieht, wird die Richtung egal. Vielleicht gab es irgendwo da oben, am dunklen Himmel, ein Feuerwerk. Ich sah sein Lächeln vor mir, das er zeigte, wenn er ein Feuerwerk sah, sein Feuerwerkslächeln. Oooh und Aaah hätte er niemals gerufen. Das erledigten seine Augenbrauen für ihn. Die rechte rief Oooh, die linke Aaah.

Als er gegen den Baum fuhr, hat er sicher kein Geräusch gemacht, nur sein Airbag, der aufbauschte, die Rinde, die splitterte, die Motorhaube, die krachte.

Ich hörte all das jetzt doch, dabei hatte ich es so lange vermieden.

Als ich erfahren hatte, was passiert war, hatte ich sofort angefangen, alles zu organisieren. Ich informierte diejenigen, die es wissen mussten, ich überredete seine Eltern zum Feuerwerk und leitete alles in die Wege, damit die Beisetzung in Tschechien stattfinden konnte. Schließlich sind Luftbestattungen in Deutschland verboten.

In diesen Tagen war die Welt leise, es gab kaum Geräusche, und am allerwenigsten das von dem einen Tag, der eigentlich ein Abend, vielleicht sogar schon eine Nacht gewesen war. Eine Nacht, in der es laut geknallt hatte, ganz ohne Farben.

Doch jetzt musste ich zuhören. Immer und immer wieder. Die ganze Fahrt bis zur Grenze, darüber hinaus, bis nach Gotha, bis in meine Straße und zum Haus meiner Eltern, bis in mein Zimmer. Ich schloss ab, zog die Vorhänge zu und die Bettdecke über den Kopf.

Auch um mich herum war es dunkel. Damit, dass es mir so wehtun würde, hatte ich nicht gerechnet. Dass ich mit ihr weinen und mir mit ihr die Decke über den Kopf ziehen würde. All das war nicht leicht, weder für sie noch für mich, doch ich hatte mich längst entschieden. Und trotz ihrer Trauer, trotz ihres Schmerzes, fühlte sich diese Entscheidung noch immer richtig an. Ich musste es tun.

Ich hätte nur gern ein wenig Licht in ihr Zimmer gelassen, nur ein klein wenig. Doch ihre Vorhänge waren zu und die Straßenlaternen waren zu schwach.

Im Dunkeln waren die Balkons des Nachbarhauses nicht grün, sie waren schwarz. Emilias Fassade war auch nicht blau, sondern grau. Mein Blick wanderte über ihr hin und her und fand keinen Halt.

Ich hatte mich entschieden, also war es Zeit zu vergessen, wer ich war. Doch wie sollte ich das schaffen? Ich war ja nicht verrückt. Ich war ja noch da. Aber ich musste anders *da sein. Mich jetzt verwandeln. Wie sollte das gehen?*

Meine Augen juckten, ich versuchte es mit den Fingerspitzen zu vertreiben. Es war einfach zu dunkel. Viel zu dunkel. Irgendwann musste es hell werden, vielleicht würde es dann gehen.

Irgendwann musste sie die Vorhänge öffnen, es musste Tag werden. Die Balkons brauchten einen grünen, die Fassade einen blauen Anstrich.

Also wartete ich und rieb mir die Augen. Irgendwann würde es losgehen. Irgendwann. Das wusste ich.

Vielleicht wäre es das Beste gewesen, ich wäre im Bett geblieben, noch ein paar Tage länger. Nicht nur anderthalb Wochen. Hätte ich mich drei Wochen oder vier – am besten gleich mehrere Monate – eingeschlossen, vielleicht wäre die Geschichte von Marico und mir dann an diesem Punkt zu Ende gewesen. Ich hätte damit abschließen können, hätte irgendwann akzeptiert, dass meine erste große Liebe bei einem Autounfall ums Leben gekommen ist, und trotzdem irgendwie weitergemacht.

Doch so war es nicht, denn ich habe zwei fürsorgliche und etwas überdrehte Freundinnen: Tila und Lorena. Am liebsten wären sie schon nach vier Tagen bei mir aufgetaucht. Nach dem zehnten hielten sie es dann wirklich nicht mehr aus und stürmten in mein Zimmer. Sie rissen mir die Decke vom Kopf, die Vorhänge auf und ließen neue Geräusche ein.

Also stand ich auf. Und Maricos und meine Geschichte ging weiter.

»Ach Süße, ich versteh ja, dass du dich am liebsten verkriechen möchtest …«, setzte Lorena an und zwirbelte eine ihrer blonden 20er-Jahre-Locken um den Finger.

Tila unterbrach sie: »Quatsch, wie willst du das

denn verstehen! So was darf man gar nicht sagen, das versteht keiner, der es noch nicht erlebt hat!«

»Ja, stimmt. Stimmt, da hast du recht. Was ich sagen will ...«

»... was Lorena sagen will: Wir können uns irgendwie vorstellen, warum du dich hier einschließt!«

»Genau, das ist verständlich.«

»Nach allem, was passiert ist.«

Ich wusste, dass gleich ein Aber kommen würde, und lehnte mich schon mal gegen die kühle Wand. Das konnte länger dauern.

Tila hatte einen ungewöhnlich sanften Gesichtsausdruck. Den hatte sie sonst nie. Sie fand ihr Gesicht sowieso schon zu weich, zu mädchenhaft. Deswegen lächelte sie selten, sie schaute entweder streng oder lachte herzhaft. Ein Lächeln wäre ihr zu weich erschienen. Doch heute lächelte sie. Da fiel mir zum ersten Mal auf, dass sie ein wenig wie Anika von Tom und Anika aussah. Ein wenig wie Pippi Langstrumpfs beste Freundin. Das war das einzige Mal, dass ich dieses Gefühl hatte. Schon am Abend würde sie dieses sanfte Lächeln sein lassen, und ihr Gesicht würde sofort ovaler wirken, ihre dunklen Haare länger und die Augen gefährlicher.

Doch noch durfte ich mich in ihrem weichen Gesicht ausruhen.

»Wahrscheinlich denkst du, du hast keine Kraft zum Aufstehen«, setzte Anika – nein, Tila – noch einmal an, »aber ich glaube, das Aufstehen wird dir sogar helfen, wieder neue Kraft zu bekommen.«

»O Gott, was habt ihr denn vor?«

»Nichts Schlimmes«, versicherte Lorena sofort und legte mir ihre Hand auf den Unterarm.

»Einen Mädelsabend«, verkündete Tila feierlich, und ich versuchte, nicht zusammenzuzucken.

Wie sollte ich denn jetzt einen Mädelsabend feiern, während in meinem Kopf immer noch eine Motorhaube gegen einen Baumstamm rammte und wie ein Luftballon zerplatzte?

Ich dachte an die fünf Sektflaschen, die wir beim letzten Mädelsabend in Lorenas Zimmer geleert hatten, an unsere schwankenden Schritte, die uns eigentlich in einen Club hätten führen sollen, mit denen wir es aber doch nur in Lorenas Bett geschafft hatten. Dazu wäre ich heute nicht in der Lage.

»Jetzt?«

»Nicht *so* ein Mädelsabend.« Lorena wusste gleich, woran ich dachte.

»Quatsch, nein! Wir verstehen ...«

»... also wir können uns jedenfalls vorstellen ...«

»... klar, heute wäre das noch viel zu früh.«

»Genau«, seufzte ich.

»Aber wir gehen jetzt raus. Sonnenlicht macht glücklich. Wir laufen durch die Innenstadt und trinken irgendwo einen Kakao.«

»Schokolade macht nämlich auch glücklich.«

Rausgehen. Das hatte ich befürchtet. Es gab nichts, das ich weniger gern tun wollte.

»Ich müsste duschen«, warf ich ein, doch meine Freundinnen zuckten nur mit den Schultern. Als ich trotzdem nicht aufstand, zerrten sie mich hoch, suchten mir ein Handtuch raus und schoben mich ins Badezimmer.

Duschen. Das hatte ich in den letzten Tagen wirklich selten getan.

Einmal hatte ich mit Marico zusammen geduscht. Ein einziges Mal. Es ist ein wenig seltsam gewesen, weil wir nicht so richtig wussten, wie das funktionieren sollte. Es gab ja nur einen Strahl. Anfangs probierten wir es noch mit Romantik und versuchten, uns genau unter der Brause zu küssen. Doch so bekamen wir nur Wasser in den Mund. Also lachten wir uns lieber aus und kämpften darum, in der Mitte stehen zu dürfen.

Jetzt stand ich allein in der Mitte, das Wasser traf nur mich, niemanden sonst, und ich hätte so gern darum gekämpft. Ich drehte es heißer. Damit hatte Marico mich geärgert. Er konnte viel heißer duschen als ich. Schreiend war ich an die Wand gesprungen und er hatte sich breit grinsend unter den Wasserstrahl gestellt.

Ich drehte es heißer und immer heißer. Und versuchte, nicht zu springen. Marico hatte das schließlich auch gekonnt. Seine Haut hatte gedampft, sogar seine Haare.

Und dann musste ich doch springen. Bevor ich das Wasser wieder kälter drehte, stand ich neben dem Strahl und sah ihm dabei zu, wie er dampfte. Stellte mir vor, Marico würde darunterstehen, grinsen und mit ihm dampfen. Seine großen Augen würden mich ansehen, sie waren so groß, dass er zu niedlich wirkte, um richtig männlich auszusehen.

Doch der Dampf legte sich zwischen ihn und mich. Er verpixelte seine Augen. Nur die Nase konnte ich noch deutlich erkennen. Wie genau hatten seine Augen ausgesehen? Und wie seine Wimpern? In den letzten Tagen hatte ich zu oft an sein Gesicht gedacht, zu angestrengt, ich hatte es mir stundenlang vorgestellt. Jetzt verschwamm es langsam.

Ich stellte den Hahn auf kalt und mich unter die Brause. Das Wasser traf mich anfangs noch heiß, dann immer kälter und kälter. Ich wollte den Kopf klar kriegen, sein Gesicht wieder deutlich vor mir sehen.

Doch stattdessen bekam ich eine Gänsehaut.

Zitternd stellte ich das Wasser ab und wickelte mich in ein Handtuch.

So blieb ich stehen. Marico kam mir nicht aus der Dusche hinterher. Ich konnte ihn ganz schwach hinter dem Glas erkennen, im Wasserdampf. Ich starrte hinein, bis der Dampf verschwunden war, und mit ihm Maricos Gesicht. Ich fror, doch bewegen konnte ich mich erst, als Tila und Lorena klopften und dann einfach hereinkamen, weil ich nicht antwortete. Sie nahmen mich gleichzeitig in die Arme, bis mir wärmer wurde und ich mich anziehen konnte.

Draußen war es plötzlich Frühling geworden. Das hatte ich gar nicht bemerkt. Es war auch irgendwie unlogisch, dass jetzt, gerade jetzt, alles ein bisschen grüner und die Sonne ein bisschen wärmer wurde. Jetzt, wo Marico es nicht mehr sehen konnte. Ich musste es mir trotzdem ansehen: Die Straßen wirkten nicht mehr grau, die Luft roch nach langen Abenden im T-Shirt, und ganz klein konnte man auf den Bäumen und Wiesen schon bunte Farbtupfer zwischen dem Grün erkennen. Farbtupfer, die erst Knospen und dann Blüten werden würden, groß und rot, gelb, lila. Überall würden Farben auftauchen, die ganze Stadt würde in Farbe getaucht sein, ich konnte das schon riechen, nur Marico konnte es nicht.

Wir fuhren mit unseren Fahrrädern in Richtung Altstadt.

»Heute brauchst du Kopfsteinpflaster und schicke alte Häuschen«, hatte Lorena erklärt und war vorangefahren.

Ihre lange dünne Stoffjacke wehte leicht im Wind, nur nicht ihre Locken, die saßen zu fest und waren zu kurz. Tilas Fahrrad klapperte ununterbrochen, sie hatte ihre Kette noch nie geölt, und ihre Mutter versuchten, sie dazu zu erziehen, selbst für ihre Sachen Verantwortung zu übernehmen. Das tat sie aber nicht.

Wir ließen uns den kleinen Berg hinunterrollen und fuhren unten angekommen bei Rot über die Kreuzung. Lorena grinste, sie genoss es, hin und wieder Regeln zu brechen. Sie genoss es so sehr, dass man ihr die gesetzlose, verrückte Lorena schon nicht mehr abnahm. Dafür hatte sie auch zu viele Prinzipien, die sie niemals brechen würde.

Schon auf der anderen Straßenseite begann das Kopfsteinpflaster und wir rumpelten darüber. Eigentlich mochte ich das. Das Zittern der Finger am Lenkrad, das ungleichmäßige Ruckeln, das durch den ganzen Körper ging. Doch heute konnte ich es nicht genießen.

Wir stellten die Fahrräder an einer Häuserwand ab und gingen zu Fuß weiter.

»Und, was war so in der Schule los?«, fragte ich, um guten Willen zu zeigen.

»Alle sind total geschockt.« Tila machte noch immer ihr sanftes Gesicht. »Niemand kann so richtig verstehen, was passiert ist. Jetzt wird deutlich, wie viele Leute Marico gemocht haben. Er ist immer wieder Thema und im Foyer haben sie sein Bild aufgehängt. Davor liegen tausend Blumen. Wir haben sogar eine Schweigeminute eingelegt. Und irgendwie hat sich alles ein bisschen verändert.«

Ich nickte, langsam liefen wir durch die verwinkelten Gassen der Innenstadt. Es hatte viele Tage gegeben, in denen ich mich woanders hingewünscht habe. In eine große Stadt mit breiten Straßen, mit anonymen Menschen und viel mehr Lärm. Nach Berlin vielleicht oder Hamburg. Aber heute fühlte ich mich hier ganz gut aufgehoben. Als würden die schmalen Straßen, die niedrigen Häuser alles noch irgendwie zusammenhalten. Als würden sie mich zusammenhalten. Meinen Kopf auf meinem Hals, meine Hände an meinen Armen, meine Füße unter meinen Beinen. Wir liefen langsam, ich atmete tief ein und aus.

»Ist Jonathan schon wieder in der Schule?«, fragte ich, und die anderen beiden nickten.

»Er meinte, Schule würde ihm helfen.«

»Echt? So was hätte er früher nie gesagt.« Ich musste ein bisschen grinsen. Jonathan ist einer von den Typen, die sich um nichts kümmern, die Schule belächeln und trotzdem gut durchkommen. Heimlich bewunderte Lorena ihn dafür, so lässig wäre sie auch gern. Doch Lorena lernte viel und konnte nicht richtig vertuschen, dass sie die Schule mochte.

»Das ist ja auch eine andere Situation«, sagte Lorena, und Tila musste lachen.

»Ach, da nimmt sie ihn mal wieder in Schutz.«

»Quatsch! Ist doch total verständlich ...«

»Klar ist es verständlich, aber es ist auch verständlich, dass du immer noch in ihn verknallt bist.« Ich konnte es mir nicht verkneifen, nicht mal heute.

Lorena knuffte mich in die Seite.

»So ein Scheiß!«, lachte sie, und ich knuffte und lachte zurück. Natürlich tat es gut, mal wieder zu lachen. Ich versuchte, deswegen kein schlechtes Gewissen zu haben. Es ließ meinen Bauch leichter werden und plötzlich hatte ich wieder Hunger.

Also kauften wir uns einen Döner und setzten uns auf die Bänke vor dem Rathaus.

Als wir fertig waren, sprang Lorena auf und verkündete, sie würde schnell mal was holen. Kurze Zeit später hatten wir jede ein Bier und stießen an.

»Auf Marico«, sagte ich.

»Auf Marico«, sagten die anderen leise.

Es wurde ein überraschend lustiger Abend. Mein ganzer Körper forderte ein, sich mal wieder vor Lachen schütteln zu dürfen. Ich wollte kurz mal nicht mehr an Marico denken, kurz mal fröhlich sein, nur ich und meine Mädels. Wir saßen auf den Bänken, bis es dunkel wurde, und dann noch länger. Vor Ladenschluss besorgten wir uns noch mehr Bier, tranken weiter.

Nur meine letzte Flasche ließ ich unangetastet. Ich wusste, wenn ich jetzt weitertrank, würde irgendwann der Punkt kommen, an dem die Fröhlichkeit umschlug. An dem doch alles über mich hereinbrechen würde und ich die ganze Nacht heulen musste.

Solange ich noch lachen konnte, fuhr ich nach Hause. Tila und Lorena hätten mich gern begleitet, doch ich wollte noch einmal für mich sein.

»Morgen komme ich wieder in die Schule«, versprach ich, »danke, ihr zwei. Ihr seid echt die Besten!«

Mein Fahrrad schwankte leicht auf dem Heimweg und ich lächelte darüber.

Zu Hause waren die Vorhänge noch offen und ich beließ es dabei. Öffnete die Fenster, denn jetzt merkte ich, wie stickig es war. Ich fuhr meinen PC hoch und loggte mich bei Facebook ein. Ein paar Freundinnen hatten mir geschrieben, wie leid ihnen alles tun würde. Dass sie überhaupt nicht verstehen könnten, was passiert war, dass es sie alle schockiert hätte. Sie boten mir ihre Hilfe an und vielleicht würde ich sie morgen annehmen. Ich hatte das Gefühl, jetzt könnte ich das schaffen: in die Schule gehen, mit den anderen weinen und mir helfen lassen.

Gerade wollte ich mich wieder ausloggen, als

noch eine kleine rote Eins auftauchte. Eine neue Nachricht. Ich klickte darauf.

Sie war von Marico.

»Ich bin so froh, dass du noch lachen kannst.«

Ich las die Nachricht noch einmal. Und dann noch einmal. Meine Hände wurden heiß, mein Kopf auch: »Ich bin so froh, dass du noch lachen kannst.«

Da stand, Marico habe das geschrieben. Tatsächlich Marico. Geschrieben *Just now.*

Dabei konnte mir Marico doch gar nicht mehr schreiben, er konnte sich nicht mehr bei Facebook einloggen und an irgendjemanden irgendeine Nachricht schicken. Das war unmöglich! Vollkommen unmöglich.

Oder?

»Ich bin so froh, dass du noch lachen kannst«, stand da immer noch, egal wie oft ich es las, und egal wie oft ich die Seite aktualisierte. »Ich bin so froh, dass du noch lachen kannst«, und neben der Nachricht lächelte mir Maricos Profilbild zu. Als würde er mich aus diesem Foto heraus beobachten und sehen, dass ich auf einem guten Weg war, dass Tila und Lorena mir geholfen hatten und ich heute zum ersten Mal wieder gelacht hatte. Als wollte er das schlechte Gewissen beruhigen, das ich deswegen hatte, und mich nicht länger weinen sehen. Als würde er sich wirklich freuen, mit mir, als wäre er erleichtert.

»Ich bin so froh, dass du noch lachen kannst.«

Mit einem lauten Knall schlug ich meinen Laptop zu.

2

Doch aufstehen konnte ich nicht. Ich blieb sitzen und starrte auf den geschlossenen Laptop. Dann zum Fenster. In der schwarzen Scheibe sah ich mein eigenes Spiegelbild. Aufgerissene Augen, rote Wangen. Meine langen dunklen Haare wirkten zerzaust. Überall standen kleine dünne Strähnen ab. Als hätte ich in eine Steckdose gefasst.

Was war da gerade passiert?

So konnte ich nicht ins Bett gehen, auf keinen Fall. Nicht mit diesen Haaren, nicht mit dem roten Kopf, nicht mit diesem Zittern.

Als wäre mein Computer eine fette, eklige Spinne, näherten sich meine Hände ihm nur langsam, zögernd. Ich klappte ihn wieder auf, und er zappelte nicht, da waren keine dünnen Beinchen, die an meiner Hand hinaufkrabbelten. *Facebook* erschien wieder, und mit ihm die Nachricht.

»Ich bin so froh, dass du noch lachen kannst.«

Immer noch grinste Marico.

Ich aktualisierte die Seite, weiterhin war die Nachricht von ihm. Vielleicht hatte Facebook einen Fehler gemacht, jemand anders hatte sie geschrieben, und Facebook hatte sie nur falsch zugeordnet. Aber von so einem Fall hatte ich noch nie gehört.

Ich klickte auf sein Foto, um mir sein Profil anzusehen. Es war immer noch das Profil, das ich kannte. Die gleichen Fotoalben: eines mit den schönsten Feuerwerken, eines mit den kleinsten Ausschnitten aus meinem Gesicht, eines von den besten Partys, die er mit seinen Freunden gefeiert hatte. Er hatte auch noch die gleiche Anzahl an Freunden wie vor seinem Unfall, die gleichen Angaben zu seiner Person. Nur dass manche Freunde ihm nun auf die Pinnwand geschrieben hatten, wie sehr sie ihn vermissten, dass er in der Schule fehlen würde und wie wenig sie verstehen könnten, was da geschehen sei.

Es war das Profil eines Toten. Hier konnte man nur noch trauern, von hier konnten keine Nachrichten verschickt werden. Es sei denn ...

Ich begann eine Antwort zu tippen, ohne groß darüber nachzudenken. Meine zitternden Finger schrieben überraschend schnell.

»Was bist du für ein widerliches Arschloch?«

Ich schickte die Nachricht ab.

Sofort erschien das Häkchen unter meiner Nachricht, das anzeigte, dass er meine Nachricht gelesen hatte. Wer auch immer *er* war.

Während ich wartete, ging mein Atem schnell, ich konnte das Blut hinter meinen Augen pochen spüren. Seine Antwort tauchte auf: »Warum bist du so sauer?«

»Welcher kranke Wichser hackt sich in das Profil eines Toten ein? Hast du überhaupt keinen Respekt?«

Am liebsten hätte ich die Tasten in den Computer reingedrückt, sie sollten sich nach innen stülpen, als könnte ich so den Hacker selbst verletzen. Als wären sie seine Augen.

Doch der schrieb nur: »Was meinst du?«

»Fick dich und verlass sofort Maricos Profil!«

»Ich versteh dich nicht, Emilia. Ich dachte, du würdest dich freuen, wenn ich mich bei dir melde.«

»Ich hoffe, du bist in Behandlung!«

»Vor meinem Unfall hast du nie so mit mir gesprochen.«

»Vor dem Unfall hat Marico auch noch gelebt. Jetzt schreibt mir hier irgendein krankes Arschloch.«

»Bist du dir sicher?«

Ich hielt inne. Dabei wollte ich JA!!! schreiben, in Großbuchstaben und mit drei Ausrufezeichen. Doch meine Finger taten es nicht.

»Bist du dir wirklich sicher?«

Ja, ja, ja! Doch ich schrieb es nicht, ich konnte nicht. Dabei war ich mir doch sicher!

Ich hatte Marico selbst gesehen, nach dem Unfall, im Krankenhaus, als sie schon nichts mehr für ihn hatten tun können. Ich war dabei, als er eingeäschert wurde, natürlich war ich mir sicher.

Doch ich weiß nicht mehr genau, warum ich auf diese Frage trotzdem nicht antworten konnte, und auch nicht, warum ich das Profil an diesem Abend nicht meldete. Warum ich niemanden beauftragte, es zu löschen, damit von Maricos Profil nie wieder eine Nachricht kommen konnte, ebenso wie von Marico selbst niemals mehr eine Nachricht kommen konnte.

Ich tat nichts von alldem. Ich loggte mich aus,

zog die Vorhänge zu und legte mich in mein Bett. Obwohl ich wusste, dass ich in dieser Nacht erst viel später einschlafen würde.

Es hat mir gutgetan, endlich wieder mit ihr zu sprechen. Auch wenn sie es noch nicht verstehen konnte. Ich hätte damit rechnen müssen, dass sie zuerst wütend werden würde. Zuerst.

Auf meine letzte Frage antwortete sie nicht mehr. Noch einmal schrieb ich: »Bist du dir auch ganz sicher?«, doch da hatte sie sich schon ausgeloggt.

Ich sah auf. Gerade erhob sie sich. Ihre Haare schaukelten an ihrer Hüfte, während sie die Vorhänge zuzog. Erst den einen, dann den anderen, dann war sie verschwunden.

Genauso wollte auch ich verschwinden. Einfach aus dem Stand irgendwelche Vorhänge um mich herum zuziehen, so wie ein Zauberer, ich wollte mich mit einer kleinen Rauchwolke von der Welt verabschieden und in rotem Samt untergehen.

Doch nirgends fand ich roten Samt. Ich konnte nicht verschwinden. Egal, wie gern ich im dunklen Beton der Straße versickert wäre.

Ich konnte meine Schuhe hören, das Rutschen des Laptops in meiner Tasche, meine Jacke, wie sie raschelte, als ich mich auf den Weg machte. Schließlich konnte ich nicht die ganze Nacht hier unten stehen und auf schwarze Fensterscheiben starren. Ich musste weitergehen. Das hier war schließlich erst der Anfang.

Am nächsten Morgen wunderte ich mich, dass ich nachts doch noch irgendwann eingeschlafen war.

Lange konnte es aber nicht gewesen sein, denn jedes Körperteil fühlte sich ungewohnt schwer an. Auch noch beim Frühstück, auch noch im Bus. Sogar noch schwerer auf dem Weg über den Schulhof bis ins Gebäude. Das konnte aber auch an den vielen Blicken liegen: Die ganze Schule war angefüllt mit Mitleid. Randvoll, man konnte kaum atmen. Viele umarmten mich, noch mehr sahen auf den Boden oder flüchteten in ihre Klassenzimmer, um nicht mit mir reden zu müssen. Im Eingangsbereich hing riesengroß Maricos Foto. Als ich es sah, versuchte ich, nicht zurückzutaumeln oder aufzuschreien. Es war das gleiche Foto, das mich gestern Nacht angegrinst hatte, das gleiche Grinsen, der gleiche Winkel, seitlich, den Kopf in Richtung Kamera gewandt, den Mund, der meist geschwiegen hatte und geschlossen blieb, diesmal leicht geöffnet, die Mundwinkel weit hochgezogen. Es war sein Profilfoto. Das Foto, das ich einmal von ihm geschossen hatte, weil er gern ein schönes Passfoto haben wollte. Als Passfoto hatte er es dann nie verwendet, immer nur als Profilfoto, als einziges Profilfoto.

Wir hatten es in der Foto-AG gemacht, zu der Zeit, in der wir die einzigen Mitglieder waren. Unser Lehrer Herr Krämer hatte uns freie Hand gelassen, nur wenn wir Fragen hatten oder Hilfe brauchten, kam er dazu. Also versuchten wir, möglichst wenige Fragen zu haben. Wir schlossen uns in unserem Klassenzimmer ein, da es keine Fenster hatte. Die meisten fanden das sicher bedrückend, so einen Innenraum, aber wir nicht. Wir konnten den

Scheinwerfer mitnehmen, die Beamerleinwand herunterlassen und das Deckenlicht ausknipsen.

Maricos Gesicht warf scharf umrissene Schatten. Sogar die Wimpern gab es jetzt doppelt und die braunen Locken wirkten vor der Wand tiefenschwarz.

Wir hantierten ein wenig mit unseren Folien herum, rückten den Spiegel über dem Waschbecken zurecht und zauberten das perfekte Licht in unser Klassenzimmer. Sonnenlicht auf Maricos Wangen, ganz ohne Sonne, ein Blitzen in seinen Augen, nur in seinen Haaren hatte sich noch ein wenig vom Schatten verfangen.

Erst betrachtete ich ihn durch meine Linse. Er war einfach schön. Tila fand seine Augen zu niedlich, und Lorena konnte nichts mit seiner breiten Nase anfangen, aber ich fand ihn einfach schön. Ich zoomte sein Gesicht ganz nah zu mir heran. So nah, bis es nicht mehr näher ging.

Er schwieg und sah in die Kamera. Ich hatte keine Ahnung, ob er wusste, was ich tue, bestimmt hab ich gegrinst. Ich grinste ja meistens, und erst recht, wenn ich etwas heimlich tat. Heimlich ging fast nie, weil ich ständig grinsen musste. Aber so oder so: Er war geduldig, wenn er wollte. Ihm wurde auch beim Warten nicht langweilig. Vielleicht war er der einzige Mensch, der Warten als interessante Tätigkeit betrachtete. Ich hatte also viel Zeit und musterte seine Wangen, die für 18 schon ziemlich durchfurcht waren, seine Lippen, viel glatter als die Wangen, seine Ohrläppchen und die unteren Lider.

»Was machst du da?«, fragte er irgendwann und grinste ebenfalls.

Schnell zoomte ich zurück und fing es ein, dieses Grinsen, das sagte: »Ich habe dich ertappt, aber ich finde es schön, was du tust. Ich wusste es die ganze Zeit, und nun sage ich etwas, damit du weißt, dass ich es weiß. Vor mir kannst du nichts verheimlichen.«

Es war ein schönes Grinsen. Eben dieses Du-kannst-vor-mir-nichts-verheimlichen-Grinsen. Wenn ich das Foto später betrachtete, fühlte ich mich Marico noch näher als sonst. Es zeigte, wie gut er mich kannte, dass er mich durchschaute und mochte, was er da sah.

Jetzt, im Eingangsbereich der Schule, starrte ich minutenlang auf das vergrößerte Foto. Marico grinste mich von der Wand an, er schien zu sagen: »Vor mir kannst du nichts verheimlichen«, und diesmal war mir nicht danach, zurückzugrinsen.

»Emilia, meine Süße, was machst du da?« Eine Hand legte sich auf meinen Oberarm. Ich drehte mich um.

Lorena sah mich besorgt an.

Ich zuckte mit den Schultern.

»Deutsch hat schon angefangen«, sagte sie und führte mich in den richtigen Raum.

»Emilia ist wieder da«, rief der Lehrer erfreut aus, als er mich, wenn auch zu spät, im Türrahmen sah. Es war Herr Krämer.

Ich nickte nur und setzte mich so schnell wie

möglich hin. Tila saß schon an meinem Tisch. Kurz nahm sie meine Hand.

»Schön, dass du gekommen bist. Das hat sicherlich viel Kraft gekostet, es war aber die richtige Entscheidung. Wir fühlen alle mit dir und werden dir in dieser Zeit beistehen«, sagte Herr Krämer.

Ein paar nickten und sahen mich freundlich an. Ich hatte wahrscheinlich noch nie so viele Freunde wie an diesem Tag. Und gleichzeitig noch nie so wenige. Viele würden mich noch nach der Stunde umarmen, mir immer wieder zulächeln mit diesem Mitleid in den Augen, doch dann würden sie schnell wohin müssen, das ahnte ich schon jetzt.

Maricos enge Freunde waren alle nicht in diesem Kurs, nur ein paar von denen, mit denen er hin und wieder feiern gegangen war. Während Herr Krämer darüber sprach, dass nun alle zusammenhalten müssten, dass man in einer solchen Zeit Freunde mehr denn je bräuchte, schienen sie plötzlich sehr beschäftigt damit zu sein, das Datum auf ihre Zettel zu schreiben und das Thema der Stunde zu unterstreichen.

»In gewisser Weise wird Marico bei uns bleiben«, sagte Herr Krämer, und Lorena nickte schwermütig. Sie konnte so was extrem gut. Den richtigen Blick finden, die richtigen Gesten. In meiner Hosentasche vibrierte es. Heimlich holte ich das Handy unterm Tisch hervor und sah darauf. Eine SMS. Sie war von Marico.

»In gewisser Weise werde ich bei dir bleiben.«

Mir wurde heiß, alles in mir pochte. Wie konnte

ich jetzt eine SMS von Marico bekommen? Hier? Hatte der Hacker auch Maricos Handy gestohlen? Und woher konnte er wissen, was Herr Krämer gerade gesagt hatte?

Schnell sah ich mich um. Niemand hatte ein Handy in der Hand, nirgends lag eines auf den Tischen, keiner steckte gerade etwas zurück in seine Hosentasche oder in den Rucksack. Mir wurde schlecht.

»Was ist los?«, flüsterte Tila, aber ich antwortete nicht, sondern las noch einmal die SMS. Daneben zwinkerte mir Marico schelmisch zu. Dieses Handyfoto hatte ich einmal im Unterricht von ihm gemacht, während er neben mir saß. Jetzt saß Tila neben mir und zwinkerte nicht. Sie war verwirrt.

»Was hast du denn?«

Ich konnte nur den Kopf schütteln und das Handy wegstecken.

In der ersten großen Pause saßen wir in der Sonne, Lorena, Tila und ich. Hier draußen erinnerte plötzlich gar nichts mehr daran, dass Marico nicht mehr auf diese Schule gehen konnte. Die jüngeren Kinder schrien so laut wie immer, sie spielten weiterhin, was sie auch sonst gespielt hatten, und die älteren Schüler sonnten sich immer noch so wie früher, die Hosen hochgekrempelt, die Jacken ausgezogen, ihre Schultern glänzten noch immer im Sonnenlicht, und ihre Gespräche klangen weiterhin wie normale Gespräche.

Nur unsere nicht.

»Was war vorhin los?«, fragte Tila schon wieder.

Aber ich wollte nicht darüber sprechen. So als könnte ich es damit ungeschehen machen. Als würde nicht wahr werden, was passiert war, wenn ich es einfach verschwieg.

Lorena sah Tila an.

»Was meinst du denn?«, fragte sie.

»Emilia hat irgendeine SMS bekommen und sah total geschockt aus.«

»Was denn für eine SMS?«

»Emilia, sag schon!«

Als ich gerade den Mund aufmachte, um doch zu antworten, traf mich etwas hart am Kopf. Tila sprang sofort auf.

»Ey, du Arschloch, was soll das denn?«, schrie sie.

Ich drehte mich um und sah Aaron, der auf uns zujoggte, dem Ball hinterher, den er gerade geschossen hatte.

»Reg dich mal nicht auf, das kann passieren«, gab er grinsend zurück.

»Wer Hirn hat und aufpasst, kann auch geradeaus schießen.«

»Ach, sei mal leise«, lachte er. Doch als er gerade seinen Ball aufheben wollte, der wenige Meter neben mir ausgerollt war, trat Tila ihn weg.

Aaron sah sie erst überrascht, dann wütend an und stieß sie zurück – mit der gleichen Kraft, die Tila gerade für den Ball aufgewendet hatte.

Lorena stand auf.

»Hast du sie noch alle?«, fragte sie, doch Tila hatte sich schon entschieden, mit diesem dicklichen

Swag-Typen nicht groß zu diskutieren. Sie schlug ihm ins Gesicht.

Jetzt stand auch ich auf.

»Tila, lass das!«, rief ich, doch Tila war nicht mehr ansprechbar. Ihr Gesicht war schon zu schmal, ihr Mund zusammengepresst, die Augen gefährlich dunkel.

Aaron grinste sie an. »Schön, kleines Mädchen. Darauf hab ich lange gewartet«, sagte er und schlug zurück. Ihre Nase blutete sofort, aber das schien sie nicht zu merken, sie holte aus, täuschte an, Aaron schützte sich an der falschen Stelle, und sie traf ihn am Kiefer. Gleich darauf versenkte sie ihr Knie in seinem Bauch. Tila konnte das, sie hatte Übung. Es verging kein Monat, in dem sie sich nicht mindestens einmal prügelte, meistens mit Jungs und meistens nur mit denen, die auch zurückschlugen. Tila sollte man besser nicht beleidigen oder irgendwie belästigen, genauso wenig wie ihre Freundinnen. Wer es trotzdem tat, bereute es schnell. Die meisten, die mit ihr Streit anfingen, zogen sich irgendwann zurück. Tila gewann fast immer, doch jetzt hörte Aaron auf zu grinsen. Als hätte der Schmerz in ihm einen Hebel umgelegt, stieß er Tila plötzlich ohne große Mühe zu Boden, setzte sich auf ihren Bauch und holte aus.

Lorena und ich versuchten seine Hände festzuhalten, aber ein Schlag kam trotzdem durch, auf Tilas Gesicht, das jetzt noch stärker blutete. Andere kamen dazu und rissen Aaron zurück, ein Lehrer war auch dabei. Vorsichtig halfen wir Tila auf.

»Alles gut?«

Sie antwortete nicht, atmete nur schwer und schnell. Das Blut aus ihrer Nase hing ihr am Kinn und tropfte auf ihr rotes T-Shirt. Rot ging im Rot unter, als würde es einsickern und in ihrer Brust, in ihrem Hals aufsteigen, um zur Nase wieder herauszufließen. Ein Brunnen, der nicht rauschte.

Lorena holte ein Taschentuch hervor und tupfte Tilas Gesicht ab, dazu war sie selbst gerade nicht in der Lage. Entgeistert starrte sie Aaron an. Das war ihr schon lange nicht mehr passiert. Sie war jahrelang nicht zu Boden gegangen. Beim letzten Mal hat ihr Vater noch bei ihrer Mutter gewohnt. Er war spät nach Hause gekommen, doch nicht ganz so spät wie Tila. Im Garten hatte er auf sie gewartet. Dass er es im Garten getan hatte, ist letztlich Tilas Glück gewesen. Dass eine Nachbarin, die unter Schlafstörungen litt, an diesem Abend einen Spaziergang machen wollte. Dass sie Tila im Gras liegen sah und das Gras grüngrau gewesen war, nicht rot. In ihm versickerte Tilas Nasenblut nicht, es legte sich dunkelrot auf die Halme. Ihr Vater hatte nicht oft zugeschlagen, zwei, drei Mal hatten schon gereicht.

Doch nachdem er es einmal im Garten getan hatte, durfte er sich seiner Tochter nicht mehr nähern, und seine Tochter meldete sich zu allen Kampfsportkursen der Stadt an. Sie trainierte jeden Tag.

Tila hatte mir nur einmal erklärt, warum, danach durfte ich sie nie wieder darauf ansprechen. Jetzt starrte sie Aaron an. Ich überlegte, was sie in ihm sah. Verglich sie seine Schulterbreite mit der ihres Vaters? Seine Hände, seine Arme, sein Kinn?

»Alles in Ordnung, Tila?«, fragte der Lehrer, und Tila nickte.

»Brauchst du einen Arzt?«

Sie schüttelte den Kopf.

»Gut, dann kommt beide bitte mit.«

Zwischen Aaron und Tila ging der Lehrer in Richtung Schulgebäude.

Wäre Marico dabei gewesen, wäre es wahrscheinlich nicht so weit gekommen. Er hatte sich oft zwischen Tila und die Schlägertypen gestellt. Vor ihm hatten sie alle Respekt. Zwar sagte er selten etwas, doch gerade in seiner Schweigsamkeit umgab ihn eine Stärke, die niemand richtig einschätzen konnte.

Einmal hatte ich ihn gefragt, warum er nie geschlagen wurde, wenn er Tila schützte. Er hatte gezwinkert und gesagt: »Vielleicht wissen sie, dass das nicht gut für sie wäre.«

In meiner Hosentasche vibrierte es. Noch eine SMS. Noch eine von Marico. Jemand schrieb: »Er hätte wissen müssen, dass das nicht gut für ihn war.«

»Was ist los?« Diesmal fragte Lorena.

Ich sah mich um. Die Gaffer in unserer Nähe hatten sich alle schon wieder zerstreut, nirgends sah ich jemanden mit einem Handy, nur ein kleines Kind zeigte einem anderen gerade ein Youtube-Video und lachte so laut, dass das andere kein Wort verstand.

»Emilia«, Lorena klang streng, »jetzt sag schon!«

Ich würde es sowieso nicht lange vor meinen Freundinnen verheimlichen können. Und noch weniger würde es aufhören, wenn ich es versuchte. Ich würde weiterhin SMS bekommen, das konnte ich nicht ausblenden. Also gab ich ihr dann doch mein Handy.

Während sie die beiden Nachrichten von Marico las, riss Lorena die Augen auf. Sie setzte sich hin.

»Die hast du heute bekommen?«

Ich nickte.

»Wer macht denn so was?«

»Ich hab keine Ahnung.«

»Da muss jemand Maricos Handy geklaut haben.«

Ich zuckte mit den Schultern.

»Oder er hat die Nummer übernommen«, sagte sie. Auch Lorena sah sich jetzt um.

»Gestern Nacht habe ich Nachrichten von seinem *Facebook*-Profil bekommen.«

»Was für Nachrichten?«

Ich ließ mir mein Handy zurückgeben und öffnete Facebook. Lorena starrte auf die Nachrichten. Scrollte runter, noch einmal hoch und wieder runter.

»Ach du Scheiße, das ist so widerlich«, sagte sie leise.

Es klingelte, wir mussten zurück in die Klasse. Auf dem Weg dorthin schwiegen wir beide. Schweigend setzten wir uns auf unsere Plätze und sahen uns immer wieder an. Lorena schob mir einen Zettel zu.

Wir müssen ihn anzeigen.

Ich kritzelte meine Antwort darunter.

Wen?

Na, den Typen, der dir da schreibt!

Aber wir wissen doch gar nicht, wer es ist!

Dann machen wir eben Anzeige gegen Unbekannt.

Ich weiß nicht.

Warum?

Darauf konnte ich nicht antworten. Vielleicht wäre es wirklich besser gewesen, ich hätte ihn an diesem Tag angezeigt und alles aus der Hand gegeben. Doch das wollte ich nicht, ich umklammerte mein Handy und schaute immer wieder aufs Display. Keine weitere Nachricht. Marico zwinkerte mir nicht noch einmal zu. Und ich wusste nicht, ob ich das gut oder schlecht finden sollte.

Gerade kam Tila herein, in ihren Nasenlöchern steckte Watte, und ihre rechte Wange war dunkel verfärbt.

Sie sagte nichts, als sie sich neben uns setzte.

»Alles gut?«, fragte ich.

»Geht schon«, gab sie zurück und versuchte ein gelassenes Lächeln. Es misslang.

»Zeig ihr die SMS«, flüsterte Lorena, und ich reichte Tila mein Handy.

Obwohl Tila wirkte, als könnte sie heute nichts mehr schocken, hielt sie sich beim Lesen die Haare aus dem Gesicht. Eine Geste, die sie nur unter höchster Anspannung machte. Mit offenem Mund sah sie uns an.

»Ach du Scheiße«, flüsterte sie.

»Schau mal auf *Facebook*«, flüsterte Lorena zurück.

»Sehe ich da ein Handy?«

Wir hatten nicht bemerkt, dass sich unsere Mathelehrerin vor uns aufgebaut hatte. Tila schüttelte den Kopf und ließ das Handy in ihrem Rucksack verschwinden.

»Dann ist ja gut.«

Erst als wir den Raum verließen, in dem wir immer Mathe hatten, gab mir Tila das Handy zurück. »Du hast eine E-Mail«, sagte sie leise.

Wir blickten uns um, sahen aber niemanden, der uns zuzuhören schien. Zur Sicherheit gingen wir noch bis zum Ende des Gangs ans Fenster, bevor ich mein Mail-Programm auf dem Handy öffnete.

Natürlich war sie von Marico. Ich las vor:

Liebe Emilia,
wahrscheinlich hätte ich dir das früher sagen müssen. Natürlich hast du jetzt Angst und brauchst jemanden zum Reden. Du hast dich erschreckt, das hätte ich an deiner Stelle wahrscheinlich auch getan. Aber mir wäre es lieber gewesen, wenn du es niemandem gesagt hättest. Auch nicht Tila und Lorena.
Versteh mich nicht falsch, ich mag die beiden gern. Wir haben uns immer gut verstanden, und ich weiß, dass man ihnen vertrauen kann. Aber es gab auch schon immer Dinge zwischen dir und mir, die wir nur zu zweit teilen wollten. Dinge, die auch deine besten Freundinnen nichts angehen.
Das hier ist so ein Ding.

Lorena hat dir bestimm geraten, Anzeige zu erstatten. Und Tila wird ihr zustimmen. Aber du ahnst, dass das keine gute Idee ist, oder?
Wenn du die Wahrheit erfahren willst – wirklich die ganze Wahrheit –, dann schaltest du nicht die Polizei ein. Dann erzählst du es niemandem mehr, wirklich niemandem.
Glaub mir, ich wüsste es sofort. Ich weiß immer alles. Das ist neu für mich, noch ist es seltsam. Aber mir entgeht jetzt nichts mehr. Jedenfalls nichts mehr, das dich betrifft.
In den nächsten Tagen werde ich dir Anweisungen geben. Wenn du ganz genau tust, was ich dir sage, erfährst du alles.
Sobald du aber zur Polizei gehst oder noch jemanden einweihst, bin ich weg. Du wirst dann nie wieder von mir hören.
Mich würde das unglaublich traurig machen. Ich vermisse dich sehr. Es ist furchtbar für mich, ständig in deiner Nähe zu sein, aber nur auf diesem Weg mit dir kommunizieren zu können. Weißt du noch, als wir schon zusammen waren, es aber noch keiner wissen durfte? Nicht einmal Tila und Lorena? Wir wollten nicht zum Schulgespräch werden. Irgendwie hatten wir Angst davor, dass sich alle einmischen könnten. Also haben wir es verheimlicht und uns nur Fotos geschickt. Von unseren Händen, unseren Füßen, unseren Gesichtern. In jedem Klassenzimmer fotografierten wir uns selbst, schickten es dem anderen, und niemand hat es gemerkt.
Jetzt hab ich ein ähnliches Gefühl. Ich sehe dein Gesicht,

deine Füße, deine Hände, aber näher ran komme ich nicht.
Wenn du tust, was ich dir schreibe, ändert sich das.
Dann können wir uns wieder nah sein.
Überleg es dir.
Ich vermisse dich.
Dein Marico

Lorena und Tila starrten mich an. Ich hatte sie noch nie so verwirrt gesehen. Lorena sah sogar ein bisschen ängstlich aus.

»Was ist das?«, fragte sie, und wir konnten ihr nicht antworten.

»Ich hab keine Ahnung«, sagte ich, »aber wir gehen erst mal nicht zur Polizei.«

3

Du glaubst doch nicht, was da steht, oder?« Tilas Stimme klang dünner, als sie es wahrscheinlich beabsichtigt hatte.

»Das kannst du nicht glauben.«

»Keine Ahnung, was ich glauben soll.«

»Bitte? Denkst du etwa, Marico ist ein Geist mit Handy und Computer, oder was?« Ihre Stimme verrutschte nach oben wie ein Rock, der etwas zu eng war.

»Tila!« Lorena sah Tila tadelnd an.

»Ja, sorry. Aber ich würde diesem Irren nichts glauben.«

Ich sah von einer zur anderen, beide sahen mich an, dahinter liefen Leute entlang, irgendwelche T-Shirts und Taschen, irgendwelche Handys, irgendwelche Laptoptaschen. Eine graubunte Masse, alle vernetzt, alle lachend, trotz allem, eigentlich könnte es jeder sein.

»Ich glaube, er verschwindet wirklich, wenn ich die Polizei einschalte«, erklärte ich.

»Aber das wär doch gut!«, rief Tila, und Lorena stimmte ihr zu.

Ich überlegte. Wie sollte ich ihnen das erklären, ohne dass sie mich für verrückt hielten?

»Wer auch immer mir da schreibt«, setzte ich langsam an, »weiß Dinge über mich. Über mich und Marico. Dinge, die wir eigentlich niemandem erzählt haben. Nicht mal ihr zwei wusstet, dass Marico und ich uns diese Fotos in der Schule geschickt haben.«

Lorena schüttelte den Kopf.

»Du hast uns ja auch nicht erzählt, dass ihr schon vor der Abiparty zusammen wart«, fügte Tila hinzu, und ich wusste, dass sie nicht vorwurfsvoll klingen wollte. Ein wenig tat sie es aber doch.

»Tut mir leid«, sagte ich, und Tila nickte schnell.

»Wer mir da schreibt, muss Marico zumindest sehr gut gekannt haben. Er schreibt mir Sätze, die Marico immer gesagt hat. Und die E-Mail klang so, dass er sie wirklich geschrieben haben könnte. Es muss jemanden geben, der Marico und mich verdammt gut kennt, und ich will herausfinden, wer das ist. Ich kann jetzt nicht zur Polizei gehen. Die findet ihn vielleicht nicht, er meldet sich nie wieder, und ich werde nie wissen, wer in meinem Freundeskreis so etwas tut!«

»Du glaubst echt, es ist jemand aus unserem Freundeskreis?«, fragte Tila.

»Das liegt auf jeden Fall nahe.«

Lorenas und Tilas Gesichter hatten sich verändert. Sie waren nicht mehr geschockt und ablehnend – jetzt hatte Tila die Augenbrauen enger zusammengezogen und Lorena die Lippen vorgeschoben. Es reichte, um mich wissen zu lassen, dass sie es doch ein wenig verstanden. Dass sie dabei waren.

»Okay«, sagte Tila nur.

Gemeinsam gingen wir den Gang zurück, bogen schweigend in den nächsten ab und landeten im Biologieunterricht.

Während der Stunde sahen wir uns immer wieder an, sagten aber nichts. Wir mussten alle nachdenken. Wo sollten wir anfangen?

Immer wieder sah ich auf mein Handy, doch es vibrierte nicht noch einmal. Keine SMS, keine Facebook-Nachricht, keine E-Mail. Den ganzen Tag blieb es ruhig, bis zur letzten Stunde.

»Um fünf am Rathaus?«, fragte ich die anderen.

»Aber da kann uns jeder hören.«

»Das ist doch ganz gut«, Tila grinste, »da können wir genau beobachten, wer in unserer Nähe bleibt. Vielleicht gibt uns das ja schon einen Hinweis.«

Ich nickte und auch Lorena war einverstanden.

Am Nachmittag war es schon nicht mehr so sonnig. Wir wickelten unsere Halstücher enger und schlossen die Jacken.

»Hast du noch mal was bekommen?«, fragte mich Lorena.

»Gar nichts.«

»Ob er wohl weiß, wie wir uns entschieden haben?« Tila sah bedeutungsschwer zwischen uns hin und her.

»Woher soll er das denn wissen?«

»Wie haben wir uns denn entschieden?«

»Na, ich dachte, das wäre klar!«

»Echt?« Ich musste lächeln. Ich liebte Tilas Art, die Dinge immer ein wenig zu überstürzen und alles in geraden Linien zu sehen.

»So schön, dass du wieder lächelst!« Tila strahlte mich an.

»Das hab ich doch gestern schon getan.«

»Aber unter Alkohol. Heute hast du dieses schöne, nüchterne Lächeln.«

»Lieb von dir.«

Lorena verdrehte die Augen. »Können wir zum Punkt zurückkommen?«

»Ja, also, wie haben wir uns entschieden?«

Eigentlich fühlte ich mich an diesem Abend gar nicht nach Entscheidungen. Ich wollte viel lieber nur hier sitzen und ein bisschen frieren, aber nur ein bisschen. Am roten Rathaus hinaufsehen und den Menschen dabei zuschauen, wie sie über den Platz schritten.

Doch Tila holte tief Luft:

»Wir werden das Arschloch jagen.«

Lorena zog die Augenbrauen hoch.

»Gleich so dramatisch«, sagte sie.

»Na, dramatische SMS erfordern eine dramatische Jagd.«

»Oder so ähnlich«, sagte ich und musste schon wieder lächeln. So wie ich es bis zum Unfall immer getan hatte. Eigentlich fühlte sich mein Gesicht nur in der Lächelposition entspannt an. Nur dann hatte ich das Gefühl, es nicht zu verziehen.

»Okay, also eine Jagd«, sagte Lorena, »aber wir brauchen einen Plan.«

»Ja, mach uns mal einen Plan«, schlug Tila ihr vor.

»Wieso denn ich?«

»Weil du das am besten kannst«, sagte ich schnell.

»Sag ihr das nicht auch noch, sie will es doch nur hören!«

»Wenn ich hier allein einen Plan aufstellen soll, könnt ihr ruhig mal was Nettes zu mir sagen.«

»So, und jetzt zum Plan«, grinste ich.

Lorena zwirbelte eine Locke um den Finger. Ihre dunkelrot bemalten Lippen kräuselten sich leicht.

»Lasst uns Informationen sammeln.« Sie kramte ihren Block aus der Tasche. »Wann genau hast du die Nachrichten bekommen?«

»Einmal zu Hause, einmal im Deutschunterricht, einmal auf dem Schulhof und dann noch während Mathe.«

Sie schrieb alles auf die Liste und sagte dann: »In der E-Mail stand nichts, was darauf hinweist, er müsste in unserer Nähe gewesen sein. Aber er wusste, dass Tila und Aaron sich geprügelt haben. Er muss also auf dem Schulhof gewesen sein.«

»Genauso wie fünfhundert andere Schüler auch«, warf ich ein. »Aber im Deutschunterricht sitzen nur dreißig Leute und er hat den Wortlaut von Herrn Krämer genau aufgegriffen.«

Tila setzte sich auf.

»Es muss also jemand aus Deutsch sein?«

»Außer, es war ein Zufall.«

Lorena kniff die Augen zusammen.

»Gibt es solche Zufälle?«, fragte sie, und wir zuckten mit den Schultern.

»Wartet mal«, sagte Tila und lehnte sich zurück. Jetzt sah sie am Rathaus hinauf und überlegte.

»Wann hast du die SMS über Aaron und mich bekommen?«

»Ihr seid gerade in Richtung Schule gelaufen.«

Sie sah mich an.

»Vielleicht ist unsere Jagd jetzt schon zu Ende«, sagte sie.

»Was redest du da?«

»Ich hab gesehen, wie Aaron auf dem Weg zum Lehrerzimmer eine SMS getippt hat.«

Lorena und ich sahen sie überrascht an.

»Und jetzt glaubst du, dass es Aaron war, oder wie?«

»Es könnte sein! Er ist ein riesiges Arschloch, das würde schon mal passen. Vielleicht hat er die Schlägerei nur angefangen, um von sich abzulenken. Er hat alles nur inszeniert, um hinterher die SMS schreiben zu können!«

»So weit denkt der auf keinen Fall, der ist doch dumm wie Brot«, warf Lorena ein und legte den Kopf schief. »Ich glaube noch nicht mal, dass er eine fehlerfreie E-Mail schreiben und dabei auch noch wie Marico klingen könnte!«

»Vielleicht arbeitet er ja nicht allein«, schlug Tila vor.

»Die SMS hätte er jedem schicken können! Ich finde das ziemlich abwegig.« Lorena schüttelte den Kopf.

»Warum sollte Aaron sich überhaupt auf diese Art mit mir beschäftigen? Der hat doch überhaupt kein Motiv!«

»Er hasst uns!«, rief Tila.

»Ich glaub, wir sind ihm ziemlich egal.«

Lorena stimmte mir zu.

»Ich behalte ihn trotzdem im Auge.« Tila verschränkte die Arme. »Schließlich ist er bei uns in Deutsch.«

»Wie viele andere auch.«

Sie zuckte mit den Schultern.

»Wir sollten systematisch vorgehen«, schlug Lorena vor.

»Mach doch.«

»Ist ja gut.« Lorena legte ihr beschwichtigend die Hand auf den Arm.

»Also«, fuhr sie fort, »wir machen zuerst eine Liste aller, die in Deutsch waren. Die teilen wir dann auf uns drei auf und behalten die jeweiligen Leute gut im Auge: Wann haben sie ein Handy in der Hand, wer ist auffällig oft in Emilias Nähe und so weiter.«

»Sehr gute Idee«, sagte ich.

Dieser Plan könnte wirklich funktionieren – so viele waren es schließlich nicht. Und wenn sich der Hacker immer in meiner Nähe aufhalten sollte, müsste ich ihn irgendwann dabei ertappen, wie er mir schrieb.

Also notierten wir alle Leute, die wir in Deutsch gesehen hatten.

»Das heißt, jeder muss neun Leute im Auge behalten«, warf Tila ein. »Wie soll das denn gehen?«

»Das ist momentan die einzige Spur, die wir haben.«

»Ich nehme auf jeden Fall Aaron!«

Jetzt holte auch Tila einen Stift hervor und begann, ihre Namen zu notieren.

Ich lächelte. Endlich hatte sie wieder die gleichen Augen wie früher. Sie waren wieder genauso grün, genauso hell wie vor dem Unfall. Sie wirkten wieder fröhlich.

Noch vor wenigen Wochen haben sie das immer getan. Egal, wie es Emilia ging, ihre Augen waren so hellgrün, dass sie glücklich wirkte.

Der Unfall hatte sie verdunkelt, auch wenn das eigentlich nicht möglich war. Ich hatte es selbst gesehen.

Jetzt leuchteten sie wieder. Emilia konnte nicht mehr still sitzen, ich merkte es sofort. Sie rutschte auf ihrer Bank ganz leicht hin und her. Bestimmt freute sie sich, jetzt einen Plan zu haben, wieder ein Ziel. Und das Ziel war ich.

Auch für mich war es immer das Wichtigste, ein Ziel zu verfolgen. Ohne ein Ziel bräuchte ich morgens nicht aufzustehen und abends nicht ins Bett zu gehen.

Jetzt standen sie auf. Die große Lorena überragte die anderen um mindestens einen Kopf, und Emilia hüpfte ein bisschen auf und ab, um das zu vertuschen.

Ich musste mich in Bewegung setzen, um jetzt nicht verdächtig zu wirken, auf keinen Fall. Emilia lief von mir weg und sofort beschleunigte ich. Ich wollte nur einen Blick, nur einen, der nur mir galt. Mit großen Schritten lief ich an ihr vorbei. Sie drehte sich zu mir um und lächelte kurz, aber distanziert. Ich lächelte zurück. Dann ging ich weiter.

Am liebsten hätte ich ihre Haare am Unterarm gefühlt, oder wenigstens ihre Jacke, ihre Handtasche. Doch sie berührte mich nicht. Es ist schon lange her, dass sie mich berührt hat, richtig berührt. Dazwischen lag mehr als nur ein Unfall, mehr als nur ein Baum, ein Auto und ein Feuerwerk.

Als sie auf meiner Höhe war, atmete ich tief ein, suchte ihren Geruch in der Luft des Marktplatzes und fand ihn ganz vage zwischen Schokoladeneis und Kaffee. Ganz vage ihr Shampoo, Zitrone-Pfirsich, sie benutzte es schon seit sechs Wochen. Ganz vage ihr Make-up. Ein wenig erdig, schwer. Ich hatte es mir auch gekauft, nur um es im Bad zu sehen, jeden Morgen und jeden Abend.

Ganz vage roch ich auch ihren Nagellack. Ein dunkelvioletter Ton. Sie trug ihn erst seit heute. Gestern waren ihre Finger noch farblos gewesen. Die Finger, mit denen sie sich kein einziges Mal gemeldet hatte, obwohl sie das früher ständig getan hatte. Stattdessen hat sie mit diesen Fingern immer wieder ihr Handy rausgeholt, um meine SMS zu lesen. Sie hatte meine Nachrichten fest in den Händen und ihre Fingerspitzen waren schnell und leicht über das Display gefahren. Ich hatte mir vorgestellt, dass sie über mein Gesicht strichen, sanft und vorsichtig, aber zielstrebig. Dass sie mich streichelte, während sie meine Nachrichten las. Ihre Augen waren hin und her gehuscht. Als würden sie mich ansehen. Diesmal wirklich mich. In den kleinen Buchstaben mein Gesicht, meine großen Augen, meine breite Nase, meine dunklen Locken. Wirklich mich.

Ich wollte ihr wieder schreiben. Aber noch nicht jetzt. Das könnte sie mit mir in Verbindung bringen. Ich würde es erst später tun. Am besten erst morgen.

Am Abend rief ich immer wieder Facebook auf, doch eine neue Nachricht bekam ich nicht. Auch mein Handy blieb still, die ganze Nacht bis zum nächsten

Morgen. Gleich nach dem Aufstehen fuhr ich meinen PC hoch, es hatte sich aber immer noch nichts getan.

In der Schule gingen wir alle drei auf Position.

»Was soll das denn heißen?« Tila stemmte die Hände in die Hüften. »Wo ist denn bitte meine Position?«

»Da, wo deine Leute sind«, erklärte Lorena.

»Die sind immer alle überall!«

»Wir müssen es halt versuchen.«

Also setzten wir uns im Deutschunterricht alle so hin, dass wir nicht in erster Linie die Tafel, sondern die anderen gut im Blick hatten.

Doch ich bekam keine Nachrichten und es verhielt sich auch niemand irgendwie auffällig.

Als Viola aufstand, um auf die Toilette zu gehen, nickte uns Lorena zu und folgte ihr wenige Sekunden später. Doch auch in dieser Zeit kam auf meinem Handy nichts an.

Es war die erste Pause seit Langem, in der wir uns trennten. Ich stellte mich in der Cafeteria an, um Peter und seine Leute im Auge zu behalten. Lorena sperrte sich auf einem Schulklo ein, um die Gespräche von Violas Mädels zu belauschen, und Tila heftete sich an Aarons Fersen – natürlich. Doch niemand von uns bemerkte irgendetwas.

Mein Handy vibrierte erst, als wir zu dritt in meinem Zimmer saßen. Tila und Lorena hatten sich auf mein Bett gesetzt, ich saß am Schreibtisch. Diesmal zitterten meine Finger nicht, ich hatte auch keine Angst. Tila und Lorena waren ja da und wir hatten einen Plan.

Marico zwinkerte mir zu, jemand schrieb: »Lass uns heute auf Peters Party gehen, so wie früher. Reservier mir einen Tanz für 21:50 Uhr. Marico.«

Wir sahen uns an. Wohl um irgendetwas zu sagen, dass das Ganze weniger unheimlich machte, fragte Tila: »Peter feiert schon wieder Partys?«

»Es ist Peter«, antwortete Lorena trocken.

»Aber Marico ist erst vor zwei Wochen ...«

»Vielleicht ist es seine Art, damit umzugehen«, überlegte ich.

»Eine ziemlich respektlose Art.«

»Kommen wir zurück zum Thema«, schlug ich vor und lächelte, »schließlich habe ich gerade eine SMS von meinem toten Freund bekommen, der mich bittet, heute Nacht mit ihm zu tanzen. *Das* ist doch seltsam.«

»Allerdings.« Tila und Lorena nickten, fast schon ein bisschen brav – ich hatte *tot* gesagt und es tat mir sofort leid. Für so einen Satz war es wahrscheinlich noch viel zu früh.

»Und jetzt?«, fragte Tila. »Sollen wir echt tun, was der Irre sagt?«

Ich versuchte aus dem Fenster zu sehen, es dämmerte aber schon so stark, dass ich kaum noch was erkannte, abgesehen von unseren eigenen Spiegelbildern.

»Ihr wisst doch noch, was auf der letzten Party passiert ist, auf der ich mit Marico war?«

Sie nickten, doch ich erzählte es trotzdem noch einmal.

»Vor ein paar Wochen hat Peter auch schon gefeiert und Marico und ich haben stundenlang getanzt. Ich weiß noch, dass es euch ein bisschen genervt hat, aber wir konnten einfach nicht aufhören, wir haben immer weiter getanzt. Irgendwie war es total anstrengend, und gleichzeitig ging es ganz wie von allein, ein richtiger Rausch, wir waren irgendwo anders, und das nach nur drei oder vier Gin Tonic. Irgendwann hab ich ihm gesagt, dass ich ihn liebe, es war noch gar nicht so spät. Und er hat es auch zu mir gesagt. Vielleicht war das ja um 21:50 Uhr.«

Ich sah zu Boden. Diese Geschichte jetzt noch einmal zu erzählen, war anders. Jetzt musste ich mich zusammenreißen. Lorena kam zu mir und umarmte mich.

»Wir müssen da nicht hin«, sagte sie.

»Ich weiß«, antwortete ich leise, »aber wir werden gehen. Ich muss es einfach herausfinden.«

An diesem Abend hatte keine von uns lange überlegt, was sie anziehen sollte. Wir waren flüchtig geschminkt und absolut nüchtern, Hauptsache, die Akkus unserer Handys waren voll.

Es war erst kurz nach neun, als wir ankamen, auf der Party verloren wir aber sofort jedes Zeitgefühl. Die ganze Wohnung war voller Menschen, die Leute tanzten, sie waren schon so betrunken, dass sie gegen die Wände taumelten, und der Bass vibrierte von Anfang an hart in meinem Magen.

Diese Ausgelassenheit, diese Lautstärke wirkten, als hätte es Marico nie gegeben. Als wäre er nie mit den anderen in dieser Wohnung ausgelassen und laut gewesen, als hätten sie nie miteinander getanzt. Nichts erinnerte daran, dass er vor wenigen Wochen verunglückt war.

Aber vielleicht tanzten und tranken sie auch genau deshalb. Vielleicht war Marico der einzige Grund dafür, dass diese Party schon um neun auf ihrem Höhepunkt war. Er war schließlich immer dabei gewesen, jeder hatte ihn gekannt. Vielleicht waren sie alle nur damit beschäftigt, eine Lücke auszufüllen: mit Bier und kreisenden Hüften.

Mein Handy vibrierte.

»Schön, dass du da bist, Emilia! Lass uns in die Küche gehen.«

Kurz stellte ich mir vor, Marico wäre doch da, es gäbe keine Lücken und niemanden, der seine Abwesenheit wegfeierte. Er würde hinter mir stehen und mir seine Sätze in den Nacken flüstern. »Lass uns in die Küche gehen.«

Ich zeigte den anderen beiden die SMS, und wir bahnten uns einen Weg durch rot angelaufene Gesichter und zerzauste Haare, um in die Küche zu gelangen.

Lorena flüsterte: »Er muss irgendwo hier sein, schaut euch um, ob uns jemand beobachtet!«

Ein paar Fremde gossen sich gerade ihre Becher voll, zwei Mädels aus Bio lachten laut, und durch die offene Tür konnten wir Peter sehen, wie er sich völlig betrunken immer wieder im Kreis drehte.

Ich bekam eine neue SMS.

»So schön, dass alle gut drauf sind! Komm, entspann dich auch ein bisschen. Ich mach dir einen Gin Tonic.«

Marcio hatte immer die besten Gin Tonics gemacht. Eigentlich ist es nie mein Lieblingsgetränk gewesen, aber wenn Marico es mixte, schmeckte es mir trotzdem. Keine Ahnung, ob er wirklich talentiert war, oder ob mir einfach alles geschmeckt hat, was er zubereitete.

»Guck mal!«, schrie Peter, der plötzlich hinter uns stand. »Da steht Emilia drauf.«

Er hielt einen Plastikbecher hoch und drückte ihn mir in die Hand. Jemand hatte mit schwarzem Edding meinen Namen daraufgeschrieben.

»Ach du Scheiße«, flüsterte Tila.

»Peter, woher hast du den?«

»Der stand da!«, lachte er und drehte sich weiter im Kreis.

Ich roch daran, es war Gin Tonic.

»Prost«, stand in einer neuen SMS, also trank ich.

»Vielleicht solltest du da nicht weiter mitspielen.« Lorena wirkte besorgt und sah sich immer wieder um.

»Gerade haben wir aber auch noch keinen besseren Plan, oder?«

Ich trank weiter. Diesmal schmeckte es mir nicht, langsam wurde mir schlecht. Doch als der Becher leer war, vibrierte mein Handy: »Mach ihn doch noch mal voll!«

»Wir sollten das lassen«, sagte Lorena, und trotzdem griff ich zum Gin, zum Tonic.

»Am besten, ihr zwei schaut euch um, wer hier

immer mal in die Küche schaut oder mit seinem Handy beschäftigt ist«, schlug ich vor, goss zuerst einen Schluck Gin in den Becher und füllte ihn dann mit Tonic Water auf.

»Alles klar!« Tila war froh, eine Aufgabe zu haben, doch Lorena sah mich immer noch besorgt an.

»Geht schon!«, sagte ich. »Ihr seid ja nicht weit weg.«

Mein Gin Tonic schmeckte mir noch weniger als der erste. Wahrscheinlich ist es einfach noch nie ein leckeres Getränk gewesen, es war wohl immer schon zu bitter. Doch ich trank den ganzen Becher aus, in wenigen Zügen. Jetzt war ich allein in der Küche und auch aus dem Türrahmen heraus beobachtete mich niemand.

»Komm, einer geht noch!«, schrieb mir Marico, und ich merkte jetzt schon, dass der Alkohol in meinem Kopf angekommen war. Mir wurde warm, und ich sah ihn wieder vor mir, als hätte ich die letzten Wochen zurückgespult, als würde ich wieder mit ihm hier stehen. Er legte meine Hand um die Ginflasche, die andere um meinen Becher. Gemeinsam schenkten wir ein, ich konnte das Pfefferminzbonbon riechen, das er gerade lutschte. Dann den Tonic – so ist es die perfekte Mischung, hatte er gesagt, jetzt probier mal. Ich hatte probiert und es gemocht. Wir hatten angestoßen, zuerst mit den Bechern, dann mit den Nasen, und während wir uns küssten, zerdrückte meine Hand aus Versehen eine Limone auf der Arbeitsplatte.

Umso mehr ich nun trank, desto besser schmeckte

es mir. Plötzlich mochte ich, dass es bitter war, ein bisschen so wie Maricos Ohrläppchen, ein bisschen so wie Maricos Haarspitzen.

Nach diesem Becher schrieb er mir: »Einen noch, dann gehen wir tanzen.«

Einen schaffte ich noch, natürlich! Ich war noch immer allein, niemand konnte mich fragen, was ich da tat, niemandem musste ich erklären, dass ich auch den vierten Gin Tonic allein in der Küche trank – fast allein. Vielleicht auch nicht allein. Vielleicht mit Marico und seinem Ohrläppchen, Marico und seinen Haarspitzen. Er führte meine Hände, wir führten gemeinsam den Becher an meinen Mund, und ich trank ihn aus. Es war ganz leicht.

»Gehen wir tanzen«, sagte er und nahm meine Hand, er führte mich ins Wohnzimmer. Die Couch war an die Wand gerückt worden, die Kommode für den Fernseher war leer, wahrscheinlich hatte Peter ihn in Sicherheit gebracht. Schließlich ist der alte Fernseher bei der letzten Party von der Kommode gefallen. Marico und ich hatten zu schnell getanzt, wir hatten uns zu stark gedreht, zu laut gelacht. Bis es geknallt hatte und der Fernseher kaputt war.

Heute konnten wir nichts kaputt machen. Wir konnten uns noch schneller drehen, noch lauter lachen. Ich schmeckte noch immer die Limone, als wir mit erhobenen Armen die Tanzfläche stürmten.

Doch in diesem Moment drehte der DJ die Musik leiser. Ich sah auf die Uhr. 21:50 Uhr. Er sagte: »Dieses Lied ist von Marico für Emilia.« Und ich wusste schon, was jetzt kam. Es war das gleiche Lied wie bei der letzten Party, es war die gleiche Uhrzeit, bestimmt. Und wir tanzten, wie wir es auch beim letzten Mal getan hatten. Ausgelassen und so eng, wie es nur ging. Seine Schultern unter meinen Fingern, seine Hände an meinen Hüften, sein Bauch an meinem Bauch.

Ich bekam eine SMS: »Ich liebe dich auch, Emilia.«

Sie hatte nicht gemerkt, dass alle anderen stehen geblieben waren. Jeder, der wusste, von wem der DJ sprach, hatte innegehalten, zuerst ihn angesehen und dann Emilia. Zum Glück waren Tila und Lorena nicht sofort zur Stelle, sie haben vierzig Sekunden gebraucht, um ins Wohnzimmer zu kommen, um zu begreifen, was vor sich ging, und Emilia mitzunehmen. Die schönsten vierzig Sekunden in meinem Leben. Alle standen und starrten Emilia an und Emilia tanzte. Sie tanzte mit mir, auch wenn es niemand sehen konnte, sie zog mich eng an sich heran, sie lachte mich an und sagte mir, dass sie mich liebte. Zu unserem Lied. Vierzig Sekunden lang.

Niemand wusste, was zu tun war, keiner verstand, was vor sich ging, nur ich. Nur ich und Emilia.

Bis ihre Freundinnen sie an den Schultern fassten, leise mit ihr redeten und sie gegen ihren Willen von der Tanzfläche führten.

Sie wollte nicht gehen, sie wollte bei mir bleiben, das wusste ich. Doch ich wusste auch, dass dieser Abend nicht der letzte gewesen sein konnte, an dem wir uns so nahe kamen.

4

Setz dich!«, rief Tila und stieß Peter auf einen Stuhl.

»Was soll das?« Er wollte gleich wieder aufstehen, doch Tila hielt ihn mit einer Hand unten.

»Du bleibst sitzen, hab ich gesagt!«

Beschwichtigend hob er beide Arme.

»Mädels«, sagte er, so charmant er konnte. »Kommt schon. Wo ist das Problem?«

Lorena stand mit verschränkten Armen vor ihm und sah ihn prüfend an. Mein Kopf brummte zu stark, um etwas Vergleichbares zu tun. Stattdessen war mir schlecht, alles drehte sich, und jedes Mal, wenn ich mich zu schnell bewegte, fuhr ein Stechen durch meinen Kopf. Also saß ich nur auf einem der Tische und beobachtete meine Freundinnen. An diesem besonderen Tag hatten sie sich extra zurechtgemacht: Lorena hatte ihre Brille aufgesetzt und trug hohe Schuhe, sodass sie Tila jetzt um fast zwei Köpfe überragte. Tila hatte sich für den Schläger-Look entschieden: zerfetzte Jeans, alte Converse und ein schwarzes T-Shirt mit dem Slogan einer Metal-Band.

Jetzt stellte sie noch einmal sicher, dass die Klassenzimmertür wirklich geschlossen war, dann nickte sie Lorena zu.

»Wie geht's dir heute Morgen?« Lorenas Stimme klang hart.

»Supergut, danke, dass ihr so lieb fragt.«

»Er wirkt ganz schön fit, oder?«

Als Tila nickte, wandte sich Lorena wieder Peter zu.

»Dabei hast du dich gestern noch völlig besoffen stundenlang im Kreis gedreht.«

»War ein lustiger Abend, oder?«

»Hör auf mit der Scheiße«, rief Tila und kam Peter einen bedrohlichen Schritt näher.

Lorena lächelte.

»Wenn du tatsächlich so betrunken gewesen bist, wie du sagst, wie kann es dann sein, dass du heute schon wieder fit bist? Guck dir Emilia an! So sieht man aus, wenn man einen Kater hat.«

»Danke«, warf ich ein und war stolz darauf, auch etwas zur Befragung beigetragen zu haben.

»Gern, Liebes.« Lorena lächelte mir zu und Peter verdrehte die Augen.

»Ich trinke viel öfter und mehr als Emilia! Ich hatte ewig keinen Kater mehr. Keine Ahnung, ob ich überhaupt mal einen hatte.«

»Du bist der Allercoolste«, höhnte Tila und knackste mit ihren schmalen Fingern.

»Klar.«

Langsam wurde Peters Grinsen ungeduldig.

»Worum geht es hier?«

»Woher hattest du gestern den Becher?«

»Welchen Becher?«

»Den Becher, auf dem Emilias Name stand.«

»Das hab ich euch doch gesagt: Der stand da!«

»Wie kann er denn einfach dagestanden haben?«

»Es hat ihn wohl wer da hingestellt!«

»Wie klug du bist!«

»Kriegt euch mal wieder ein.« Peters Grinsen verschwand. »Was ist euer Problem?«

»Hast du jemanden gesehen, der ihn dort hingestellt hat?«

»Wie gesagt, habe ich nicht.«

»Woher sollen wir wissen, dass du ihn nicht selbst beschriftet hast?«

»Keine Ahnung!« Jetzt wurde er laut. »Warum *wollt* ihr das überhaupt wissen?«

Peter wurde immer schnell laut. Genau das hatte Marico an ihm gestört. Zum Feiern haben sie sich oft gesehen, sie sind auch gern zusammen weggegangen, aber mehr ginge nicht, hatte Marico immer gesagt. Denn sobald Peter ungeduldig wurde, verschwand auch seine gute Laune. Und er wurde schnell ungeduldig. Fast alles langweilte ihn – nur nicht feiern gehen und zocken, damit kannte er sich aus. Mit Musik, mit Alkohol und PCs. Vielleicht ist das auch der Grund gewesen, warum die Mädels ihn gestern Nacht noch ins Visier genommen hatten.

Ich erinnerte mich nur noch dunkel an alles, aber schon während sie mich nach Hause brachten, kam das Gespräch auf Peter. Er hatte mir schließlich den Becher überreicht und im Nachhinein wirkte sogar seine Betrunkenheit übertrieben. Außerdem ging das Gerücht um, dass er sich mal in die Schuldatenbank eingehackt hätte. Für ihn wäre es bestimmt leicht, Maricos Profil zu knacken.

Ich versuchte, mich auf meinem Tisch bequemer hinzusetzen, und sah Peter an. Besonders gut sah er ja nicht aus, aber er hatte was. Zu lange Haare, zu weit hervorstehende Augen und etwas zu volle Lippen. Irgendwie interessant. Ich versuchte mir vorzustellen, dass er es gewesen war, all das. Dass er mir als Marico schrieb. Aber warum sollte er das tun? Fand er es lustig? Half es ihm gegen die Langeweile?

»Warum hast du gestern eine Party veranstaltet?«

»Ja, Mädels, keine Ahnung, warum veranstaltet man eine Party? Wahrscheinlich, weil man feiern will!«

»Und warum will man feiern, wenn ein guter Freund gerade erst gestorben ist?«

Peter hielt inne, damit hatte er wohl nicht gerechnet.

Es wurde still in unserem Klassenzimmer. Maricos Name war zwar nicht ausgesprochen worden, doch jetzt stand er trotzdem im Raum. Irgendwo zwischen Lorena und Peter, er geisterte zwischen den Stühlen, den Tischen, zwischen Beamer und Decke, zwischen Tafel und Pult umher und setzte sich schließlich neben mich. Hier würde der Name sitzen bleiben, das wusste ich. Ich konnte ihn ganz dicht neben mir spüren. Marico. Ma-ri-co. Hinter meinen geschlossenen Lippen formte meine Zunge die Silben nach. Langsam und ausgiebig. Dabei hatte ich sie schon so oft abgeschmeckt. Erst heute Morgen beim Aufstehen: Ich konnte nichts essen, mir schmeckten nur diese Buchstaben. Auf dem Schulweg formte ich sie noch einmal nach, und nun, in der ersten großen Pause, schon wieder. Diesmal heimlich in unserem Klassenraum. Eigentlich durften wir nicht hier sein, aber bei den höheren Jahrgängen waren die Lehrer nicht mehr so streng.

»Er ist nicht gerade erst gestorben«, widersprach Peter, aber seine Stimme klang schon etwas leiser.

»Es ist nur ein paar Wochen her!« Lorena blieb hart.

»Marico hätte gewollt, dass wir auch mal wieder Spaß haben.«

»Du hast keine Ahnung, was Marico gewollt hätte.«

Ich hatte doch etwas gesagt. Ganz plötzlich – damit hatte ich selbst nicht gerechnet. Bei diesem Satz klang meine Stimme leise und rau. Die anderen schwiegen. Nur Maricos Name wurde deutlicher, wärmer, mir stieg seine Hitze ins Gesicht. Und dann nutzte Tila die Stimmung aus.

»Du hast wahrscheinlich nicht damit gerechnet, dass wir dich so schnell überführen würden, oder? Aber mal ganz ehrlich: Emilia per SMS auf die Party einladen, die du selbst gibst, da dann total schlecht einen Betrunkenen spielen, Emilia sogar selbst den Becher geben und dann auch noch diesen Liederwunsch bei deinem eigenen DJ abgeben? Das war nicht so intelligent, oder?«

Peters volle Lippen standen offen.

»Bitte was?«

Er war völlig verwirrt.

»Erklärt mir einfach mal, was los ist.«

»Wir wissen das mit Facebook. Wir wissen, dass du Emilia von Maricos Handy und E-Mail aus kontaktierst.«

Seine Lippen öffneten sich noch weiter.

»Jetzt verstehe ich überhaupt nichts mehr.«

Meine Freundinnen sahen sich an. Langsam zweifelten sie wohl doch daran, dass er es gewesen ist.

»Wirklich, ich habe absolut keine Ahnung, wovon ihr redet. Warum sollte ich Emilia mit Maricos Handy anrufen?«

Lorena sah Peter an und überlegte. Dann sagte sie: »Emilia, zeig ihm die Nachrichten.«

Das bedeutete, ich musste aufstehen. Vorsichtig hob ich meine Beine über die Tischkante und schob mich nach vorne. Noch während ich auf die anderen drei zuging, vibrierte es in meiner Hosentasche. Ich blieb stehen und kramte mein Handy hervor.

»Was ist?« Tila sah mich mit weit geöffneten Augen an.

»Eine neue SMS.«

»Von ihm?«

Auf diese Frage antwortete ich nicht, ich las nur vor: »Danke für den wunderschönen Abend. Sehen wir uns heute wieder? Um 20 Uhr im Capitol an der Kinokasse. Nur du und ich.«

Wir starrten uns an, bis Peter die Stille unterbrach: »Von wem ist die?«

»Von Marico«, sagte ich und sah wieder auf die SMS.

»Wie?«

Ich holte tief Luft.

»Jemand schreibt mir von Maricos Handy«, sagte ich dann langsam.

»Und von seinem Facebook-Profil«, fügte Lorena hinzu.

»Und von seiner E-Mail-Adresse.«

Tila sah Peter noch ein letztes Mal forschend an, doch er wirkte so überrascht, dass auch sie nicht mehr daran glaubte, er könnte dahinterstecken. Außerdem hatten wir ihn die ganze Zeit beobachtet, es war ihm unmöglich gewesen, mir in diesem Moment eine SMS zu schreiben.

»Dieser Jemand hat mich gestern zu deiner Party bestellt. Er hat mir den Gin Tonic zukommen lassen und mir das Lied gewidmet.«

Jetzt stachen Peters Augen noch weiter hervor, seine Lippen wurden noch voller.

»Ach du Scheiße«, sagte er nur.

»Wir sollten den DJ fragen, wer sich das Lied gewünscht hat«, überlegte Lorena. »Vielleicht kann er sich noch an irgendwas erinnern.«

Ich nickte. »Peter, kannst du uns seine Nummer geben?«

Sofort zog Peter sein Handy aus der Hosentasche.

»Vielleicht kann ich euch noch was ganz anderes geben.« Er sah an mir vorbei aus dem Fenster.

»Was meinst du?«

»Ihr habt gesagt, er schreibt auch Facebook-Nachrichten?«

»Manchmal, ja.«

»Ich könnte herausfinden, von welcher IP-Adresse

aus sich zuletzt jemand in Maricos Profil eingeloggt hat.«

»Echt? Das kannst du?«

»Wenn wir Glück haben, schon. Außer, er hat sie verschleiert, dann haben wir keine Chance. Aber ich könnte es versuchen.«

»Und was machen wir dann mit der IP-Adresse?«

»Wenn wir richtig viel Glück haben, führt sie uns zu einer realen Adresse, und ihr könnt an der Tür klingeln.«

Keine von uns wusste, ob wir Peter wirklich glauben sollten. Vor allem widerstrebte es uns, in irgendeiner Weise auf ihn angewiesen zu sein. Nicht nur, dass er wenig verlässlich war, er forderte meist auch eine Gegenleistung für seine Hilfe. Und das erst hinterher, wenn es längst zu spät war, um den Deal noch abzulehnen.

Wir lehnten nicht ab. Die Vorstellung, dass der Schreiber einen Fehler gemacht haben könnte, dass er im Netz Spuren hinterlassen hatte, denen wir folgen würden, war einfach zu verlockend. Ich könnte ihn verfolgen, statt nur von ihm gelenkt zu werden.

Wir stimmten zu, nahmen Peter aber noch das Versprechen ab, die Geschichte für sich zu behalten. Wenn durch ihn die ganze Schule davon erfahren würde – und dafür hätte Peter schnell sorgen können –, würde ich sicher nichts mehr von dem Schreiber hören. Peter müsste es nur seiner klatschliebenden Schwester Sarah oder seinem beschränkten Sportlerfreund Colin erzählen und schon wüsste es mindestens die gesamte Handballmannschaft unserer Schule.

Und obwohl ich die ganze Nacht geheult hatte, obwohl mir unser Lied nicht mehr aus dem Kopf ging, obwohl ich mich noch immer an das Gefühl von Maricos tanzenden Schultern unter meinen Fingern erinnern konnte, wollte ich nicht, dass die Nachrichten aufhörten. Auf keinen Fall.

An diesem Vormittag war ich zu müde, um auf den Unterricht zu achten. Und das, obwohl es immer wieder ums Abi ging. Marico hatte nie über das Abi gesprochen, er hatte überhaupt keine Angst davor gehabt. Ich überlegte, ob er irgendwie gewusst hatte, dass das Abi ihn nicht interessieren musste. Dass er stattdessen Zeit hatte, mich während des Unterrichts zu filmen.

An einem Tag wollten wir abends ins Kino gehen. Es sollte ein klassisches Date werden. Wir wollten einmal amerikanisch sein, hatte Marico gesagt.

»Ich führe dich aus«, hatte er vorgeschlagen. »Ich hole dich ab, halte dir die Tür zum Auto auf und fahre dich ins Kino.« In einen Schwarz-Weiß-Film, um noch zu betonen, wie klassisch wir sein wollten.

Berauscht von diesem Plan begann er schon in der Schule, die Welt in Schwarz-Weiß zu sehen. Dabei war das eigentlich nicht unser Ding. Wir liebten Farbkontraste, das Leuchten und Funkeln. Nur an diesem Tag wollten wir davon mal absehen. Marico hatte sein Handy in der Hand, heimlich, er hatte die Filmfunktion aktiviert und die Linse auf mich gerichtet. Über dem Bild ein Schwarz-Weiß-Filter. Ich konnte natürlich nicht sehen, wie er mich sah, und trotzdem fühlte ich mich die ganze Englischstunde lang wie die Hauptdarstellerin eines alten Films. Als wären meine Haare kräftig schwarz und fließend, mein Gesicht viel heller und glatt, und manchmal kitzelten mich kleine dunkle Filmflecken auf den Wangen.

Auch der Raum nahm immer mehr Graustufen an. Die Farbe wich nicht nur aus mir, sondern auch aus den Gegenständen: das Grün aus der Tafel, das Braun aus den Tischen, das Blau, Rot, Lila aus den Kleidungsstücken der anderen und das Blond aus Lorenas Haaren. Wir hörten auf zu leuchten, dafür wurden wir eleganter. Geheimnisvoller. Künstlerischer.

Vor dem Fenster verstärkte sich der Schatten zwischen den Blättern. Der Himmel nahm ein dunkles Weiß an – nur an diesem Tag wusste ich genau, wie so ein dunkles Weiß aussah. Ich konnte es sehen. Fast glaubte ich, dass hin und wieder sogar helle Kreise oben in der Ecke aufblitzten: die Schnittmarken. Nur ganz kurz, aber sie waren da. Marico hatte meinen Tag geschnitten und aneinandergeklebt. Er hatte die richtigen Marken gesetzt und so kam nach Englisch Mathe und nach Mathe Sport.

Auf dem Heimweg war sein Akku leer, aber meiner war ganz voll. Ich drehte den Spieß um und hielt meine Handykamera hoch. Jetzt sah ich die Welt tatsächlich in Schwarz-Weiß, und es überraschte mich, wie traurig sie wirkte. Nur Maricos Gesicht nicht. Ohne Farben hatte es mehr Lachfalten, einen tiefsinnigeren Mund und größere Nasenflügel.

»Wie schön bin ich?«, fragte er mich, und ich stolperte. Über den Bordstein, über seine gespielte Arroganz.

»Geht so«, lachte ich. »Wenigstens fallen deine Augenringe nicht mehr so auf.«

Jetzt, Wochen später, auf dem gleichen Heimweg, nur allein, kam ich wieder an dieser Stelle vorbei. Ich hielt meine Kamera hoch, sie filmte die Straße in Schwarz-Weiß. Ich zoomte näher an den Gartenzaun heran, an die Stelle vor dem Haus, das seit Jahren leer stand. Die oberen Fenster waren eingeschlagen worden, doch es hatte noch eine Türklinke, eine Hausnummer. Vor der kleinen Drei aus Messing hatte Marico mich an sich gezogen und mit mir gelacht, er hatte mein Lachen erstickt, und ich hatte es gefilmt. Ohne Farbe. Lippen ohne Farbe, Wangen, zwei Zungen, vier Augenlider ohne Farbe.

Heute, Wochen später, stand ich wieder an der gleichen Stelle und filmte. Das Haus stand noch immer leer, die oberen Fenster waren weiterhin zerbrochen. Die Drei gab es noch.

Ich zwang mich, auf der grauen Straße weiterzugehen, so wie damals, vor Wochen, vor wenigen Wochen – so lange war es noch gar nicht her, dass wir zu zweit weitergegangen waren und das Grau der Bäume noch diese traurige Eleganz gehabt hatte. Heute hatte es nur noch die Traurigkeit und an der war nichts elegant.

Eigentlich hatten Tila und Lorena mich nicht

allein nach Hause laufen lassen wollen. Doch ich hatte darauf bestanden, als wäre ich nicht allein, als wäre das Schwarz-Weiß meiner Kamera ein guter Begleiter.

Vor wenigen Wochen war es das zumindest noch gewesen. Es hat Marico und mich einander nähergebracht – zwei Darsteller im gleichen Film, zwei Gestalten auf der gleichen Leinwand.

»Und wie heißt der Film?«, hatte ich gefragt.

»Welchen Film meinst du?«

»Den Film, den du für heute Abend ausgesucht hast.«

»Ach so. Du meinst nicht unseren, den wir gerade drehen?«

»Nein.«

»Er heißt ›Oh Boy‹.«

»Welcher jetzt?«, fragte ich. »Der heute Abend oder unserer?«

»Vielleicht beide.«

Ich musste schon wieder lachen.

»Wieso das denn?«

Marico blieb stehen und sah in die Kamera.

»Klappe, die Erste!«, rief er und klatschte in die Hände.

»Geht's dir gut?«

»Wir spielen jetzt die erste Szene aus unserem Film ›Oh Boy‹! Was, glaubst du, passiert in einem Film, der so heißt?«

»Da kann alles passieren.«

»Ganz genau!«

Also hatte ich ihm mein Handy in die Hand gedrückt und war losgerannt, einen kleinen Abhang hinunter. Die Straße war frei, dachte ich. Ich rannte und sprang und schlug ein Rad und kam mit dem Knie auf, weil ich viel zu viel Schwung hatte und das Rad nicht rechtzeitig stoppen konnte. Marico rief noch meinen Namen, aber da hatte das Auto vor mir schon eine Vollbremsung gemacht. Ein schreiender Mann sprang heraus. Er fluchte und warf die Arme in die Luft. In seinen Mundwinkeln schäumte es vor Wut und seine Augen wurden immer kleiner.

Marico redete mit ihm in ruhigem Ton, er entschuldigte sich für mich, half mir hoch, schirmte mich ab und brachte mich nach Hause.

Das Blut an meinem Knie war von Anfang an rot. Vielleicht flohen vor diesem Farbton alle Grautöne. Meine Haut wurde wieder brauner, die Bäume grüner und Maricos Hose blauer.

»Tut mir leid«, sagte ich leise. Ich hatte es nicht verderben wollen.

Doch Marico schwieg, er lächelte nur ganz leicht, nahm den Arm nicht von meiner Schulter und brachte mich nach Hause.

»Um halb acht hole ich dich ab«, erinnerte er mich noch, bevor er ging.

Jetzt erinnerte mich niemand, nur die SMS, die ich immer wieder las. Heute Abend würde mich niemand abholen. Ich würde allein ins Kino gehen müssen.

Tila und Lorena hatten zwar immer wieder vorgeschlagen, mitzukommen, doch ich hatte abgelehnt.

In der SMS stand schließlich: »Nur du und ich.« Würden wir zu dritt dort auftauchen, könnte das alles verderben.

Ich stieg auf mein Fahrrad, fuhr vorbei an der Schwimmhalle, den Abhang hinunter, über die Kreuzung und quer durch die Altstadt. Ein paar ältere Leute sahen mich böse an, doch ich wollte über das Kopfsteinpflaster rumpeln, ich brauchte das. Meine Hände zitterten, und niemand konnte sehen, ob es nur am unebenen Boden lag oder an meiner seltsamen Verabredung.

Es waren viele Menschen unterwegs. Ein paar nutzten noch die letzten Minuten, in denen die Geschäfte geöffnet waren, um ihre Einkäufe zu erledigen. Manche saßen draußen und bestellten eine Pizza. Dabei war es heute wieder ziemlich frisch.

Ich fuhr an ihnen vorbei bis zur nächsten Kreuzung. Der Weg wurde immer kürzer. In wenigen Sekunden würde ich ankommen, mein Fahrrad abschließen und das Capitol betreten.

Als ich mit Marico hergefahren war, hatte ich hinter einer Autotür und einer Fensterscheibe gesessen. Sie war beschlagen. Gemeinsam traten wir in die Kälte hinaus. Marico trug den dicken Schal, den ich ihm geschenkt hatte, und ein zum Glück viel breiteres Lächeln als das, das er mir nach meinem Beinahe-Unfall zugeworfen hatte.

Hand in Hand hatten wir das Capitol betreten und uns an der Kasse angestellt. Gespannt darauf, die Welt gleich wieder ohne Farbe zu sehen.

Auch heute fror ich, dabei war es mindestens

fünfzehn Grad wärmer als damals. Ich legte meine Hände ineinander, Hand in Hand ging ich hinein. Es war nicht besonders voll, nur drei, vier andere Leute standen im Raum. Niemand wartete an der Kasse.

Ich sah auf die Uhr. Noch sechs Minuten. Warum war ich schon so früh losgefahren? Zum Glück kannte ich hier niemanden und musste mit niemandem reden.

Um mich nicht allein zu fühlen, tat ich so, als würde ich auf jemanden warten. Sah immer wieder auf die Tür und auf die Uhr. Dann auf mein Handy. Nichts Neues. Was hatte der Schreiber damit gemeint, dass wir uns um acht an der Kasse treffen sollten? Ich stellte mir vor, es würde tatsächlich jemand auftauchen, genau um acht. Er wäre auch allein und ich hätte ihn vorher noch nie gesehen. Wir würden nebeneinandersitzen, und keiner von uns wüsste, was er sagen sollte. Ich war nicht wütend, nicht an diesem Abend. Auf niemanden.

Ich sah auf die Tür und stellte mir vor, Marico würde hereinkommen. Genau um acht. Er würde wieder den Schal tragen, auch wenn es dafür längst zu warm war. Auf seinem Gesicht ein breites Grinsen und in der Hand sein Handy. Es würde wieder seinen Schwarz-Weiß-Filter über die Welt legen und wir würden uns mit einem grauen Kuss begrüßen.

Jetzt öffnete sich die Tür tatsächlich, doch es war ein lachendes Paar, das eintrat. Ein bisschen erschrak ich und wandte mich ab.

»Entschuldige, bist du Emilia?«, hörte ich jemanden sagen. Ich drehte mich um und sah den Jungen hinter der Kinokasse an. Ich nickte.

»Jemand hat dir zwei Karten hinterlegt«, sagte er und hielt die Kinokarten hoch. »Sie sind schon bezahlt.«

Langsam trat ich näher und nahm sie entgegen. »Oh Boy« stand dick gedruckt in der Mitte. Ich ließ mich von den Karten lenken – ins Kino zwei, in die Reihe acht, auf die Sitze fünf und sechs. Erst als ich saß und auf die Leinwand sah, merkte ich, dass ich genau hier auch beim letzten Mal gesessen hatte. Auf dem gleichen Platz in der gleichen Reihe. Doch diesmal war der Platz neben mir frei. Die Werbung hatte schon begonnen, als mein Handy vibrierte. Darauf zwinkerte mir Marico zu.

»Schön, dass du da bist, ich habe dich vermisst.«

Ich sah mich um. Das Pärchen von eben saß zwei Reihen vor mir, es unterhielt sich lautstark. Hinter mir saß noch eine Frau in den Vierzigern, ansonsten war das Kino leer. Wusste der Schreiber, dass ich mich gerade hingesetzt hatte? Die Türen standen noch offen, doch draußen sah ich niemanden. Ich starrte auf die Scheibe an der hinteren Wand, durch die der Film projiziert wurde. Vielleicht stand er dort, geschützt von der Undurchsichtigkeit des Glases. Vielleicht konnte er hinter der Scheibe alles überblicken: meine Bewegungen, meine Blicke, meine Griffe zum Handy.

Ich drehte mich wieder um und der Film begann. Der Platz neben mir blieb frei.

Als Marico dort gesessen hatte, hatte ich seine

Hand genommen. Hin und wieder strich ich ihm durch die Haare, im Dunkeln hatten sie kaum Farbe. Wir beide schienen keine zu haben, genauso wenig wie Tom Schilling. Wir verstanden seine Blicke, seine langsamen Bewegungen. Nur seine Antriebslosigkeit konnten wir nicht verstehen.

Mein Handy vibrierte leise und ich löste die Tastensperre.

»Ich würde so gern deine Hand nehmen. Schau in deine Mails.«

Schnell öffnete ich das Mailprogramm und tatsächlich wartete dort seit einer halben Stunde eine E-Mail von Marico.

Liebe Emilia,

gerade habe ich mir unser Video wieder angesehen.
Unser Schwarz-Weiß-Video, weißt du noch?
Ich war so fasziniert von deinem Graustufengesicht, dass ich ganz nah rangezoomt habe. Und das hast du genau gemerkt. Du hast den Mund leicht geöffnet und immer wieder in die Ferne gesehen. Sonst machst du das nie. Eigentlich lachst du immer, dein Blick schweift nie, er fixiert. Eigentlich ist es dein Blick, der nah heranzoomt, nicht meiner. Nur diesmal haben wir die Rollen getauscht.
Ich habe mir das Video wieder und wieder angesehen. Du bist wunderschön, weißt du das? Und dann rennst du los, so schnell du kannst, deine Haare kommen gar nicht hinterher, so schnell bist du. Du denkst nicht nach, du rennst nur, springst ab und schlägst ein Rad,

überschlägst dich. Plötzlich sind deine Füße in der Luft und deine Hände am Boden, plötzlich ist es dein Knie. Ich habe mich wirklich erschrocken, als das Auto näher kam, als es so scharf bremsen musste. Und doch ist es die beste Szene des ganzen Films. Es ist der Höhepunkt. Dein Blut war schwarz. Dunkelschwarz. Unser Film ist viel spannender als »Oh Boy«. Trotzdem gehe ich mit dir gern noch einmal rein. In Gedanken nehme ich wieder deine Hand, ich fühle wieder deine Finger in meinen Haaren. In Gedanken kann ich dich auf die Wange küssen und in die Seite kneifen, wenn du an den Härchen in meinem Nacken zupfst.
Es ist schön, wieder mit dir hier zu sein. Vielen Dank dafür.

Dein Marico

Als ich die Nachricht gelesen hatte, konnte ich die Leinwand kaum noch erkennen. Ich hatte Tränen in den Augen. Schnell wischte ich sie weg. Wer auch immer das geschrieben hatte, durfte mich nicht in der Hand haben. Ich durfte ihm nicht die Macht geben, mich zum Weinen zu bringen. Vielleicht sollte ich einfach aufstehen und gehen. Ihn hier sitzen lassen oder wenigstens seinen Blick allein lassen, von wo auch immer er mich beobachtete.

Vielleicht war er auch gar nicht hier. Vielleicht wusste er nur, dass ich ins Kino gegangen und noch nicht wieder herausgekommen war. Er könnte irgendwo draußen stehen, er könnte sogar schon nach Hause gegangen sein.

Noch einmal vibrierte mein Handy, doch diesmal war die SMS von Lorena:

»Wir haben gerade mit dem DJ gesprochen. Jetzt halt dich fest, das glaubst du nie: Der Liedwunsch für dich kam von einem Mädchen!«

Ich starrte auf die SMS. Das konnte doch nicht sein. War es eine von meinen Freundinnen? Doch wer von ihnen wäre dazu in der Lage? Schnell tippte ich eine Antwort: »Ohne Scheiß? Weiß er noch, wie sie aussah?«

Lorena antwortete sofort: »Er kann sich nicht mehr erinnern, er weiß nur noch, dass er sie hübsch fand.«

Ich sah wieder auf, doch auf den Film konnte ich mich jetzt noch weniger konzentrieren. Ich versuchte mir vorzustellen, ein Mädchen hätte all die Nachrichten geschrieben. Warum war mir dieser Gedanke zuvor noch nicht gekommen? Warum erschreckte er mich sogar noch mehr als die Vorstellung, irgendein kranker Typ, ein verrückter Verehrer oder einfach ein trauriges Arschloch würde dahinterstecken?

Gerade holte Tom Schilling zu einem Golfschlag aus. Während dieser Szene war ich beim letzten Mal aufgestanden, um aufs Klo zu gehen. Ich musste von Anfang an, hatte mich aber nicht getraut. An dieser Stelle ging es dann nicht mehr anders. Ich versuchte, mich wenigstens jetzt auf die mir noch völlig neue Szene einzulassen, um kurz mal an etwas anderes zu denken. Doch dann vibrierte mein Handy schon wieder.

»Musst du nicht zur Toilette? Geh doch bitte kurz.«

Marico zwinkerte.

Wieder sah ich mich um. Wusste er – oder sie –, dass ich an dieser Stelle schon beim letzten Mal das Kino verlassen hatte? Wenn ja, musste der Schreiber irgendwo in der Nähe sein. Er musste den Film auch sehen, er musste mich doch beobachten. Mein Mund wurde ganz trocken.

Langsam stand ich auf, obwohl meine Beine sich dafür fast zu weich anfühlten. Geduckt ging ich durch die Reihen, öffnete die große schwarze Tür und trat auf den Gang hinaus. Er war leer. Auch im Foyer war niemand, nur der Kartenverkäufer las an seinem Platz eine Zeitung.

Ich ging an der Wand des Kinosaals entlang bis zur Tür, hinter der die Projektoren standen. Leise öffnete ich sie und sah in den kleinen, stickigen Raum. Außer der Maschine arbeitete dort niemand mehr, niemand stand an der Scheibe, um mich zu beobachten.

Ich sah hinab auf den Kinosaal. Von hier aus hätte er alles im Blick haben können. Vielleicht hatte er gerade eben noch hier gestanden, genau an dieser Stelle, vielleicht hatte er die ganze Zeit durch diese Scheibe gesehen.

Im Kinosaal lehnte sich eine Frau an die Schulter ihres Freundes. Eine andere schlug die Beine übereinander. Keine von ihnen sah auf ihr Handy. Auch nicht der Mann. Sie sahen sich nicht um, standen nicht auf, suchten mich nicht. Sie schienen sich voll und ganz auf den Film zu konzentrieren, ich kam in ihrem Leben nicht vor.

Also ging ich dann doch zur Toilette. Ich sah in den Spiegel und war überrascht, wie gefasst ich aussah. Überrascht, dass meine Haare nicht zerzaust waren wie sonst, wenn ich Angst hatte, dass mein Gesicht nicht übermäßig blass oder rot wirkte. Ich sah aus wie immer.

Um irgendetwas zu tun, wusch ich mir die Hände. Dabei fiel mein Blick auf einen hellroten Lippenstift, der neben dem Waschbecken lag. Leise kündigte mein Handy eine neue SMS an.

»Der ist für dich«, schrieb Marico. »Bitte trag ihn auf.«

5

Mit noch nassen Fingern nahm ich den Lippenstift in die Hand. Als ich ihn öffnete, klackte es leise. Vorsichtig drehte ich den roten Stift heraus und hob ihn an den Mund, fuhr mir erst über die Unterlippe, dann über die Oberlippe. Jetzt glänzte mein Mund rot. So stark schminkte ich ihn mir sonst nie. Ich presste die Lippen aufeinander, verwischte einen kleinen Fehler im Mundwinkel und sah mich an. Mein Gesicht schien nur noch aus Lippen zu bestehen.

Ich hörte eine neue SMS ankommen und las: »Ich wusste, er würde dir stehen.«

Noch ein Blick in den Spiegel. Es war gelogen. Diese Farbe stand mir absolut nicht. Sie war viel zu hell, viel zu grell. Sie biss sich mit meinen Augen und wirkte völlig lächerlich zu den langen Haaren.

Mein Handrücken war ganz heiß vor Wut, als er den Lippenstift von meinem Mund wischte und ihn quer über meine Wange zog. Mit pochenden Fingern und in grellem Hellrot begann ich, eine Botschaft auf den Spiegel zu schmieren. In Großbuchstaben schrieb ich »Fick dich« quer über mein Gesicht, über meine rot beschmierten Wangen, über meine wütenden Augen und meinen dunklen Haaransatz.

Keine Ahnung, wen ich damit meinte, mich selbst oder den Schreiber. Vielleicht uns beide.

Ich malte ein Ausrufezeichen ans Ende des Satzes und unterstrich ihn noch. Bevor ich mir endgültig lächerlich vorkommen konnte, setzte ich schnell den Deckel auf den Lippenstift, nahm meine Tasche und stürmte aus der Toilette. Mit großen Schritten lief ich durch das Foyer, riss die Tür auf und rannte zu meinem Fahrrad.

So schnell wie in dieser Nacht bin ich noch nie nach Hause gefahren.

Im Treppenhaus schrieb ich Lorena und Tila, und noch bevor ich in meinem Zimmer angekommen war, klingelte es an der Tür. Darauf hatten sie gewartet, wahrscheinlich waren sie sofort losgerannt.

»Wie siehst du denn aus?«, fragte mich Lorena, als die beiden in meinem Zimmer ankamen. Ihre Stimme klang besorgt.

»Was ist passiert?«

»Das ist nur Lippenstift.«

»Seit wann benutzt du Lippenstift?«

»Überhaupt nicht«, antwortete ich und ließ mich auf mein Bett fallen. »Tut ihr mir einen Gefallen und zieht die Vorhänge zu?«

»Warum das denn?«

»Keine Ahnung.«

Sobald Tila meinem Wunsch nachgekommen war, begann ich zu erzählen. Und je mehr ich erzählte, desto ruhiger wurde ich.

Und je mehr sich Emilia beruhigte, desto aufgeregter wurde ich.

Immer wieder sah ich an der blauen Hauswand hoch, langsam ging ich rückwärts, bis meine Füße auf dem Grünstreifen standen. Und trotzdem konnte ich in dem weißen Fensterrahmen, der mir sonst so oft Emilia präsentierte, nichts erkennen. Nicht einmal einen Schatten. Sie hatten die Vorhänge zugezogen und wahrscheinlich auch das Licht gedimmt.

Ich drehte mich um. Der Oldtimer, den jemand auf die Garage gestellt hatte und dort verfallen ließ, grüßte mich wie so oft stillschweigend. Ich lief die Straße hinunter, bog ab und setzte mich auf die Bank, auf der ich so oft saß. Ich versuchte mich zu beruhigen.

Emilia war abgehauen. Dabei hatte der Film gerade erst begonnen. Ich hatte mich darauf gefreut, dass sie mit meinem Lippenstift in den Kinosaal zurückkehren würde, mit besonders roten Lippen, die im ganzen Kino leuchten würden. Ich wollte meinen eigenen Farbfleck in diesem Raum sehen, mich ihr noch über eine Stunde lang nahe fühlen. Das Gleiche sehen wie sie, das Gleiche hören. Ich wollte ihren Blick auf meinen Nachrichten wissen.

Stattdessen hatte sie mich beleidigt. In Rot stand da »Fick dich« und ich war gemeint. Nur ich. Doch wenn ich ehrlich zu mir selbst war, ganz ehrlich, dann musste ich mir eingestehen, dass es mir ein wenig geschmeichelt hat. Nicht nur, dass sie gestern mit mir getanzt hatte, nein, heute war sie mit mir ins Kino gegangen und ist dabei sogar so wütend auf mich geworden, dass sie sich nicht mehr beherrschen konnte. Ich hatte ein Gefühl in ihr ausgelöst, ich hatte mich in ihre Gedanken ge-

schlichen, ich hatte sie dazu gebracht, die Kontrolle zu verlieren.

Diese Überlegung ließ mich tief durchatmen. Ich holte mein Handy hervor und schrieb: »Ich mag es, wenn du böse wirst. Hoffentlich streiten wir uns noch öfter. Schlaf schön, dein Marico.«

Kurz bevor wir schliefen – heute alle bei mir, damit ich nicht allein bleiben musste –, sagte Lorena noch: »Vielleicht sollten wir ihn morgen anzeigen. Oder *sie*.«

»Vielleicht«, sagte ich, und Tila nickte.

»Gleich morgen, nach der Schule.«

Doch dann schliefen wir ein, und als wir wieder aufwachten, war der Lippenstift in meiner Handtasche nur noch ein Lippenstift. Die Geschehnisse von gestern waren nur noch eine Erinnerung. Und meine Wut war abgeklungen.

Lorena und Tila konnten es schon an meinem Blick sehen. Beim Frühstück sagte Tila: »Du willst weitermachen, oder?«

»Was meinst du?«, fragte ich, um Zeit zu gewinnen.

»Du willst nicht zur Polizei gehen.«

Ich schüttelte den Kopf.

»Ich muss es selbst herausfinden.«

Auf dem Weg zur Schule gingen wir alle Mädchen aus unserem Deutschkurs durch. Konnte es wirklich eine von ihnen sein?

»Was ist mit Viola?«, fragte Tila.

»Ich hab sie die ganze Zeit beobachtet.« Lorena schüttelte den Kopf. »Mir ist wirklich gar nichts an ihr aufgefallen. Ich hab nicht einmal gesehen, dass sie überhaupt ein Handy dabeihatte.«

»Und ihre Mädels?«, fragte ich und dachte an den festen Kreis um Viola. Sie waren immer zu fünft unterwegs, egal, was sie taten. Viola war der Mittelpunkt, aber auch die anderen waren unzertrennlich.

»Sarah ist zum Beispiel total mit ihrem Handy verschmolzen«, warf Tila ein.

»Aber traust du ihr so was zu?«

»Besonders lieb ist sie jetzt nicht.«

»Aber auch nicht besonders schlau. Überleg mal, was sie für Deutschklausuren schreibt. Meinst du echt, sie könnte Maricos Stil in Mails nachahmen?«

Sofort schüttelte ich den Kopf.

»Auf keinen Fall.«

Plötzlich spürte ich eine Hand auf meiner Schulter. Ich wirbelte herum.

»Peter!«, rief ich. »Erschreck mich doch nicht so!«

»Sorry.« Er kramte in seiner Tasche. »Aber ich hab was für euch.«

Wir blieben stehen und warteten. Diesmal hatte uns zum ersten Mal nicht sein After Shave darauf vorbereitet, ihn gleich zu sehen. Er wirkte etwas unausgeschlafen, war nicht perfekt rasiert, und sein Blick war noch glasiger als sonst.

»Es war total leicht. Fast schon zu leicht«, sagte er und runzelte die Stirn.

»Was war leicht?« Tila zog die Augenbrauen hoch.

»Das mit der Adresse?«, fragte ich, und wortlos überreichte Peter mir einen Zettel.

Ich faltete ihn auf. Mit Kuli hatte Peter einen Straßennamen daraufgekritzelt. Dazu die Hausnummer.

»Du konntest die reale Adresse herausfinden?«

»Na ja, das ist das einzige bewohnte Haus in der Straße.«

»Und woher hast du die Straße?«

»Ich konnte die IP-Adresse ohne Probleme identifizieren. Der hat sich gar keine Gedanken gemacht. Vielleicht weiß er nur durch Zufall Maricos Passwort und hat sonst überhaupt keine Ahnung. So sah es jedenfalls aus. Die Straße war schon ein größeres Problem. Aber na ja …« Er grinste stolz.

»Du bist schon ein Held«, lachte Lorena.

»Schon.« Fast hätte er sich noch auf die Brust geklopft.

»Du weißt aber, dass du dafür nichts kriegst, oder?« Tila grinste kein bisschen. Stattdessen suchten sich ihre Finger gegenseitig, um das ein oder andere Gelenk knacken zu lassen.

Doch Peter zog nur die Augenbrauen hoch. »Dafür würde ich auch nichts wollen.«

»Danke, Peter«, sagte ich und legte ihm die Hand auf den Oberarm. »Das ist super.«

Er nickte und lief zum Eingang der Schule.

Ich starrte auf die Adresse.

»Meint ihr echt, der wohnt da?«

»Wohl eher *sie* wohnt da«, verbesserte mich Tila.

»Von mir aus auch *sie*.«

Lorena zuckte mit den Schultern.

»Wenn wir Glück haben, schon.«

»Wann fahren wir hin?«

»Gleich nach der Schule?«, schlug Tila vor.

»Ich habe heute lang wegen Sport«, warf Lorena ein.

»Also am Abend?«

Ich nickte.

»Um sechs in Lorenas Straße. Von da aus ist es ja nicht mehr weit.«

An diesem Tag fiel Bio aus. Ich konnte also noch früher nach Hause gehen, dabei wollte ich das gar nicht. Viel lieber hätte ich über Zellstrukturen gesprochen, als meine Jacke anzuziehen und allein auf den Hof hinauszugehen, um dann allein in den Bus zu steigen und nach Hause zu fahren.

Normalerweise machte mir Alleinsein gar nichts aus. Meistens genoss ich es sogar, mich nach der Schule für ein paar Stunden in mein Zimmer zurückzuziehen und mit niemandem reden zu müssen. Meine Freundinnen wussten das und ließen mir mindestens zwei Stunden Zeit, bevor sie anriefen oder vorbeikamen. Auch meine Eltern nahmen darauf Rücksicht, was ihnen nicht schwerfiel – sie mussten beide viel arbeiten und kannten das Gefühl, sich ausklinken zu müssen.

Wenn ich mich ausklinkte, lag ich auf meinem Bett und starrte an die Decke. Die wenigsten wissen, wie Nichtstun funktioniert, aber ich hatte es gelernt. Nach Maricos Tod habe ich zwei Wochen lang nichts getan. Ich habe auf meinem Bett gelegen und jedes Körperteil entspannt. Nichts musste sich bewegen, nur meine Lider schlugen immer wieder auf und zu, mein Herz pochte, meine Organe arbeiteten. Mein Gehirn war in dieser Zeit ausgeschaltet, arbeitslos. Ich konnte es freiräumen. So wie mein Zimmer freigeräumt wurde, als es renoviert werden sollte. Wir haben alles rausgetragen. Zwar standen der Flur und das Schlafzimmer meiner Eltern jetzt voll, doch mein Zimmer war leer. Ein großer, hohler Raum, es hallte von den nackten Wänden. Wir hatten die Tapete abgerissen, die Balken des Fußbodens rausgehoben und einen neuen verlegt, eine neue Tapete an die Wände geklebt. Und als alles getrocknet war, kamen die Möbel zurück. Wir ordneten sie nur ein wenig anders an.

Es ist ein tolles Gefühl gewesen, im eigenen, aber veränderten Zimmer zu wohnen. Die ersten Tage waren so besonders. Als würde man einen fremden Menschen kennenlernen oder einen bekannten aus einer ganz anderen Perspektive. Ein klein wenig sprühten die Funken.

Das Gleiche mache ich immer wieder mit meinem Kopf. Ich räume ihn frei und tapeziere neu, verlege einen neuen Fußboden. Dafür muss ich allein sein, ich muss auf dem Bett liegen und an die Decke starren. Die hat genau die richtige, glattweiße Farbe.

Doch heute fiel es mir schwer, allein im Bus zu sitzen und allein zu Hause anzukommen. Aus irgendeinem Grund wusste ich, dass ich meinen Kopf heute nicht leer räumen würde. Es gab jemanden, den ich nicht rausschmeißen könnte. Jemanden, der sich an den nackten Wänden festkrallen würde. Das war in der Schule oder mit meinen Freundinnen besser zu ertragen. Doch Tila hatte Bio-LK und Lorena musste wegen ihres Sportkurses noch in der Schule bleiben.

Ich öffnete meine Zimmertür und starrte auf meinen Laptop. Wahrscheinlich sollte ich ihn nicht aufklappen, meine Mails nicht abfragen und mich nicht bei Facebook einloggen. Ich sollte mich einfach auf mein Bett legen und entspannen.

Doch der Computer zog mich an. Ich musste einfach darauf zusteuern und ihn einschalten.

Zuerst checkte ich meine Mails und war erleichtert: Marico hatte nicht geschrieben. Dann ging ich auf Facebook.

Anfangs sah ich nur ein paar Posts von meinen Freunden. Ich wollte mich schnell im Chat offline melden, als eine Nachricht aufploppte.

»Hallo Emilia, wie geht es dir heute?«

Sie war von Marico. Auf dem Foto grinste er, als wüsste er die Antwort längst.

Ich kämpfte mit mir. Eigentlich sollte ich nicht antworten. Am besten wäre es, ich würde mich ohne ein Wort abmelden und aufs Bett legen, versuchen, meinen Kopf doch noch auszuräumen, die fremden Krallen von der Wand zu lösen und den Schreiber – oder die Schreiberin – rauszuschmeißen.

Aber ich konnte es nicht. Ich schrieb: »Das geht dich absolut nichts an.«

Spätestens jetzt wäre es Zeit gewesen, sich abzuwenden, doch auch das konnte ich nicht. Ich starrte auf den Nachrichtenverlauf, wartete auf die Antwort. Sie kam. Natürlich.

»Es tut mir leid.«

Ich verstand nicht. Damit hatte ich nicht gerechnet. Wofür wollte sie oder er sich entschuldigen? Hatte sie ein schlechtes Gewissen bekommen? Jetzt doch noch, nachdem ich gestern so ausgerastet war? Ich atmete ein wenig schneller. Vielleicht hatte ihm, nein, ihr mein Verhalten die Augen geöffnet. Ich überlegte, ob sie nun erkannt hatte, was sie mir antat, und dass es dafür überhaupt keinen Grund geben könnte. Langsam tippte ich: »Was genau meinst du? Dass du die Erinnerung an Marico beschmutzt? Oder dass du mich mit unseren früheren Dates quälst?«

»Mir tut es leid, dass ich in meiner letzten Nacht dort war, wo ich war – es war ein Fehler.«

Ich las die Nachricht mehrmals, wurde jedoch nicht schlau daraus. *In meiner letzten Nacht* – war damit die Unfallnacht gemeint? Oder ging es um gestern? Und wo soll Marico oder die Schreiberin gewesen sein – im Projektionsraum? Im Auto? Entschuldigte sie sich für ihr ständiges Beobachten oder entschuldigte sich Marico für seinen eigenen Tod?

»Sag bloß, darüber hast du nie nachgedacht?«

»Worüber?«

»Darüber, wo ich gewesen bin.«

Ich schickte drei Fragezeichen.

»In jener Nacht fuhr ich auf der Eisenacher Straße. Der Baum, gegen den ich geprallt bin, stand ziemlich genau zwischen Trügleben und Gotha. Hast du dich nie gefragt, was ich dort getan habe?«

Ich konnte mich nicht dagegen wehren, wieder das Geräusch seines Autos zu hören, ganz leise. Ich hatte es immer gemocht. Es hatte lustige kleine Reisen angedeutet und von bunten Feuerwerken erzählt. Jetzt bereitete es mir Bauchschmerzen.

Ich sah aus dem Fenster, und mein Blick blieb an dem Oldtimer hängen, der vor der gegenüberliegenden Garage stand. Früher hat dort mal ein Lackierer gewohnt, doch das ist lange her. So lange, dass mittlerweile kleine Sträucher aus der Windschutzscheibe und dem Dach wuchsen. Dieser Oldtimer hatte Zeit, in der Witterung langsam zu verfallen. Er glänzte längst nicht mehr und sicherlich war ihm der Motor vor Jahren entnommen worden. Wahrscheinlich gab es nicht mal mehr Stoffbezüge über den Sitzen. Niemand könnte jetzt noch in ihn einsteigen und einfach losfahren. Niemand würde zu lange aus dem Fenster sehen, sodass der Wagen gegen einen Baum prallen könnte. Dieses Auto würde nicht mehr zu Schrott gefahren. Es würde noch lange dort stehen bleiben, von Pflanzen überwuchert, bis es selbst zu einer Pflanze geworden war.

Es ploppte leise und ich sah zurück auf den Bildschirm.

»Als ich gegen den Baum gefahren bin, ist meine Windschutzscheibe in Richtung Gotha zersplittert. Ich war auf dem Weg zurück. Ich war auf dem Weg zu dir.«

Wenn man fernsieht, kann man den Blick abwenden. Man kann sich umdrehen und durch das Zimmer laufen, sich einen Tee kochen oder Schokolade holen.

Bei schlimmen Vorstellungen geht das nicht. Auch nicht, wenn man es versucht. Ich wollte den Blick abwenden, doch es war unmöglich. Das Auto wurde lauter, es kam näher heran. Der Baum wartete schon. Er stand fest, ihn würde nichts bezwingen, er würde gewinnen, ohne Frage. Er stand, und als das Auto vor ihm stehen blieb, wankte er nur kurz. Das Auto splitterte. Die Windschutzscheibe löste sich auf, so wie die Glasvase, die in unserem Bad gestanden hatte. Sie hatte sich im ganzen Raum verteilt. Die Scherben konnte niemand mehr zusammensetzen. Überall flogen Glasstücke, sie bohrten sich in die Rinde des Baums, in den gefrorenen Boden und in die noch warme Haut.

»Hast du dich nie gefragt, von wo aus ich auf dem Weg zu dir war? Warum ich über die Eisenacher Straße zu dir fahren musste?«

Ich konnte nur den Kopf schütteln. Aufschreiben konnte ich das nicht.

»Es tut mir leid, dass ich dort gewesen bin. Dass ich aus Trügleben kam. An diesem Abend wollte ich es dir erklären, aber dazu bin ich nicht mehr gekommen. Entschuldige.«

Dann war er offline.

Vor meinem geistigen Auge schwebten die Scherben wieder zurück an ihren alten Platz, sie setzten sich zusammen, waren wieder eine Windschutzscheibe, das Auto entzerrte sich, kroch aus der Rinde heraus und fuhr rückwärts auf der Eisenacher Straße in Richtung Trügleben. Warum?

Diese Frage hatte ich mir bisher tatsächlich nicht gestellt, und ich versuchte, es auch jetzt nicht zu tun. Sicher hatte Marico irgendeinen Freund besucht, vielleicht einen Familienangehörigen. Was sollte daran falsch sein, aus Trügleben nach Gotha zu fahren? Gar nichts. Ein Irrer oder eine Irre stellte mir seltsame Fragen, um mich noch mehr zu quälen. Mehr steckte sicher nicht dahinter. Ich legte mich auf mein Bett, versuchte zu renovieren und scheiterte. Also wartete ich gedankenverloren darauf, dass es endlich Abend wurde.

»Ich hätte Sport wirklich schwänzen sollen«, rief Lorena, als sie ihr Fahrrad auf uns zuschob. Ihr rotes Gesicht glänzte noch immer.

»Wie ich es hasse.«

Tila lachte. »Vielleicht solltest du noch schnell duschen!«

»Wieso?«

Ich rümpfte die Nase und wedelte mir Luft zu.

»Ihr seid doch scheiße«, grinste Lorena, während sie sich auf ihr Rad schwang.

»Was viel wichtiger ist als mein Körpergeruch: Warum bitte führt uns diese IP zu einer Straße, in der nur noch ein Haus bewohnt ist?«

»Sie will nur ablenken«, rief mir Tila zu, »fahr besser nicht hinter ihr! Da kriegst du alles ab!«

»Versucht das ruhig!« Lorena lachte und trat in die Pedale. Kurze Zeit war sie vorn, doch gegen Tila hatte sie keine Chance. Ohne sich groß anzustrengen, zog sie an der Freundin vorbei und winkte ihr noch zu.

Ich ließ die beiden um die Wette fahren und blieb im Hintergrund. Von hier aus konnte ich das Rennen sowieso besser beobachten.

Lorena versuchte, sich an Tilas Korb festzuhalten, sodass Tila gefährlich schwankte. Zur Strafe schnitt sie ihr kurze Zeit später den Weg ab und Lorena musste sich auf ihre Rücktrittbremse stellen.

Erst als wir in der Straße ankamen, deren Namen auf unserem Zettel stand, wurden beide langsamer. Sogar Tila atmete jetzt schwer, sie hatte sich letztlich wohl doch anstrengen müssen, um vorn zu bleiben.

»Okay, gewonnen«, keuchte Lorena, und Tila nickte wissend.

»Zurück zu meiner Frage. Findet ihr das nicht auch seltsam?«

»Warum seltsam?«

Tila ordnete ihr Haar. »Einmal, dass Peter sofort diese IP-Adresse entschlüsseln konnte, und dann, dass sie uns hierherführt. Ich meine, guckt euch mal um!«

Wir taten es. Es war wirklich eine seltsame Gegend. Die Grundstücke auf beiden Straßenseiten waren riesig. Große Gärten, ausladende Tore, verschnörkelte Zäune und herrschaftliche Bauten. Doch musste es lange her sein, dass hier einmal reiche Leute gewohnt hatten. Oder dass hier überhaupt mal jemand gewohnt hatte. An vielen Stellen betonten Graffiti den Wandel der Zeit, und die Fensterscheiben waren überall dort eingeschlagen, wo sie nicht von Holzbrettern geschützt wurden. Die Gärten wucherten langsam zu, in vielen Ecken türmte sich der Müll. Einen halben Fernseher konnte ich erkennen, Sprungfedern eines alten Sofas, Bierdosen.

Es war die Gegend der Reichen, die es längst nicht mehr gab. Ich stellte mir vor, hier hätten Familien wie die Buddenbrooks gelebt, auch wenn diese Häuser sicher nicht schon seit dem 19. Jahrhundert leer standen. Vielleicht war der letzte reiche Mann dieser Straße trotzdem genau hier, wo ich mein Fahrrad abschloss, vor Jahrzehnten unter Zahnschmerzen zusammengebrochen.

Vielleicht aber auch nicht. Schließlich lebte noch mindestens ein Mensch in dieser Straße. Vielleicht der Mensch, der mir täglich als Marico schrieb.

»Ein bisschen gruselig«, sagte Tila.

»Eine Geisterstraße«, erwiderte ich und sah, dass sie ein Grinsen unterdrückte.

»Passt ja«, konnte sie sich nicht verkneifen zu sagen, und ich musste mit ihr lächeln.

»Also, es müsste zwei Häuser weiter sein.« Natürlich ging Lorena voran. Unter ihren blonden Locken konnte ich sehen, dass der Schweiß ihren Ansatz verdunkelt hatte. Ihre Haare waren trotzdem der hellste Farbfleck in dieser Straße. Es tat gut, ihm zu folgen. Zu sehen, dass es trotz der auffälligen Vergangenheit noch immer eine Gegenwart gab, durch die wir uns bewegten.

Das Haus, vor dem sie stehen blieb, unterschied sich in seinem Verfall kaum von den anderen. Aber es war kleiner, hatte keinen Garten und auch kein aufwendig gestaltetes Tor. Ohne Zweifel passte es – damals wie heute – trotzdem in diese Straße. Die Fassade war einst aufwendig gestaltet worden, sogar der Tür sah man noch an, wie prunkvoll sie früher gewesen sein musste. Früher. Heute wunderte man sich darüber, dass in diesem Haus tatsächlich noch jemand wohnen konnte. Doch es gab beschriftete Briefkästen und ein paar Klingelschilder an der Tür. Bevor wir sie uns genauer ansehen konnten, öffnete sich sogar ein Fenster.

»Ja, hallo!«, rief eine alte Frau und lehnte sich über ihr Fensterbrett. Sie lächelte uns erfreut zu. Ganz so, als hätte sie hier nicht besonders oft Besuch.

»Guten Tag«, sagte ich und lächelte möglichst gewinnend zurück. Sicherlich war sie nicht die unbekannte Schreiberin. Aber vielleicht wusste sie etwas über die anderen Bewohner des Hauses.

»Wohin wollt ihr denn?«, fragte sie, und während ich noch versuchte, mir eine passende Antwort auszudenken, fügte sie schon hinzu: »Sicher zu Jasmin?«

»Zu Jasmin«, sagte ich langsam. »Ja, woher kennen Sie denn Jasmin?«

Ich kannte absolut niemanden, der so hieß. Geschweige denn, dass ich jemals zu jemandem gewollt hätte, der diesen Namen trug.

Jetzt lachte die alte Frau, sodass ihr rosafarbener Strickpulli zitterte. »Sie ist meine Enkelin!«

Ich machte ein Geräusch, das so klang wie »Aahja«, während die Frau hinzufügte: »Sie ist oft hier bei mir. Aber sie wohnt natürlich bei ihren Eltern!«

»Oh«, sagte ich. »Ach so, na dann sind wir hier ja falsch. Oder ist sie gerade da?«

»Nein leider nicht!«

»Das ist natürlich schade.« Schnell fügte ich noch hinzu: »Aber vielen Dank!«

Gerade wollte ich mich schon verabschieden, als mir noch eine Frage einfiel: »Wo wohnen denn Jasmins Eltern?«

»Na, die wohnen doch außerhalb. In Richtung Trügleben!« Die Frau nickte ein paar Mal, als würde sie ihrer eigenen Äußerung zustimmen.

Mir wurde schwindelig. Jetzt konnte ich mich nicht mehr verabschieden. Die anderen beiden erledigten das für mich. Besorgt sahen sie mich an, während wir schweigend zurück zu unseren Fahrrädern liefen.

6

»Was ist los?«, fragte Lorena und hielt mich an den Schultern fest.

»Es geht schon«, sagte ich und löste mich aus ihrem Griff. »Lasst uns erst mal fahren.«

Den ganzen Weg bis zu mir fuhren wir langsam, und keiner sagte ein Wort, bis vor meine Haustür, bis in mein Zimmer. Wir schlossen Tür und Vorhänge.

»Was ist mit dieser Jasmin?«, fragte Tila, so sanft sie konnte.

Langsam setzte ich mich auf mein Bett.

»Marico hat sich heute Nachmittag entschuldigt.«

»Wofür?«

»Dafür, dass er kurz vor seinem Unfall in Trügleben war.«

»In Trügleben?«

»Angeblich wäre er an jenem Tag von Trügleben nach Gotha gefahren, und es würde ihm leidtun, dass er dort war.«

»Und was hat das mit Jasmin zu tun?«, fragte Tila mit hochgezogenen Augenbrauen.

»Die Oma meinte doch, Jasmin wohne in Trügleben. Glaubt ihr, das ist ein Zufall?«

Meine Freundinnen sahen sich an. Tila wirkte

völlig verwirrt und Lorena schien fieberhaft nachzudenken.

»Es ist auf jeden Fall seltsam«, sagte Lorena langsam, »aber andererseits könnte es wirklich ein Zufall sein. In Trügleben wohnen fast 400 Leute.«

»Lorena, das ist nichts!«, rief ich und musste sogar ein bisschen lachen. »Weißt du, wie winzig dieses Kaff ist? Das kann kein Zufall sein! Der Schreiber will uns aus irgendeinem Grund zu dieser Jasmin führen, auf jeden Fall! Wenn es nicht sogar Jasmin selbst ist.«

Kurz starrten mich beide überrascht an, dann sagte Lorena: »Aber wir kennen diese Jasmin überhaupt nicht. Was sollte sie davon haben?«

Ich zuckte die Schultern, dabei wusste ich die Antwort längst. Wahrscheinlich wusste Lorena sie auch, und eigentlich hätte sogar Tila darauf kommen können, doch wir schauten möglichst ratlos, beschlossen, erst einmal darüber zu schlafen und morgen herumzufragen. Dann schalteten wir den Fernseher ein.

Ich konnte noch nicht über Jasmin nachdenken. Nicht an diesem Abend.

In meinem Traum setzte sich Maricos Windschutzscheibe noch einmal aus tausend Scherben zusammen, sein Auto kroch wieder aus der Baumrinde heraus und fuhr rückwärts nach Trügleben. Diesmal verschwamm es nicht zu einem Fragezeichen, bevor es das Dorf erreichte. Diesmal fuhr es am Ortsschild vorbei. Blind bog es ab, und noch einmal und noch einmal. Vor einem alten Bauernhaus blieb es stehen. Langsam schob sich Marico aus dem Auto heraus, seitlich, sein Gesicht wirkte ernst. Mit dem Rücken voran näherte er sich dem Eingang und mit jedem Schritt wurde sein Blick freundlicher. Entspannter. Marico lächelte, als die Tür hinter ihm aufschwang, noch bevor er sie erreichte.

Am Griff hing eine Hand, eine Mädchenhand mit rot lackierten Fingernägeln. An der Hand ein schlanker Arm, am Arm ein gerader Oberkörper, und auf diesem Oberkörper saß ein kleiner Kopf mit einem hübschen Gesicht, das auf unheimliche Weise Violas ähnelte. Es war nur noch schöner. Es wirkte besorgt, aber als sich Marico umdrehte, fing das Mädchen an zu lächeln. Jetzt strahlte auch er und zwei breit lächelnde Lippenpaare kamen sich immer näher.

Mir wurde schlecht. In gewisser Weise wusste ich, dass es ein Traum war, doch das war egal. Es konnte trotzdem wahr sein. Beides war möglich, beides gleichzeitig. Übelkeit schoss durch meinen ganzen Körper. Mir war in den Beinen schlecht, in den Knien, in den Füßen, im Brustkorb. Mir war schlecht in den Armen und Schultern, im Rücken und vor allem im Kopf. Meinen Ohren war schlecht, meinem Mund, meinen Wangen. Meine Augen wollten sich übergeben, als sich die beiden Lippenpaare trafen. Und mit diesem Kuss schien mein eigener Mund zu gefrieren.

Wie Marico Jasmin ansah, wie er die Augen schloss, wie er sie küsste – ich hatte die ganze Zeit geglaubt, diese Intimität würde nur uns gehören. Mir wurde kalt, mein Gesicht wurde ganz hart. So als bestünde ich aus Stein, als wäre ich nur ein Gegenstand und als hätte es mich als Mensch, als Mädchen nie gegeben. Vielleicht hatte ich nie ein Gesicht gehabt, nie einen Mund, mit dem ich Marico anlächeln und küssen konnte. Nie Arme, mit denen ich ihm winken, nie Hände, mit denen ich ihn berühren konnte. Ich spürte mich selbst nicht mehr und hatte keine Ahnung, ob das jemals anders gewesen war.

Als ich am nächsten Morgen aufwachte, war meine Zunge taub, wie auch mein Zahnfleisch, meine Lippen. Aber ich war noch da. Irgendwie. Obwohl ich wusste, dass es keine andere Erklärung für Jasmin geben konnte. In gewisser Weise war mir klar, was ich heute herausfinden würde, und ich wusste auch, dass es keinen Weg zurück gab.

Leise kribbelten meine Lippen, als ich in die Schule fuhr.

Ich presste sie sogar dann noch aufeinander, um für eine bessere Durchblutung zu sorgen, als wir schon in der hintersten Ecke des Schulhofs standen und Jonathan umzingelten – schließlich musste er alles wissen, er war Maricos bester Freund gewesen. Trotzdem fiel es Lorena sichtlich schwer, ihn streng anzusehen. Eigentlich hatte sie die Verhörnummer mittlerweile beängstigend gut drauf, doch Jonathans leises »Mmh«, das er unbewusst machte, um den anderen zu zeigen, wie gut er zuhörte, seine kantigen Wangen und die intelligenten Augen lenkten sie offensichtlich ab.

»Also, Mädels, was ist denn los, mmh?« Er lächelte freundlich und sah von einer zur anderen.

»Wir wollten dich was fragen.« Lorena lächelte sanft zurück, doch Tila trat einen Schritt näher an Jonathan heran.

»Wer ist Jasmin?«, fragte sie in scharfem Ton, vor dem sogar ich leicht zurückweichen wollte.

»Wer?«, fragte Jonathan, doch wir alle sahen, dass er von einem Fuß auf den anderen trat und den Blick etwas zu verlegen zu Boden sinken ließ.

»Jasmin. Wir glauben, sie wohnt irgendwo bei Trügleben, und eventuell war Marico bei ihr, bevor er verunglückt ist.«

»Wie kommt ihr denn darauf?«, fragte Jonathan etwas zu schnell.

»Wir haben eine Quelle.«

»Was für eine Quelle?«

»Das ist unwichtig«, sagte ich. Obwohl mein Mund noch immer staubtrocken war, konnte man meine Worte klar und deutlich hören.

»Sag es mir einfach, Jonathan. Ich hab ein Recht darauf, es zu erfahren.«

»Was zu erfahren?« Hilflos sah er zwischen uns hin und her. Ich verschränkte nur die Arme.

»Was willst du denn jetzt von mir hören?«, fragte er mich und klang etwas schrill. »Marico ist ... ich meine ... du hast schon genug durchgemacht.«

Diesmal wurde mir nicht schwindelig, ich stand fest. »Du bist nicht schuld daran, dass ich es erfahre«, sagte ich leise. »Ich weiß es eigentlich schon. Aber ich brauche mehr Informationen. Nur die Hälfte zu wissen, ist das Schlimmste. Sag mir einfach, wer sie ist, was zwischen den beiden lief und wo wir sie finden können.«

»Warum wollt ihr sie denn finden? Was willst du von ihr?«

Ich überlegte kurz. Wir sollten ihm nicht die Wahrheit sagen. Der Schreiber hat uns ausdrücklich darauf hingewiesen, niemanden mehr einzuweihen. Schon Peters Mitwissen war ein großes Risiko. Also sagte ich: »Es würde mir helfen, mit ihr zu sprechen. Da bin ich mir sicher.«

Jonathan nickte langsam, leise machte er: »Mmh.« Er schien nach den richtigen Worten zu suchen.

»Ich habe Jasmin nur einmal gesehen, aber Marico hat mir von ihr erzählt. Sie ist die Cousine von Colin, die beiden haben sich bei einem seiner Spiele kennengelernt, es ist noch nicht besonders lange her.«

»Wie lange?«, fragte ich, dabei wollte ich es eigentlich gar nicht wissen.

»Etwa drei Monate«, sagte Jonathan. »Sie haben sich immer öfter gesehen. Bevor ... es passiert ist, haben wir noch darüber gestritten.«

Er konnte mich nicht ansehen, als er das sagte. »Nach unserem Gespräch wollte er es dir eigentlich sagen.«

In Gedanken sah ich Marico Jasmin küssen, in sein Auto steigen und in Richtung Gotha fahren, auf der holprigen Landstraße. Er fuhr ruhig, sah nach vorn, nicht aus dem Fenster, er fuhr geradeaus, nicht gegen den Baum, sondern bis nach Gotha, bis vor meine Haustür.

Er klingelte und dann sah er mich ernst an. Kein Kuss zur Begrüßung, keine Berührung. Was hätte er zu mir gesagt?

Es tut mir leid, dass ich dort war, wo ich war – es war ein Fehler. Hätte er genau das gesagt, wenn er nicht gegen den Baum gefahren wäre? Oder hätte er Schluss gemacht? Mir seine Affäre gebeichtet, um dann wieder zu fahren? Wieder über die Landstraße, vorbei am Baum, bis nach Trügleben, zurück zu Jasmin?

»Wo können wir sie finden?« Tila löste mich ab. Wahrscheinlich sah sie, dass ich keine weiteren Worte finden würde.

»Sie geht aufs Gustav-Freytag«, antwortete Jonathan, ohne aufzusehen, »in die dreizehnte Klasse.«

»Nachname?«

»Gießdorf.«

Wir nickten und wandten uns ab.

»Emilia«, sagte Jonathan leise, und ich sah ihn an. »Es tut mir leid. Echt.«

Ich nickte noch mal, bevor ich ging.

In ihrem Profilfoto auf Facebook sah sie ganz anders aus als Viola. Trotzdem war sie schöner. Sie hatte wirklich lackierte Fingernägel, ihre Haare waren noch länger als meine, ihre Augen noch heller, blauer. Sie sah nett aus. Jasmin Gießdorf aus Trügleben. Sie wirkte sympathisch. Dabei wollte ich ihr Foto am liebsten melden, oder besser: gleich ihr ganzes Profil löschen. Es hätte dieses Mädchen nicht geben dürfen. *Sie* sollte sich wie ein Gegenstand fühlen, wie ein Stein mit tauber Zunge und kribbelnden Lippen, nicht ich.

Stattdessen küsste sie in meinen Gedanken immer wieder Marico. Rückwärts näherte er sich ihr, beide Gesichter hellten sich auf, er drehte sich um, landete punktgenau auf ihrem Mund, dann blieb das Bild stehen. Ich ließ es vorwärtslaufen. Ein gelächelter Kuss, Marico drehte sich um, und langsam entfernte er sich, langsam verschwand sein Lächeln, ebenso wie ihres. Wieder spulte ich zurück – sofort hellten sich die Gesichter wieder auf, näherten sich einander, küssten sich lächelnd. Hin und her. Vor und zurück. Glücklich, traurig, in Zeitlupe. Stopp. Zurückspulen. Stopp.

»Wir sollten Reli schwänzen«, sagte Tila jetzt.

»Warum das denn?«

»Dann könnten wir zum Gustav-Freytag fahren und ihr auflauern.«

»Wie denn auflauern?«, fragte Lorena und musste über Tila lachen. »Willst du dich in einen Busch hocken und ein Fernglas rausholen, oder was?«

Ich blieb ernst, es ging nicht anders. Weiterhin starrte ich auf mein Handy, in Jasmins Gesicht.

»Mann.« Tila legte den Kopf genervt zurück. »Kann doch sein, dass wir sie auf dem Schulhof sehen!«

»Und was dann?«

Tila zuckte mit den Schultern.

»Dann rede ich mit ihr«, sagte ich, ohne aufzusehen.

Überrascht sahen mich meine Freundinnen an. Lorena zog die Augenbrauen hoch.

»Bist du sicher, dass du das willst?«, fragte sie, und ich nickte.

»Gehen wir.«

Um zu Jasmins Schule zu kommen, mussten wir den Bus nehmen. Die Fahrräder hatten wir schließlich nicht dabei und das Gymnasium lag ziemlich weit außerhalb. Es war kein Problem, einfach über den Schulhof zu laufen, als wäre die Schule für uns heute schon vorbei. Wir lächelten sogar einem Lehrer freundlich zu, und der nickte. Nur Colin rief uns zu: »Ey, Schule schwänzen oder was?«, und hob lachend beide Arme. Er hatte keine Ahnung, dass eigentlich er an allem schuld war. Hätte er keine Cousine, wäre er nicht schon seit Jahren völlig auf seinen Sport fixiert, sodass er alle Freunde zwang, ihn ständig beim Handballspielen zu beobachten, oder hätte er Marico einfach nie kennengelernt, wäre das alles wohl nicht passiert. Marico hätte Jasmin nie kennengelernt, er wäre in jener Nacht nicht auf dieser Landstraße gewesen, er wäre wohl nie gegen diesen Baum gefahren. Wir warfen Colin einen genervten Blick zu, er zuckte nur mit den Schultern und lief weiter.

Im Bus lehnte ich meinen Kopf an die kühle Fensterscheibe. Heute war es wieder kalt und grau draußen. Vielleicht hatte es den Frühling in diesem Jahr noch gar nicht gegeben. Ich überlegte, ob wir uns das mit der Sonne, den hochgekrempelten Hosen und den kurzärmeligen T-Shirts nur eingebildet hatten. So was passiert schnell. Man ist fest davon überzeugt, dass es draußen warm und hell ist, man führt eine Beziehung, in der man sich vertraut, man hat die erste große Liebe gefunden, mit der alles einfach perfekt läuft, und dann kommt der Winter, dann kommt Jasmin und lächelt elegant.

Irgendwo musste ich einen Fehler gemacht haben. Nach dem Frühling kommt nicht einfach so der Winter. Da stimmte etwas nicht. Ich bin doch dabei gewesen, ich habe doch die Sonne auf meiner Haut gespürt, ich hatte sogar einen leichten Sonnenbrand auf dem Scheitel. War das alles nicht echt? Konnte ich mir so etwas tatsächlich eingebildet haben?

Es ist ein ähnlicher Bus gewesen, in dem ich Marico das erste Mal gesehen hatte. Na ja, nicht wirklich das erste Mal, aber zumindest zum ersten Mal bewusst. Ich hatte keine Ahnung, dass er auf meine Schule ging oder wie er hieß. Er stand nur an der Tür und roch nach einer durchgebrannten Glühbirne. Ganz deutlich. Ich musste ihn überrascht angestarrt haben, während ich diesen Duft einatmete und deutlich roch, wie er an einer Lampe hantiert haben musste – vielleicht an einer Stehlampe, einer Küchenlampe, einer Schreibtischlampe, im Nachhinein bin ich mir sicher, dass es ein Fotoscheinwerfer gewesen sein musste –, bis die Glühbirne plötzlich zischte und verlosch. Ihr letztes Licht, ihre letzte Hitze hatten sich auf ihn übertragen. Entweder nur auf seine Kleidung oder sogar auf sein Haar.

Er erwiderte meinen überraschten Blick und lächelte.

Danach habe ich länger nicht mehr an ihn gedacht, bis wir uns schließlich in der neu gegründeten Foto-AG gegenüberstanden. Wir sind die ersten Mitglieder gewesen und auch die einzigen, wir hatten genügend Zeit, Portraits von uns zu schießen. Erst von Kopf bis Fuß, dann den Oberkörper, schließlich das Gesicht, die Augen, die Lippen, die Zunge.

Während ich im rumpelnden Bus saß, wollte ich alles, nur nicht an unseren ersten Kuss denken, nur das nicht, also dachte ich nur an unseren ersten Kuss.

Es ist gleichzeitig das erste Mal gewesen, dass wir zu einem Feuerwerk fuhren. Marico hatte mich mit dem Auto abgeholt, und ich war eingestiegen, ohne zu wissen, wo ich wieder aussteigen würde. Auf der Fahrt redeten wir viel zu viel und viel zu schnell. Unsere Stimmen überschlugen sich und versuchten sich gegenseitig zu übertönen. Immer wieder mussten wir laut lachen und uns dabei krümmen, doch nachdem wir auf einer großen Wiese ausgestiegen waren, unter einem hellen Feuerwerk, wurden wir stumm. Es war laut genug für uns beide zusammen, es war bunt genug.

Marico fotografierte die Farben und Formen, während ich mich durch die Menschenmenge schlich, um heimlich offene Münder, aufgerissene Augen und bunte Spiegelungen auf den Pupillen zu fotografieren.

Wir blieben viel länger als die meisten anderen. Viel länger als das Knallen und Funkeln. Am Ende saßen wir im Dunkeln auf dem Rasen, die Beine angezogen, mein Handrücken berührte seinen Oberschenkel wie aus Versehen, seine Schulter stieß vorsichtig an meine. Wir sahen uns an, und ich versuchte, nicht zu kichern, weil er so ernst aussah und so sehnsuchtsvoll schaute. Ich kicherte trotzdem und zum Glück lächelte da auch er. Ich weiß nicht mehr, wer sich zuerst vorgebeugt hatte, wer zuerst den Mund geöffnet und wessen Lächeln das des anderen zuerst berührt hatte. Wahrscheinlich beugten wir uns gleichzeitig vor, öffneten gleichzeitig unsere Lippen und küssten uns gleichzeitig.

Es war mein erster Kuss, der erste überhaupt. Das musste jetzt über ein Jahr her sein, so lange, dass man die Küsse danach nicht mehr zählen kann. Am Anfang habe ich das noch nicht gewusst. In der ersten Woche habe ich mitgezählt und Lorena und Tila stolz von jedem einzelnen berichtet.

Viola musste das mitbekommen haben. Zumindest zog sie mich irgendwann auf den Flur und sagte genervt: »Mädchen, krieg dich mal wieder ein. Du hast einen Freund, das ist ja super. Aber niemanden interessiert es, wie oft ihr euch küsst! Auch nicht deine tollen Freundinnen, die sind nur zu nett, um dir das zu sagen. Also übernehme ich das für sie. Wie lang willst du noch mitzählen? Wenn ihr zusammenbleibt, kannst du dir die Zahl schon im nächsten Monat nicht mehr merken.«

Während ich jetzt im Bus saß und aus dem Fenster schaute, bereute ich es, ihren Rat befolgt zu haben. Ich hatte gedacht, die Zahl wäre unendlich. Wenn wir immer zusammenblieben, Marico und ich, dann bräuchte ich nicht zu zählen, dann hörten die Küsse niemals auf.

Natürlich hatte ich mich geirrt. Vielleicht wäre es schön gewesen, heute eine Zahl zu haben. Vielleicht eine Elftausendfünfhundertsechsundachtzig. Diese Zahl hätte wenigstens festgestanden. Sie hätte Substanz gehabt. Vielleicht hätte ich Jasmin mit dieser Zahl im Rücken besser gegenübertreten können. Sie hätte mir bestätigt, dass ich mir nichts eingebildet hatte, dass der Frühling wirklich schon mal da gewesen war und dass ich ein Mädchen war, das einen Mund hatte. Kein Gegenstand, kein Stein.

Wir mussten aussteigen. Langsam folgte ich meinen Freundinnen.

Dieser Teil der Stadt war wirklich nicht schön. Überall erstreckten sich Plattenbauten, die Häuser waren so grau wie die Straßen, nur hin und wieder hatte jemand einen kastenförmigen Balkon rot gestrichen, um einen kleinen Farbakzent zu setzen. Diese Versuche wirkten aber noch trauriger als die farblosen Wände.

Schweigend gingen wir die Straße hinunter, bis wir das graueste Gebäude hier sehen konnten: die Schule. Vielleicht wirkte sie aber auch nur an diesem Tag so grau auf mich. Mehr Farbe hätte ich wohl nicht ertragen.

Langsam gingen wir über den Schulhof. Es kam

mir vor, als wäre es hier draußen noch kälter als in der Innenstadt. Ich zog meine Jacke fester und sah mich um. Ist Marico einmal hier gewesen? Hat er Jasmin von der Schule abgeholt? Das hätte sie bestimmt genossen: Ein fremder, gut aussehender Junge fährt ihretwegen mit dem Auto vor und lächelt charmant.

Wir liefen zum Eingang und öffneten die Tür. Es war kein Mensch auf dem Schulhof, niemand im Foyer. Wahrscheinlich war die Stunde noch nicht vorbei.

»Wie sollen wir sie denn hier finden?«, fragte Tila und drehte sich im Kreis. »Wir können ja wohl schlecht in jede Klasse gehen und nach einer Jasmin fragen.«

Doch noch bevor Tila stehen blieb und wieder in unsere Richtung sah, wussten wir, dass die Suche beendet war.

Ein Mädchen öffnete eine Glastür und ging langsam auf uns zu. Sie war größer als ich, irgendwie schlanker, irgendwie erwachsener. Ich konnte mich nicht dagegen wehren, alles an ihr mit mir zu vergleichen, schließlich ähnelte sie mir in gewisser Weise. Sie wirkte nur klarer, sie hatte schärfere Konturen, kräftigere Farben.

Mit ernstem Blick ging sie auf uns zu. Vor mir blieb sie stehen und ich starrte sie an. Es war sofort klar, dass sie wusste, wer ich war. Dass ich wusste, wer sie war. Ich musste schnell etwas sagen, bevor ich mich in dieser Situation verlor oder wieder zu Stein wurde.

»Woher weißt du, dass wir hier sind?«, fragte ich leise.

»Ich habe eine SMS bekommen.« Ihre Stimme klang klarer als meine, entschiedener.

»Von Marico?«

»Bitte was?« Sie trat einen kaum merklichen Schritt zurück.

»Was für eine SMS?«, fragte ich und reagierte nicht auf ihre aufgerissenen Augen.

Sie griff in ihre Hosentasche und zog ihr Handy heraus. Vorsichtig streckte sie den Arm aus und hielt es uns hin. Von einer unterdrückten Nummer waren ihr vier Wörter geschickt worden. »Emilia wartet im Foyer.«

»Von wem ist die?«

»Keine Ahnung.«

Forschend sah ich sie an. Tila und Lorena schwiegen. Sicher wären sie eingesprungen, wenn ich nicht weitergewusst hätte. Doch so lange standen sie hinter mir, wahrscheinlich ebenso verwirrt wie ich.

»Woher wusstest du, wer ich bin?«

»Facebook.«

»Und meinen Namen?«

Kurz senkte Jasmin den Blick, dann sah sie mich wieder an.

»Er hat mir von dir erzählt.«

Er.

Wieso hatte sie von mir gewusst, aber ich nicht von ihr?

Ich versuchte, einen klaren Kopf zu behalten, jetzt nicht noch tiefer in mein Loch zu stürzen, sondern nachzudenken. Vielleicht war sie es, die mich die ganze Zeit beobachtete. Vielleicht schrieb sie mir von diesem Handy aus, das sie noch immer in ihrer Hand hielt, um mich zu quälen. Vielleicht log sie und Marico hatte ihr gar nichts von mir erzählt. Es könnte doch sein, dass sie es erst nach seinem Tod rausgefunden hatte und so verletzt und wütend gewesen war, dass sie sich an mir rächen wollte. Möglicherweise war sie auch verrückt. Indem sie mir als Marico schrieb, konnte sie sich nicht nur an mir rächen, sondern sich ihm auch wieder nah fühlen. Es wäre doch möglich, dass sie deswegen in seine Rolle geschlüpft war. Dann beobachtete sie mich schon seit Tagen. Dann hatte sie dem DJ gesagt, er solle unser Lied spielen – weil es niemals ihres gewesen ist. Dann hatte sie mich ins Kino bestellt, weil Marico nie mit ihr in diesem Film gewesen war. Dann hatte sie sich bei mir für die Affäre entschuldigt, nur damit ich herausfand, dass ich nicht die Einzige für ihn gewesen war.

Wäre all das wahr, hätte sie natürlich schon gewusst, dass ich im Foyer auf sie warten würde, schließlich beobachtete sie mich nicht nur, sie hatte mir sogar eine Fährte zu sich selbst gelegt. Die SMS der unterdrückten Nummer wäre nur ein Vorwand gewesen, und der Schreiber, den ich die ganze Zeit suchte, stünde vor mir.

Jetzt holte sie noch einmal Luft.

»Außerdem habe ich euch schon mal in der Stadt gesehen. Ihr habt vorm Rathaus gesessen und Bier getrunken. Ich wusste gleich, dass du es bist.«

»Wegen Facebook?«

»Nein, du bist auf die gleiche Art auf und ab gesprungen, von der mir Marico erzählt hat.«

»Warum tust du das?«, fragte ich langsam.

»Was?«

»Hast du so einen Hass auf mich?«

»Was meinst du?«

»Für mich ist es auch schrecklich, so etwas zu erfahren. Natürlich. Und ich war viel länger mit ihm zusammen als du. Ich war schon lange vor dir da, und trotzdem würde es mir nie einfallen, so etwas zu tun.«

»Emilia, ich hab wirklich keine Ahnung, wovon du redest.«

»Jasmin, ich weiß es. Du hättest mir keine Fährte zu dir legen sollen. Es war doch klar, dass ich es dann herausfinde. Ich könnte dich sofort anzeigen, so was ist strafbar! Du kannst mir nicht von Maricos Profil und Handy schreiben und denken, dass du einfach so davonkommst!«

Jetzt trat Jasmin einen großen Schritt zurück, ihre Augen wirkten riesig. »Jemand … jemand schreibt dir von Maricos Profil?«

»Ganz genau. Vielleicht du, wer weiß. Du hast dich in Maricos Profil und Mail-Account eingehackt und schreibst mir von seiner Nummer aus SMS! Du hättest auch ein Motiv! Eifersucht. Und gestern wolltest du, dass ich alles über dich erfahre, damit es mir scheiße geht. Aber wenigstens weiß ich jetzt auch, wer mir das alles antut.«

Ich starrte Jasmin an und versuchte, hinter ihr

erschrockenes Gesicht zu sehen, doch sie schüttelte viel zu schnell den Kopf.

»Das ist ja furchtbar, seit wann bekommst du schon solche Nachrichten?«

In meiner Hosentasche vibrierte mein Handy. Mit zitternden Fingern fischte ich es heraus und las Maricos neue SMS.

»Es bricht mir das Herz, euch beide streiten zu sehen.«

7

Sofort sah ich mich um, doch wir waren die Einzigen im Foyer. Auch hinter der Glastür auf dem Schulhof sah ich niemanden, die Gänge rechts und links von uns waren leer, und ich konnte auch keine Schritte hören.

»Was ist?«, fragte Jasmin.

Ich hatte sie die ganze Zeit angesehen. Zwar hielt sie ihr Handy noch in der Hand ... aber hätte sie eine SMS schicken können, noch während ich mit ihr rede? Plötzlich kam mir das alles ziemlich abwegig vor. Warum sollte Jasmin mit den kräftigen Farben und den klaren Konturen überhaupt so etwas tun?

Ich zeigte Tila und Lorena die SMS, dann gab ich Jasmin mein Handy.

»O Gott«, sagte sie leise. Langsam schienen sie die kräftigen Farben und die starken Kontraste zu verlassen. Sie wurde weicher, blasser.

»O Gott«, wiederholte sie.

»So geht das seit Tagen«, sagte ich leise.

»Das ist schrecklich.« Jasmin schnappte nach Luft.

»Wir sollten gehen«, sagte Lorena plötzlich entschieden, und Tila nickte. Sie warf Jasmin noch einen bösen Blick zu, dann zog sie mich von ihr weg.

Ich griff nur noch schnell nach meinem Handy, dann wurde ich schon auf den Schulhof gezogen und verlor Jasmin aus dem Blickfeld.

»Die spinnt ja wohl!«, rief Tila, noch bevor die Glastür hinter uns ins Schloss gefallen war.

»Sei doch leise, das hat sie bestimmt gehört!«

»Na und? Sie ist selbst schuld!«

»Sicher macht sie auch einiges durch.«

Tila blieb stehen und sah mich mit funkelnden Augen an. »Hast du etwa Mitleid mit der?«, fragte sie mich.

»Sie hat ihn auch verloren.«

»Emilia!« Tila starrte mich entrüstet an. »Sie hatte was mit einem Typen, der eine Freundin hatte! Du bist die Letzte, die das verstehen muss!«

Ich nickte, doch dann sagte ich leise: »Wenn Marico damals eine Freundin gehabt hätte, hätte ich mich deswegen bestimmt nicht zurückgehalten.«

Tila schüttelte den Kopf, als hätte sie meine Worte überhaupt nicht gehört, und marschierte weiter.

»Und dann redet diese Tussi auch noch so einen Scheiß! Marico hat ihr natürlich alles erzählt, und sie weiß sogar, wie du rumhüpfst! Spinnt die? Ich hab keine Ahnung, was die meint! Du hüpfst überhaupt nicht rum! Die denkt echt, sie wäre hammerhart tiefgründig oder was?«

»Was ist denn bitte *hammerhart tiefgründig?*« Besorgt sah Lorena zwischen Tila und mir hin und her.

Doch ich sagte nichts mehr. Stumm ging ich hinter Tila her, während sie immer weiterschimpfte.

Noch bevor wir bei der Bushaltestelle ankamen, vibrierte mein Handy erneut. Ich zuckte zusammen. Noch eine SMS wollte ich wirklich nicht lesen, für heute reichte es mir. Trotzdem nahm ich mein Handy aus der Tasche und Tila wirbelte zu mir herum. »Schon wieder?«, rief sie.

Wie sie dastand mit ihren wütenden Augen und dem fleckigen Hals, tat sie mir plötzlich leid. Bisher hatte sie mich immer beschützen können, vor allem. Doch diesmal wusste sie nicht, wen sie schlagen sollte. Es gab kein Feindbild, nur Maricos hübsches Lächeln auf meinem Handyfoto. Aber Marico würde nicht zu unserem Feindbild werden. Egal, was er getan hatte. Natürlich war die ganze Geschichte mit Jasmin das Allerletzte, und wenn ich daran dachte, spürte ich vor allem Wut im Bauch. Und doch. Die SMS waren schlimmer. Viel schlimmer. Und Marico hatte sie nicht geschrieben. Marico war gestorben, viel zu früh, und was ich jetzt über ihn erfuhr, bestimmten diese SMS.

Wieder sah ich ihn vor meinem geistigen Auge auf sein Auto zulaufen. Jasmin schloss die Haustür und Maricos Lächeln erstarrte. Ich wusste nicht, warum ich mir das vorstellte. Wirkte er so traurig, weil er von Jasmin wegfuhr? Oder lag es daran, dass er zu mir hinfahren musste? Wusste er, was ihm bevorstand? Oder spürte er, dass er einen Fehler machte? Mit Jasmin, mit Trügleben, mit der Landstraße und dem Baum? Vielleicht ist sein Fehler ja auch nicht Trügleben gewesen. Vielleicht war Jasmin gar nicht das Problem. Genau betrachtet ist er schließlich auf dem Weg zu *mir* verunglückt. Ebenso gut könnte ich Maricos größter Fehler gewesen sein.

Ich zuckte zusammen und sah wieder in Tilas wütendes Gesicht. Sie wünschte sich ein Feindbild. Sie wollte Marico hassen, und weil man einen Toten eben nicht besonders gut hassen kann, musste es eben Jasmin sein. Sie konnte nichts tun, außer auf Maricos Affäre wütend zu werden und sich vorzustellen, wie sie Jasmin verprügelte. Doch es würde nichts bringen. Es würde mich nicht beschützen. Jasmin steckte sicher nicht hinter alldem.

»Wir könnten die Nummer auch blockieren«, schlug Lorena vor, aber ihre Stimme ließ erahnen, dass sie meine Antwort längst kannte.

Ich schüttelte den Kopf und öffnete die neue SMS. Mit trockenem Mund las ich vor: »Hast du heute Abend schon was vor? Wie wär's mit Kochen?«

Ich schluckte und sah langsam auf.

»Was meint der?«, fragte Lorena, während Tila nur die Fäuste ballte.

»Ich habe oft mit Marico gekocht«, sagte ich leise. »Zuletzt am Abend vor Peters Party.«

»Und wie soll das diesmal bitte funktionieren?« Tila ließ die Knochen knacken.

»Keine Ahnung«, sagte ich. In diesem Moment fuhr der Bus vor, und ich war erleichtert, meine Fahrkarte hervorkramen und einsteigen zu können.

Es war nicht leicht, meine Freundinnen an diesem Mittag abzuschütteln. Sie wollten mich auf keinen Fall allein lassen. Nicht mit dem Wissen, dass es eine Jasmin gab, und schon gar nicht mit dieser neuen SMS. Doch ich musste einfach allein sein. Nach dem heutigen Vormittag konnte ich keine Menschen mehr ertragen. Egal, wie gut sie zu mir waren, und egal, wie viel Sorgen sie sich um mich machten.

Allein stieg ich aus und lief am größten Supermarkt der Stadt vorbei, um in meine Straße einzubiegen. Ich versuchte, nicht an Jasmins Gesicht zu denken und all die Fragen gar nicht erst aufkommen zu lassen, die eine solche Entdeckung mit sich bringt. Zum Nachdenken hatte ich dann aber sowieso keine Zeit, denn noch bevor ich das Straßenschild erreichte, bekam ich eine neue SMS.

»Geh doch auf dem Weg schnell einkaufen! Sonst musst du nachher noch mal aus dem Haus.«

Er musste mich gesehen haben, genau hier, vor dem Supermarkt. Ich wirbelte herum. Und diesmal war die Straße weder leer noch zu voll, um jemanden zu erkennen. Diesmal sah ich auch ihn. Zwar nur ganz kurz, nur einen ganz kleinen Teil von ihm. Trotzdem: Ich war mir sicher, dass er es gewesen sein musste, denn hinter mir konnte ich gerade noch einen Arm erkennen. Einen einzelnen, der durch die Luft sauste, anscheinend einem rennenden Körper hinterher. So schnell es ging, verschwand er hinter einer Häuserecke.

Und so schnell ich konnte, lief ich darauf zu.

Der Arm hatte einen langen dunklen Ärmel getragen. Vielleicht schwarz, vielleicht aber auch dunkelgrün oder dunkelblau. Und die Hand am Ende muss etwa mittelgroß gewesen sein. Keine Ahnung, ob sie einem Mann oder einer Frau gehörte. Das war jetzt auch egal. Er war ganz nah, das spürte ich. Er war mir wieder gefolgt, doch diesmal ist er unvorsichtig gewesen.

»Ich habe dich gesehen!«, schrie ich im Rennen und bog hinter demselben Haus ab, hinter dem auch der Arm verschwunden war. Und stockte.

Ich stand vor dem Eingang eines Elektrofachgeschäfts. Ein junger Verkäufer räumte gerade ein paar Verlängerungskabel in ein Regal und sah mich überrascht an.

»Ich … äh … sehe dich auch?« Etwas unbeholfen lächelte er.

»Ist hier gerade jemand reingelaufen?«, fragte ich atemlos.

»Gerade eben?«

»Ja!«

»Nein, tut mir leid. Heute ist nicht gerade viel los.«

Schnell sah ich die Straße hinunter. Ein paar ältere Leute schlurften über die Bürgersteige, es war genauso leer wie immer. Jemanden, der mich verfolgt haben könnte, sah ich nirgends.

»Scheiße!«, rief ich. Ohne auf eine Antwort des armen Verkäufers zu achten, ging ich den Weg zurück. Und genau in dem Moment, als ich wieder vor dem Supermarkt stand, bekam ich eine Einkaufsliste zugeschickt. »Wir brauchen Cannelloni, Schinkenwürfel, Spinat, Tomatenmark, Kraftbrühe, frische Kräuter und Streukäse. Zwiebeln hast du noch zu Hause, oder? Und ganz wichtig: zwei Flaschen Rotwein!«

Ich konnte mich nicht wieder umsehen. Ich konnte mich gar nicht bewegen. Meine Knie wurden weich und ich musste mich an einer Reihe Einkaufswagen abstützen. Ich wusste genau, warum ich diese Dinge einkaufen sollte, schließlich gehörten sie zu dem Rezept, das Marico und ich bei unserem letzten Koch-Date ausprobiert hatten.

Ich versuchte, meinen Atem zu kontrollieren. Woher sollte das irgendjemand wissen? Wir haben zu zweit gekocht, nur Marico und ich, bei mir zu Hause in der Küche. Meine Eltern sind auf Dienstreise gewesen und wir hatten Wohnzimmer und Terrasse nur für uns gehabt.

»Das wird der beste Auflauf deines Lebens!«, hatte mir Marico versprochen, während er sich mit dem Handrücken über seine roten Zwiebelaugen gewischt hatte. Und er hatte recht behalten. Zwar hat es ewig gedauert, doch am Ende, als die Küche und das angrenzende Wohnzimmer danach dufteten, als wir den Auflauf auf die Terrasse trugen, weil es der erste schöne Tag im Jahr war, und wir in Jacken und bei Kerzenschein den ganzen goldbraunen Auflauf gierig aufaßen, war es tatsächlich der allerbeste meines Lebens. Danach hatten wir im Dunkeln noch zwei Flaschen Rotwein ausgetrunken, bis ich auf seinem Schoß landete und wir uns lange küssten.

Ich versuchte, nicht daran zu denken, dass es der einzig schöne Tag im März geblieben war und dass danach der kühle April und dann der unglaublich kalte Mai gefolgt waren. Stattdessen schob ich einen Euro in den Einkaufswagen, auf dem ich mich bisher abgestützt hatte, zog ihn aus der Reihe und rollte ihn auf den Supermarkt zu.

Ich blieb noch lange stehen, um Emilia hinterherzusehen. Sie ging ganz gerade, die Schultern zurückgeschoben und den Kopf aufrecht. Als wollte sie viel größer wirken, als sie eigentlich war. Ihre dunklen, welligen Haare wogten bei jedem Schritt leicht hin und her.

Ich wäre so gern neben ihr gelaufen, eine Hand auf demselben Einkaufswagen. Doch so weit war sie noch nicht, das konnte ich deutlich sehen. Noch hatte sie Angst. Wie gern hätte ich ihr gesagt, dass sie keine Angst zu haben brauchte. Solange ich in ihrer Nähe war, konnte ihr nichts passieren. Schon heute Morgen, auf dem Weg zur Schule, im stickigen Bus habe ich es ihr sagen wollen. Ich hatte genau hinter ihr gesessen und den Geruch ihrer Haare eingeatmet. So gern hätte ich sie an der Schulter berührt, nur ganz leicht, sodass sie sich zu mir umgedreht hätte. Ich stellte mir vor, wie sie mir zulächeln würde, während ich flüsterte: »Ich bin ja da.«

Aber sie würde es nicht verstehen. Noch nicht. Wahrscheinlich würde sie lachen, bevor sie sich abwenden würde. Und wenn sie den wahren Sinn meiner Worte erkennen könnte, würde sie sicherlich noch viel schlimmer reagieren.

Doch das wird sich ändern, sehr bald.

Immer wieder musste ich daran denken, wie die beiden Mädchen voreinandergestanden hatten. Meine beiden Mädchen. Beide hatten so traurig ausgesehen, doch es war mir nicht möglich, sie zu trösten.

Ich musste gut aufpassen, um die richtigen Momente für meine SMS abzupassen. Niemand durfte mich sehen, aber darin war ich gut. Schließlich kannte ich Emilia wie niemand sonst. Ich wusste genau, wann sie wohin schauen würde, was sie bemerken würde und was nicht. Manchmal schien es mir, als wüsste ich jedes ihrer Worte, sähe jede ihrer Taten schon im Voraus. Zuerst würde sie die Cannelloni kaufen und dann bemerken, dass sie an den frischen Kräutern längst vorbeigelaufen war.

Ihr im Supermarkt zu folgen, wäre zu riskant. Ihre Einkaufsroute war ein einziges Chaos und sogar für mich unkontrollierbar, ständig wechselte sie die Richtung.

Also ging ich weiter und bog in ihre Straße ein. Heute würde ich sie noch oft genug sehen. Schließlich hat ihre Küche große Fenster. Und das Gartentor ist immer offen.

»Nimm deinen Laptop mit in die Küche«, schrieb mir Marico. Ich fühlte mich unwohl und fasste mir immer wieder an den leicht schmerzenden Bauch, doch aus irgendeinem Grund zögerte ich nicht, seiner Anweisung zu folgen.

»Öffne Skype«, schrieb er.

Diesmal musste ich einfach antworten.

»Das auch noch?«

»Tu es einfach!«

Und ich tat es. Währenddessen lagen meine Einkäufe sauber geordnet auf dem Küchentisch, bereit, zusammengefügt und zu einem Cannelloniauflauf verarbeitet zu werden. Die Spüle war leer, und der Herd glänzte in der Nachmittagssonne, die durchs Fenster hereinfiel. Dieser Tag schien doch noch schön zu werden – zumindest das Wetter.

Genauso hatte es ausgesehen, als Marico und ich zusammen gekocht hatten. Wir hatten uns eingebildet, der Sommer wäre gleich da, wir könnten schon draußen essen, wir müssten uns nur warm anziehen und uns ein wenig beeilen. Schließlich ging die Sonne im März früher unter als heute. Heute hatte ich alle Zeit der Welt. Das war auch gut so, denn schließlich würde ich allein doppelt so lang brauchen wie damals.

Aus meinen Laptop-Lautsprechern klingelte es. Marico rief an. Er rief tatsächlich an.

»Du musst schon rangehen«, stand in der nächsten SMS. Also klickte ich »Annehmen«.

»Hallo?«, fragte ich leise und unsicher. Zwar hörte ich von der anderen Seite der Internetleitung nichts, doch kam im Skypechat sofort die Antwort: »Hi!«

Das war ja klar.

»Du bist also zu feige, um mit mir zu reden?«, fragte ich.

»Schalte dein Video ein.«

»Überhaupt nichts schalte ich ein! Wenn du noch nicht einmal dein Mikrofon einschaltest, werde ich dich bestimmt nicht in meine Küche sehen lassen!«, rief ich wütend.

Es dauerte ein paar Sekunden, bis eine Antwort kam. »Heute warst du nah dran, Emilia. Aber so wird es bleiben. Ich werde dir immer wieder falsche Fährten legen, ich bin dir immer einen Schritt voraus. Wenn du herausfinden möchtest, ob ich die Wahrheit sage oder wer ich bin, dann hörst du auf, nach mir zu suchen. Dann lässt du dein Mikrofon an und schaltest dein Video ein.«

Ich starrte auf den Bildschirm. Spätestens in diesem Moment hätte ich den Laptop schließen sollen. Ich hätte alle Lebensmittel nach draußen tragen und einfach in die Tonne feuern sollen. Dann hätte ich mir einen Döner gekauft und mich den ganzen Abend vor den Fernseher gesetzt.

Doch ich konnte nicht. Ich stellte mir vor, wie Maricos Finger diese Nachrichten schrieben, wie er an einem anderen Laptop saß, nicht weit von mir entfernt, und nur darauf hoffte, dass ich ihn in meine Küche sehen lassen würde. Ich versuchte, mir ins Gedächtnis zu rufen, dass das ziemlich bescheuert war. Ich stellte mir Tilas Stimme vor, wie sie schrie: »Lass dir das nicht gefallen!«, und dann Lorenas Kopfschütteln, doch es half alles nichts. Maricos Finger blieben in meiner Vorstellung auf der Tastatur. Ich wollte so gern glauben, dass es doch wahr sein könnte. Dass doch er hinter alldem steckte und einen Grund dafür hatte, sich mir nur auf diese Weise zu zeigen. Vielleicht gab es für alles einen Grund und Marico ist nie zum Feuerwerk geworden.

Ich schaltete das Video ein.

»Danke, Süße«, schrieb Marico. Und dann: »Du siehst toll aus.«

»Fick dich«, sagte ich. Zu ihm, zu mir, zum echten Marico. Doch darauf reagierte keiner von uns.

Er schrieb: »Zuerst müssen wir den Spinat auftauen.«

Mechanisch bückte ich mich und öffnete die Schranktür. In der hintersten Ecke stand ein geeigneter Topf, den ich mit Spinat füllte und auf die Herdplatte stellte. Dann sah ich zurück auf den Bildschirm.

»Während er taut, kann schon mal jemand eine Zwiebel schneiden.«

Also nahm ich eine aus unserem Zwiebelkorb, legte sie auf ein Brettchen und fing an, sie klein zu hacken. Schon bevor ich die erste Hälfte in eine Pfanne geben konnte, begann ich zu weinen. Meine Augen brannten, unkontrolliert traten die Tränen hervor. Vorsichtig wischte ich sie mit dem Handrücken weg.

»Nicht weinen«, schrieb Marico, »ich bin doch da.«

Ich schwieg. Meine Wut war verflogen, es blieben nur die Bauchschmerzen und meine feuchten Wangen. Nach kurzer Zeit fügte er hinzu: »Lass uns ein Glas Wein trinken.«

Sofort entkorkte ich die Flasche und schenkte mir großzügig ein. In gierigen Zügen trank ich beinahe das halbe Glas leer.

»Aber langsam«, schrieb Marico, »der Abend ist noch jung.«

»Halt's Maul!«, antwortete ich ihm mit gleichgültiger Stimme.

»Willst du das wirklich?«, fragte er mich.

Ich sagte nichts, sondern schnitt auch die zweite Hälfte der Zwiebel.

»Scharf anbraten«, riet Marico, »gemeinsam mit den Schinkenwürfeln. Und währenddessen kannst du die Kraftbrühe anrühren.«

Während ich gehorchte, fragte ich tonlos: »Holst du dir darauf jetzt einen runter?«

»Pass auf, dass sich alle Klumpen auflösen.« Er ignorierte meine Frage und schickte noch einen Smiley hinterher.

»Lass bloß diese Smiley-Scheiße.«

Im nächsten Zug hatte ich das Glas leer.

»Auf dich!«, schrieb Marico. »Prost!«

»Zu spät.«

Ich schenkte mir das Glas wieder voll und versuchte nachzudenken. Was tat ich da? Es konnte nicht Marico sein, das war absolut unmöglich. Warum also gehorchte ich diesem kranken Arschloch aufs Wort? Der Wein ließ meine Gedanken ineinander verschwimmen. Außerdem musste ich mich auf die Kraftbrühe konzentrieren.

»Lösch die Zwiebeln damit ab.«

»Ich weiß, wie das geht.«

»Das ist mir bewusst. Aber es ist so schön, immer noch Einfluss auf dich zu haben.«

»Du bist krank.«

»Nein, ich kann unsere Entfernung nur so schlecht ertragen.«

Ich antwortete nicht, sondern schüttelte nur den Kopf. Fast verstand ich, wie sich Tila fühlte. Am liebsten hätte ich die Kraftbrühe über meinem Laptop ausgekippt, um irgendjemanden zu verbrennen, den ich nicht kannte, den ich nicht hörte, den ich nicht sah. Stattdessen goss ich die Soße in die Pfanne. Sie zischte laut. Schnell trank ich noch einen großen Schluck Wein.

»Rühr am besten mal den Spinat um, nicht dass der anbrennt.«

Da hatte er recht, den hatte ich schon total vergessen.

»Du kannst ihn jetzt in die Cannelloni füllen.«

Langsam nickte ich und nahm die Cannelloni zur Hand. Das würde länger dauern. Ich lehnte mich an den Kühlschrank und versuchte, nicht auf den Bildschirm zu sehen.

Leider war das Bild leicht verschwommen. Aber immerhin konnte ich den Herd sehen, den Topf und die Pfanne, die vielen leeren Verpackungen um Emilia herum und natürlich – und das war das Allerwichtigste – Emilia selbst. Sie sah wunderschön aus, obwohl sie wirkte, als hätte sie seit den Zwiebeln nicht aufgehört zu weinen. Vielleicht sah sie aber auch gerade deswegen so schön aus.

Die genauen Gesichtszüge, die Farben ihrer Augen und ihrer Wangen konnte ich kaum erkennen, dafür war das Bild zu verpixelt. Trotzdem tat es gut, ihre Bewegungen zu sehen. Wie sie die langen Haare zurückwarf, wie sie immer wieder von einem aufs andere Bein trat und sogar dann noch leicht hüpfte, wenn sie nur die Kraftbrühe anrührte.

»Du kannst die leeren Verpackungen schon mal in den Müll werfen«, schrieb ich und wartete gespannt, bis sie meine Nachricht lesen würde. Sicher würde sie sie wütend machen. Und seit dem Abend im Kino wusste ich, dass ich das mochte. Irgendeine Emotion bei ihr auszulösen, war

immer noch besser als ihre Ignoranz. Ich wollte nicht länger ignoriert werden. Ich wollte mehr, viel mehr.

Ihr Blick fiel auf meine Nachricht, und sofort rief sie: »Hast du sie noch alle?«

Reaktionen. Gefühle.

»Sieht doch schöner aus«, schrieb ich, und zu meiner Überraschung sagte sie jetzt nichts mehr, sondern warf den Müll einfach weg. Sie tat ganz genau das, was ich wollte.

»Ich wäre so gern bei dir.« Meine Finger tippten schnell. »Ich würde deine Haare so gern berühren.«

»Diese kranke Scheiße will ich nicht hören!«, sagte sie streng, und ich lächelte. Sie würde es aber hören müssen, immer wieder.

Langsam füllte sie Cannelloni für Cannelloni mit Spinat. Die Soße kochte. Es musste immer wärmer werden in dieser Küche.

»Vergiss die Kräuter nicht.«

Sie nickte mir zu, öffnete die Kräuterpäckchen und gab den Inhalt in die Soße.

»Heiz den Ofen vor.« Sie drehte an den Herdknöpfen. »Und jetzt kannst du die Soße über die Cannelloni geben.«

Während sie die schwere, kochend heiße Pfanne anhob, beobachtete ich sie genau. Die angespannten Unterarme, die festen Hände. Ich wünschte, sie würde mich anfassen mit diesen Fingern. Gleichmäßig verteilte sie den Pfanneninhalt über die Cannelloni.

»Und jetzt den Käse.«

»Ich weiß!«, rief sie genervt, und wieder musste ich lächeln. Hauptsache, sie sagte etwas zu mir. Irgendetwas.

»Ab in den Ofen! Ich freu mich schon drauf.«

Während der Auflauf im Ofen war, sollte ich draußen den Tisch decken. Für zwei. Und mit jedem Schluck Wein verschwand meine Übelkeit, mit jedem Schluck musste ich weniger nachdenken. Ich trug zwei Teller nach draußen, zwei Gabeln, zwei Messer und einen Untersetzer für die Auflaufform. Als der Tisch fertig war, blieb ich in der Küche stehen und starrte in den Ofen. Ganz langsam wurde der Käse erst golden, dann leicht bräunlich. An einigen Stellen bäumte er sich auf. Ich hätte es ihm gleichtun sollen. Stattdessen nippte ich immer wieder an meinem Wein.

Als Marico schrieb: »Ich glaube, das reicht«, schaltete ich den Ofen aus und nahm den Auflauf heraus.

»Das sieht so lecker aus. Mach doch schnell ein Foto!«

Ich stellte den Auflauf auf dem Herd ab, holte mein Handy hervor und fotografierte ihn.

»Postest du es mir auf die Pinnwand?«

»Das ist nicht dein Ernst.«

»Schreib mir was Nettes und poste es auf meine Pinnwand. Bitte.«

Mir drehte sich der Magen um. Marico hatte sein Essen nie fotografiert, um es bei Facebook hochzuladen. Doch als romantische Geste wäre es vielleicht etwas anderes gewesen. Ich minimierte das Skype-Fenster und öffnete stattdessen Facebook. Auf Maricos Pinnwand angekommen, musste ich schlucken. Jonathan hatte vor zwei Tagen ein Video gepostet: sein und Maricos gemeinsames Lieblingslied von Käptn Peng. Darüber hatte er geschrieben: »Du warst schon immer ein Albatros.« Es war eine Anspielung auf den Liedtext, den Marico auswendig konnte. Ihm hätte das gefallen. Viel besser als all die traurigen Nachrichten, die andere Freunde auf die Pinnwand geschrieben hatten. Und garantiert viel besser als ein Bild von unserem Cannelloniauflauf. Ich sollte das wirklich nicht tun, doch bei Skype tauchte eine neue Nachricht auf: »Tu es einfach. Sonst wirst du die Wahrheit nie erfahren.«

Ich wollte antworten, dass er mit seiner Erpresser-Scheiße endlich aufhören solle und dass er das nicht länger mit mir machen könne. Doch meine Finger luden schon das Bild hoch.

Darunter schrieben sie: »Ohne dich schmeckt nichts mehr gleich.«

Und als ich den Post auf Maricos Pinnwand sah, merkte ich, dass ich es genau so gemeint hatte. Ich wusste, wenn ich den Auflauf jetzt, in wenigen Minuten, essen würde, wäre er vielleicht gut gewürzt, die Zutaten wären vielleicht frisch, doch genießen könnte ich ihn nicht. Es würde etwas fehlen, die wichtigste Zutat, das wichtigste Gewürz.

Ohne Marico wollte ich den Auflauf nicht essen, doch wenige Sekunden später ploppte eine Skype-Nachricht auf: »Ich bin doch immer bei dir. Lass uns rausgehen und zusammen essen.«

Ich versuchte, meine Gedanken abzuschütteln, nahm den Auflauf und trug ihn durch die Küche, durch das Wohnzimmer und hinaus auf die Terrasse. Doch dort angekommen, blieb ich auf halbem

Weg stehen. Ich musste mich bemühen, die Form nicht fallen zu lassen, denn mitten auf dem Tisch, neben dem Untersetzer, stand jetzt eine Kerze. Sie brannte. Und ich hatte sie dort sicher nicht hingestellt.

8

Ich wusste nicht, wie lang ich dort stand und einfach nur auf die Kerze starrte. Dass der Auflauf schwer war, bemerkte ich erst spät. Langsam ging ich weiter und stellte ihn ab. Neben der Kerze. Dann lief ich noch einmal zurück zum Laptop.

»Was soll das?«, fragte ich leise.

»Was denn?«

»Warst du in meinem Garten?«

»Lass uns essen.«

»Ich hab dich was gefragt!«

»Und ich sagte: Lass uns essen!«

Entschieden schüttelte ich den Kopf. »Das ist Hausfriedensbruch!« Jetzt wurde ich lauter. »Weißt du eigentlich, wie strafbar du dich hier machst?«

»Emilia«, schrieb er, »wir haben eine Abmachung. Wenn du aussteigst, steigst du eben aus.«

Ich antwortete nicht. So lange, bis er schrieb: »Das Essen wird kalt.«

Ich richtete mich auf. Um mich herum schwankte es ganz leicht, aber angenehm, der Wein wirkte längst. Ich nahm den Laptop in die eine Hand, mein Glas in die andere, und gemeinsam gingen wir hinaus auf die Terrasse.

»Guten Appetit.«

Ich nickte nur und häufte mir ein großes Stück Auflauf auf den Teller. Doch bevor ich aß, schrieb ich Lorena und Tila eine SMS.

»Er war in meinem Garten.«

Sofort ploppte eine Nachricht von Marico auf: »Wem schreibst du?«

»Also echt.« Böse sah ich in die Kamera. »Ich koche mit dir, ich lass dich in meine Küche sehen, ich esse vor deiner Nase. Aber meine SMS gehen dich absolut nichts an! Sie sind kein Teil unserer Abmachung!«

Darauf schien er keine Antwort zu haben. Still aß ich, und obwohl es das furchtbarste Essen meines Lebens war, schmeckte es nicht ekelhaft. Nur, wie erwartet, irgendwie fade. Immer wieder nippte ich am Wein. Bald würde ich die zweite Flasche öffnen müssen.

Tila schrieb: »Wenn ich den erwische, kriegt er so eine in die Fresse!« Und Lorena: »Woher weißt du, dass er da war?«

Schnell tippte ich eine Antwort und erklärte die Situation.

»Das ist nicht sehr höflich«, schrieb Marico. Anscheinend hatte ich für seinen Geschmack zu lange getippt. Doch ich zuckte nur mit den Schultern und aß weiter.

»Du kannst dir gar nicht vorstellen, wie gern ich dir jetzt in Wirklichkeit gegenübersitzen würde. Du bist sogar dann wunderschön, wenn du isst.«

Trocken antwortete ich: »Komm doch vorbei! Den Weg scheinst du ja zu kennen.«

Er schickte ein Lach-Smiley.

»Ich habe dir gesagt, du sollst die Smiley-Scheiße lassen!«

»Aber wenn du sogar in dieser Situation noch so lustig bist …?«

Bei diesen Worten stand ich mit einem Ruck auf und ging zurück in die Küche. Dort griff ich nach der zweiten Weinflasche und entkorkte sie mit nur einer Bewegung. Wenn man wütend ist, geht es ganz leicht.

Mit großen Schritten lief ich zurück und schenkte mir ein.

»Du bist wunderschön, wenn du mich hasst.«

»Sei nicht so pathetisch.«

Während ich mit der einen Hand aß, schrieb ich meinen Freundinnen mit der anderen Hand unterm Tisch: »Könnt ihr ihn suchen? Er kann nicht weit sein. Vielleicht sitzt er hier irgendwo in der Nähe am Laptop. Auf einer Bank oder in einem Auto. Vielleicht in einem Café!«

Beide bejahten sofort. Bestimmt rannten sie gleich los und begannen, das Haus meiner Eltern in immer kleineren Abständen zu umkreisen.

Langsam schien es zu dämmern, dabei war es dafür eigentlich noch ein bisschen zu früh. Bissen für Bissen schlang ich den Auflauf hinunter, bis ich über die Hälfte der Schüssel leer hatte. Keine Ahnung, wie ich an diesem Abend so viel essen konnte. Vielleicht war es meine Art, Furchtlosigkeit zu demonstrieren. Ich wollte ihm nicht das Gefühl geben, dass ich Angst vor ihm hatte, dass er mich kontrollieren konnte. Ich wollte, dass er darüber staunte, wie unbefangen ich in dieser Situation doch sein musste, dass ich tatsächlich essen konnte. Und dann auch noch solche Mengen. Meine Bauchschmerzen waren völlig verschwunden und an ihre Stelle füllte ich möglichst viele Schichten Cannelloni, Spinat und Tomatensoße. Sie sollten mich ganz ausfüllen, damit nirgends mehr Platz wäre, um sich irgendwelche Sorgen zu machen.

»Wir können ihn nirgends finden«, schrieben Tila und Lorena. »Sollen wir zu dir kommen?«

»Lieber nicht«, schrieb ich zurück. »Ich habe alles unter Kontrolle.«

Doch hatte ich das wirklich? Schließlich saß ich allein auf der Terrasse, schlang Unmengen Auflauf in mich hinein und redete mit einem Computer. Immer wieder bildete ich mir ein, dahinter würde wirklich Marico stecken und nicht ein skrupelloser Hacker. Und bald hatte ich sogar die zweite Flasche Wein zur Hälfte ausgetrunken. Doch in diesem Moment konnte ich mir nicht eingestehen, dass ich sein Spiel von Anfang an nicht hätte mitspielen dürfen. Dass ich mit jedem Bissen, mit jedem Schluck die Kontrolle mehr und mehr verlor. Meine Wangen waren längst heiß vom Alkohol, und meine Zunge immer wieder trocken, sodass ich mehr Wein nachkippen musste.

Irgendwann sah ich direkt in die Kamera. »Warum hast du das getan?«

»Was meinst du?«

Ich überlegte kurz. Dann sagte ich: »Jasmin. Warum Jasmin?«

»Was willst du jetzt von mir hören?«

Sobald ich den Blick von der kleinen Kamera löste und in den dämmrigen Garten sah, begann er, sich schaukelnd um mich zu drehen. Also schaute ich schnell zurück zur Kamera, zurück zu Marico. Ich stellte mir vor, ich könnte dadurch in sein Zimmer hineinsehen, das nicht schwankte, kein bisschen, das fest stand. Marico hatte blaue Streifen an die Wände gemalt und tausend Fotos aufgehängt. In die eine Ecke hatte er sein Stativ gelehnt, in der anderen stand der Kleiderschrank, immer einen Spalt weit offen. Mit sanften Augen sah er mich an, durch die Linse hindurch, bis auf die Terrasse, bis in mein Gesicht.

»Du hättest es mir sagen sollen. Das mit Jasmin.«

»Ich wollte es dir sagen.«

»Aber zu spät.«

»Und das wird mir immer leidtun.«

Ich überlegte, während ich mir vorstellte, wie er sich eine Locke aus der Stirn strich. Aus der traurigen Stirn, darunter die noch traurigeren Augen.

»Warst du in sie verliebt?«

Es dauerte viel zu lange, bis er antwortete.

»Ich hatte mich verguckt, ja. Keine Ahnung, wie das passieren konnte.«

»Was heißt: verguckt?«

»Na ja ...«

Ich wartete auf eine Fortsetzung. Und sie kam.

»Ich war wirklich glücklich mit dir, Emilia, das musst du mir glauben. Die Beziehung mit dir war der Wahnsinn. Aber irgendwie ...«

»Was?«

»In unserer Beziehung war ich immer der Stärkere, weißt du?«

»Nichts weiß ich.«

»Ständig machst du irgendwas Unüberlegtes, immer musst du beschützt werden, vor allem hast du Angst.«

»Was redest du für einen Scheiß?«

»Am Anfang habe ich das genossen. Der Stärkere zu sein. Aber Jasmin. Weißt du ... Sie ist ...«

»Wie ist Jasmin?«

Jetzt drehte sich nichts mehr, ich starrte nur noch auf den Chat, der aussah, als würde sich Marico mit sich selbst unterhalten. Noch immer stand da: »Sie ist ...« Und kurze Zeit später tauchten die nächsten Sätze auf: »Sie ist so stark. Und unabhängig. Selbstständig, selbstbewusst. Sie hat mich total umgehauen.«

Ich riss die Augen weit auf und sog so viel Luft in meine Lungen, wie ich kriegen konnte. Sprechen war nicht möglich.

»Keine Ahnung, ob ich wirklich in sie verliebt war, so wie in dich. Allerdings hat sie mich sehr angezogen. Und in allem bestärkt. Sie war meine Stütze, weißt du?«

Ich merkte selbst kaum, dass ich leicht den Kopf schüttelte.

»Aber das ist längst vorbei«, schrieb Marico jetzt.

»Wie, vorbei?«

»Es war ein Abenteuer, mehr nicht. Ich musste das über mich erfahren. Diese Seite kennenlernen. Aber ich gehöre zu dir.«

Ich las die Worte wieder und wieder.

»Für immer nur zu dir.«

Wieder holte ich tief Luft, doch diesmal begann ich zu schreien: »Du bist das widerlichste Arschloch auf der ganzen Welt, ich hasse dich so sehr, das kannst du dir überhaupt gar nicht vorstellen!«

Ich schrie immer weiter, immer lauter. Gleichzeitig begann ich zu weinen. Die Tränen tropften auf meinen Teller, auf die Tastatur. Ich schrie, dass ich sofort mit ihm Schluss gemacht hätte, wenn ich das erfahren hätte, dass es der schlimmste Vertrauensbruch überhaupt sei. Ich heulte laut auf, ohne es zu wollen, und schrie all meine Enttäuschung, meine Trauer und Wut heraus.

»Erst stirbst du und dann erfahre ich so eine Scheiße!«, schrie ich, und mit diesen Worten ließ ich den Kopf auf die Arme sinken. Lautlos weinte ich weiter. Über mir wurde ein Fenster geöffnet.

»Alles in Ordnung?«, fragte eine alte Stimme, doch ich antwortete nicht.

Ein leichter Wind kam auf und blies die Kerze aus. Ich konnte es hören.

Als ich irgendwann wieder aufsah, war es wirklich dunkel geworden. Ich konnte Messer und Gabel auf dem Tisch kaum noch erkennen. Mit geschwollenen Lippen trank ich einen großen Schluck aus meinem Glas.

»Ich liebe dich, Emilia«, schrieb Marico, »und das wird immer so bleiben.«

Ich reagierte nicht.

»Ich würde dir die Tränen so gern wegküssen.«

Ganz leicht nickte ich, vielleicht lächelte ich über diesen Satz sogar. Mein Stuhl schwankte unter mir, noch immer, jetzt vielleicht sogar noch stärker als zuvor, alles schwankte, sogar der Laptop schien hin und her zu schaukeln. Ich hielt meinen Kopf fest, um Maricos Nachrichten auf dem Bildschirm lesen zu können. Die Nachrichten von meinem Marico, dem schönen Marico, der sich immer um mich gekümmert hatte. Plötzlich schien er wieder ganz nah zu sein, nur einen Bildschirm und ein paar Buchstaben entfernt. Schnell trank ich einen weiteren Schluck Wein.

»Wenn ich jetzt bei dir sein und dich fest in den Arm nehmen könnte.«

Wieder nickte ich. Es wäre so schön, festgehalten zu werden, von ihm. Leise sagte ich: »Ich vermisse dich so unglaublich doll. Mir tut alles weh.«

»Ich muss dich unbedingt anfassen.«

Ich nickte.

»Was würdest du tun, wenn ich jetzt bei dir wäre?«

Mit beiden Händen wischte ich mir die Tränen von den Wangen.

»Weißt du noch, was wir beim letzten Mal getan haben?«, fragte ich leise.

»Natürlich«, schrieb er. »Du bist zu mir herübergekommen und hast dich auf meinen Schoß gesetzt. Wir haben uns geküsst.«

»An diesem Abend hätte ich gern noch mehr gemacht«, sagte ich lächelnd.

»Und ich hätte mehr gewollt.«

Ganz leise lachte ich, statt zu antworten.

»Was wäre denn *mehr* gewesen?«

Mit großen Schlucken trank ich mein Glas aus. Mittlerweile fühlte sich das Schwanken gut an. Irgendwie lustig. Es war, als könnte ich trotzdem nicht fallen, Marico war ja da. Er würde mich auffangen, egal, wie sehr sich die Welt um mich drehte. Mit schwerfälliger Zunge erzählte ich: »Eigentlich wollte ich ... ich hätte die Hand gern unter dein Shirt geschoben.«

Sofort schrieb er: »Schieb deine Hand unter dein Shirt.« Mit langsamen Händen befolgte ich seine Anweisungen. Sie waren immer noch warm, obwohl es draußen längst kühl geworden war. Ich hatte eine leichte Gänsehaut an der Taille.

Flüsternd sagte ich: »Ich hätte dir gern dein T-Shirt ausgezogen.«

Und er schrieb: »Zieh dein T-Shirt aus.«

Lächelnd griff ich nach meinem Oberteil und zog es hoch, über meinen Kopf. Achtlos warf ich es ins Gras.

»Ich hätte dir gern den Bauch gestreichelt«, erzählte ich weiter.

»Streichele deinen Bauch«, bat Marico mich, und während ich es tat, stellte ich mir vor, es wären seine Hände und ich würde nicht auf meinem Stuhl sitzen, sondern auf seinem Schoß. Seine Oberschenkel waren ganz warm, genauso warm wie seine Hände. Wir küssten uns, und er roch nach Spinat und Tomaten, seine Lippen schmeckten nach Wein. Er umfasste meine Hüften und strich mir über den

Rücken. Mit einer etwas umständlichen Bewegung öffnete er meinen BH und streifte ihn mir über die Schultern.

Schnell zog ich ihm das T-Shirt aus, um meinen nackten Oberkörper gegen seinen lehnen zu können. Ich wollte möglichst viel von seiner Haut an meiner spüren. Sein warmes Flüstern drang an mein Ohr. »Ich möchte mit dir schlafen.« Ich nickte. Eigentlich wollte ich es auch schon lange, es hatte nur nie den richtigen Moment gegeben. Doch heute, in meinem Garten, im Dunkeln und neben den leeren Weinflaschen war es genau der richtige Moment. Stolpernd standen wir auf und zogen unsere Hosen aus. Dann fielen wir ins Gras. Es war schon ein bisschen klamm und klebte in meinem Rücken, doch irgendwie fühlte sich sogar das gut an. Alles fühlte sich gut an, seine Haut, sein Flüstern, seine Haare an meinem Ohr und sein Gewicht auf meinem Körper.

Ich schreckte auf. Es war noch immer dunkel, doch jetzt war mir unglaublich kalt, ich zitterte. Ohne T-Shirt und ohne BH saß ich am Tisch, den Kopf hatte ich bis eben gerade auf das Holz gelegt. Was war passiert?

Ich tippte auf meinen Laptop, damit wenigstens sein Licht den Tisch beleuchtete. Die halb leere Auflaufform stand noch darauf, davor die Teller, das Besteck, zwei leere Weinflaschen und ein fast leeres Glas.

Nur langsam fiel mir alles wieder ein. Lange

konnte ich nicht geschlafen haben, ich war noch immer betrunken. Die Laptop-Uhr zeigte halb eins an. Marico war nicht mehr online. Nur sein letzter Satz stand noch dort: »Danke für den wunderschönen Abend, Emilia. Es hat sich angefühlt, als hätte all das wirklich stattgefunden. Bald machen wir es wahr, bald wirst du mich tatsächlich spüren. Dein Marico.«

Mir wurde schlecht. Ich würgte, beugte mich zur Seite des Tischs und übergab mich ins Gras. Der Rotwein, der Spinat und die Tomatensoße brachen wieder hervor, flossen mir noch einmal durch den Mund und ergossen sich in die Erde. Immer und immer wieder würgte ich. Es sollte alles wieder rauskommen. Jeder Bissen und jeder Schluck. Ich wollte den ganzen Abend auskotzen, ihn wieder rückgängig machen, den falschen Marico hochwürgen und aus meinem Körper verbannen. Er hatte hier nichts zu suchen. Ohne meinen Willen hatte er sich eingenistet, jetzt wollte ich ihn rausschmeißen. Doch das war nicht so leicht.

Ich würgte und würgte, bis mein Magen leer zu sein schien. Gleichzeitig liefen mir wieder die Tränen übers Gesicht. Laut schluchzte ich, dagegen konnte ich nichts tun. Ich stand auf, um auf wackeligen Beinen nach meinen Klamotten zu suchen. In einer Hand fasste ich sie zusammen, mit der anderen nahm ich nur den Laptop und ging schnell ins Haus. Von innen verriegelte ich die Balkontür und rannte die Treppe hinauf. Ich musste duschen. Sofort.

Zum Glück hatte ich die Hose anbehalten. Als ich sie jetzt auszog, zitterte ich noch immer. Im Spiegel sah ich, wie kreideweiß mein Gesicht war, ich wirkte unglaublich verängstigt. Das Wasser drehte ich so heiß, dass ich es gerade noch ertragen konnte. Ich ließ es mir so lange über Kopf und Rücken fließen, bis das Zittern langsam nachließ. Dann wusch ich mich mit Duschgel überall, als könnte ich den falschen Marico abwaschen und mit ihm sogar die Erinnerungen an den echten, an seine Affäre, an Jasmins Gesicht, an den Anblick des goldbraunen Auflaufs, an seinen Geschmack, an das Gefühl von Maricos Gewicht auf meinem Körper, an die klebrigen Grashalme in meinem Rücken, an all das, was nie passiert war, und gleichzeitig an all das, was nicht hätte passieren dürfen.

Der Dampf füllte die Dusche aus und nach und nach das ganze Badezimmer. Erst als die Spiegel so sehr beschlagen waren, dass ich mich darin nicht mehr würde sehen können, drehte ich das Wasser ab und stieg aus der Dusche. Alles war heiß und weiß, während ich mich abtrocknete und meinen Pyjama anzog.

Und obwohl sich meine Haut ganz weich anfühlte, meine Muskeln völlig erschöpft waren und meine Augen brannten, brauchte ich lange, um in dieser Nacht einzuschlafen.

9

Den ganzen nächsten Vormittag verbrachten Lorena, Tila und ich damit, an den Haustüren meiner Nachbarn zu klingeln. Mir war das peinlich – was, wenn sie mich betrunken auf der Terrasse gesehen haben? Doch es ging nicht anders, denn wenn jemand den falschen Marico gesehen hätte, wäre es die Peinlichkeit wert. Und so klingelten und klopften wir, lächelten und erzählten, dass gestern jemand bei mir auf der Terrasse etwas gestohlen hätte. Meist fragten wir ältere Herrschaften, die besorgt den Kopf schüttelten, nachdem ich meine Geschichte vorgebracht hatte.

»Nirgends ist man mehr sicher«, riefen sie und rangen die Hände.

»Aber gesehen habe ich leider nichts, es tut mir sehr leid.«

Mit einem »Trotzdem vielen Dank, und wenn Ihnen etwas auffällt, melden Sie sich doch bitte bei mir« verabschiedeten wir uns wieder.

»Er ist ein Phantom«, sagte Lorena. »Marschiert einfach in deinen Garten und niemand bemerkt es!«

»Hier ist ja auch nicht besonders viel los«, gab ich zu bedenken.

»Trotzdem.« Lorena verschränkte die Arme. »Oder gerade deswegen! Da muss so was ja noch mehr auffallen. Der muss extrem geschickt sein.«

Ich nickte.

»Nicht nur das. Ich glaube, er weiß genau, was er da tut.«

»Was meinst du?«

»Na ja.« Ich sah an ihnen vorbei die Straße hinauf. »Gestern hat er es geschafft, mich total zu manipulieren. Ich ... ich ...« Mit heißer werdendem Kopf sah ich auf den Boden. »Keine Ahnung, ob er es so geplant hat, aber er hat dafür gesorgt, dass ich mich betrunken habe, bis ich mir einbildete, er wäre tatsächlich Marico.« Meine Stimme drohte zu kippen. Schon wieder spürte ich, wie mein Kinn zu zittern begann. Sofort kamen die beiden näher und legten ihre Arme um mich.

»Süße.« Lorena schob sich in mein Blickfeld. »Süße, sieh mich an. Es ist das Allerletzte von ihm, hörst du? Einem trauernden Menschen im betrunkenen Zustand so etwas zu erzählen, ist ... es ist ... wir hätten dich nie mit ihm allein lassen dürfen.«

Jetzt konnte ich mich nicht mehr zurückhalten, laut schluchzte ich auf. Sofort umarmten Lorena und Tila mich fester, was es nur noch schlimmer machte. Schnell hob ich die Hände vor mein Gesicht und weinte in meine Handflächen hinein. Hätten meine Freundinnen mich nicht weiterhin so festgehalten, wäre ich bestimmt zusammengebrochen. Wir standen mitten auf der Straße, und sie hüllten mein Schluchzen ein, schirmten es ab vor neugierigen Blicken. In ihrer Mitte war die Luft warm genug, es war eng genug, um immer weiter zu weinen. Ich konnte nicht aufhören, ich wollte es auch gar nicht. Solange ich weinte, schien sich etwas zu lösen. Zwar war es nicht das Rätsel um den falschen Marico und auch nicht der Trauerknoten in meiner Brust, aber zumindest löste sich der Augenblick in meinen Tränen auf. Er brach sich in den Tropfen wie das Bild in einem Kaleidoskop, und statt der unausweichlichen Situation, in der ich mich befand, in der ich auf der Straße stand und den nächsten Nachbarn nach dem falschen Marico fragen musste, in der ich mich daran erinnerte, was in der letzten Nacht, was an Maricos letztem Tag und was davor in Jasmins Zimmer wohl geschehen war, sah ich viele kleine Augenblicksschnipsel, gespiegelt, geteilt, ohne Bedeutung.

Ich wollte nicht aufhören, doch bald konnte ich nicht mehr weiterweinen. Ich glaube nicht, dass man irgendwann keine Tränen mehr hat, aber irgendwann hat man einfach keine Kraft mehr zu schluchzen. Ausgelaugt hing ich in den Armen meiner Freundinnen und verstummte nach und nach.

»O meine Süße«, flüsterte Lorena, »wir kriegen dieses Arschloch.«

Ich richtete mich auf und nickte.

»Wir sollten noch mal mit Jasmin reden«, schlug Tila mit einer für ihre Verhältnisse sehr sanften Stimme vor.

»Ich kann mir nicht vorstellen, dass sie es war.« Von Lorena nahm ich ein Taschentuch entgegen und putzte mir die Nase. »Gestern hat er mich dazu gebracht, mein Oberteil auszuziehen. Warum sollte Maricos Affäre so etwas wollen?«

Tila zuckte die Schultern.

»Ich glaube nicht, dass Frauen weniger krank sein können als Männer.«

Daraufhin wiegte Lorena zweifelnd den Kopf.

»Aber diese Aktion gestern könnte man als sexuelle Nötigung auffassen und unter den Sexualstraftätern gibt es deutlich mehr Männer als Frauen.«

»Es gibt aber auch Frauen!«, gab Tila zu bedenken, und wir mussten ihr zustimmen. Schließlich war dieser Fall keine Statistik, er war mein Fall, mein Einzelfall, und eigentlich war alles möglich.

»Und die SMS?«

»Jasmin könnte mit jemandem zusammenarbeiten«, sagte Tila sofort.

»Oder sie hat einfach eine Freundin gebeten, sie für sie abzuschicken.«

Ich nickte. Theoretisch hätte es wirklich so sein können. Aber praktisch wollte ich Jasmin nicht noch einmal sehen.

»Der falsche Marico meinte gestern, er hätte die Spur zu Jasmin nur gelegt, um uns in die Irre zu führen.«

»Und wenn er nur will, dass wir das glauben? Wenn Jasmin das will?«

Ich sah Lorena an. Der Augenblick hatte sich längst wieder zusammengesetzt, er war wieder da und ich mittendrin. Sie hatte recht, natürlich wäre das möglich.

»Aber heute ist Samstag. Wie wollen wir sie denn finden?«

»Auf die gute alte Art«, sagte Lorena. »Wir schlagen ihre Adresse im Telefonbuch nach und fahren hin.«

Schon bei diesen Worten zog sich mein Magen zusammen. Um nach Trügleben zu fahren, würden wir die Straße nehmen müssen. Die eine Straße mit dem einen Baum, über der vielleicht in jener Nacht ein Feuerwerk zu sehen gewesen war.

Wenig später saßen wir im Zweitwagen meiner Eltern. Sobald wir auf die Landstraße abbogen, ging ich aufs Gas. Wir fuhren zu schnell, das wusste ich, doch es ging nicht anders. Lorena und Tila sahen schweigend aus dem Fenster. Vielleicht hatten sie gar nicht im Kopf, dass es diese Straße gewesen ist. Und mit Sicherheit wussten sie nicht, auf welcher Höhe der eine Baum gestanden hatte. Ich wusste es und wollte schnell daran vorbeirasen, so schnell, dass ich ihn nicht einmal im Augenwinkel sehen können würde. Doch noch bevor das passieren konnte, sagte Tila mit strenger Stimme: »Wir fahren zu schnell.«

Wortlos ging ich vom Gas. Sie hatte recht. Ich sollte nicht auch noch das Leben meiner Freundinnen gefährden.

Die Straße sah aus wie immer. Schmal schlängelte sie sich durch die Landschaft hindurch, wirkte unschuldig und ganz so, als wäre auf ihr noch nie etwas passiert. Und dann, ganz plötzlich, tauchte neben mir der Baum auf – und wieder ab. Es ging ganz schnell.

Der Moment schien mir nicht ewig zu sein, er zog sich nicht, ich bewegte mich nicht wie durch dicken Nebel. Ich fuhr einfach an ihm vorbei, der Baum war wie jeder andere Baum, nur dass wir davor ein Kreuz aufgestellt und Blumen gepflanzt hatten. Abgesehen davon war es einfach nur ein Baum. Und ich war einfach nur ein Mädchen, das daran vorbeifuhr.

Langsam lenkte ich den Wagen durch das kleine Trügleben. Natürlich stand Jasmins Haus nicht dort, wo ich es mir vorgestellt hatte. Es war auch kein altes Bauernhaus, sondern ein unauffälliges, cremefarbenes Häuschen, das genauso überall anders hätte stehen können. Zufällig war es eben in diesem Bauerndorf gelandet.

Als wir ausstiegen und uns dem Haus näherten, öffnete sich schon die Tür, und Jasmins Kopf ragte heraus.

»Ich habe euch vom Fenster aus gesehen«, sagte sie schnell, als sie unsere verwirrten Gesichter sah. »Was ist los?«

»Hallo Jasmin. Wir wollen noch einmal mit dir sprechen«, übernahm Tila das Reden. »Dürfen wir reinkommen?«

Zögerlich öffnete Jasmin die Tür ganz und trat einen Schritt zurück.

Von innen wirkte das Haus bäuerlicher als von außen. Es gab große, dunkle Holzkommoden, Stickereien an den Wänden und eine schmale Treppe. Jasmin ging voran und wir folgten ihr.

»Wo sind deine Eltern?«, fragte Lorena, während wir in den ersten Stock hinaufstiegen.

»Im Garten hinterm Haus.«

»Ihr habt auch noch einen Garten? Nicht schlecht.«

Tila und ich schwiegen. Wir hatten keine Lust, Jasmin Komplimente zu ihrem Haus zu machen.

Sie führte uns in einen der Räume und schloss hinter uns die Tür. Es schien ihr Zimmer zu sein. In der einen Ecke stand ein großer Kleiderschrank, an dem Fotos klebten, daneben ein Schreibtisch, ein Sofa und in der Ecke ein Bett. Ich versuchte, es nicht anzustarren, mir nicht vorzustellen, wie Marico und Jasmin darauf gesessen haben könnten. Oder gelegen. Auf dieser Matratze, unter dieser Bettdecke.

»Setzt euch doch«, sagte Jasmin, als wäre sie schon dreißig, und deutete auf das Sofa. Es war blau und weich. Auch hier muss er mal gesessen haben, genauso wie ich jetzt. Er muss Jasmin angeschaut haben, vielleicht aus dem gleichen Winkel. Hinter ihr, auf dem Schreibtisch, sah ich ein eingerahmtes Foto. Es war zu weit weg, um das Motiv genau zu erkennen, aber es schien ein Junge mit Locken zu sein.

»Wo warst du gestern?«, fragte Tila Jasmin.

»Was ist denn passiert?«

»Erst erzählst du, dann erzählen wir vielleicht auch.«

Jasmin sah von einer zur anderen, dann auf den Fußboden.

»Bei einem Freund.«

»Was für ein Freund?«

»Aus meiner Klasse.«

»Irgendwie siehst du aus, als wäre dir das peinlich«, überlegte Lorena, doch Tila schien es gleich zu verstehen.

»Ging das so schnell?«, fragte sie und lächelte süffisant.

»Was meinst du?«, fragte Lorena.

»Jasmin hat mich schon verstanden.«

Und zu meiner Überraschung nickte Jasmin.

»Ich weiß, was ihr jetzt denkt. Und irgendwie habt ihr recht. Ich denke das Gleiche über mich. Es ist wirklich furchtbar. Anscheinend habe ich eine egoistische Art, mit Trauer umzugehen.«

Tila sagte nichts, sie zog nur die Augenbrauen hoch. Und jetzt verstand auch ich, wovon die beiden sprachen. Das war tatsächlich schnell gegangen. Marico war erst wenige Wochen tot und schon lenkte sich Jasmin mit einem Neuen ab?

»Wie heißt er?« Auch Lorena schien jetzt mitreden zu wollen.

»Wollt ihr mein Alibi überprüfen, oder was?«

Jasmins Mundwinkel hoben sich verächtlich. »Mach dich bloß nicht über uns lustig, Jasmin, du hast keine Ahnung, was Emilia gestern durchgemacht hat!«

»Ihr wollt es mir ja auch nicht erzählen!«

Sie verschränkte die Arme, und ich versuchte, mich zurückzuhalten. Einfach nichts zu sagen, wäre wirklich besser gewesen, aber dann brach es doch aus mir heraus: »Hat dein Neuer auch eine Freundin, so wie Marico eine hatte?«

Jetzt war es ganz still in Jasmins Zimmer. Alle starrten erst mich an und dann sie.

»Nein, das hat er nicht«, sagte Jasmin langsam. »Und mir tut es wirklich leid, was ich dir angetan habe.«

»Du hast mir gar nichts angetan – wenn, dann war es Marico. Ich habe mich nur gefragt, ob dich so was reizt.«

»Ich hatte die ganze Zeit ein schlechtes Gewissen.«

»Wie lange?«

»Was meinst du?«

»Wie lange ging das?«

»Zwei Monate.«

Jasmin zögerte nicht, als sie das sagte.

»Und die zwei Monate haben ausgereicht, um mich sogar noch nach seinem Tod so sehr zu hassen?«

»Ich hasse dich überhaupt nicht! Hörst du mir eigentlich zu? Ich habe mich gestern mit Markus getroffen. Ich Schlampe habe gleich einen Neuen, mit dem ich mich tröste! Jetzt könnt ihr mich dafür noch mehr hassen, als ihr es sowieso schon tut, und mich einfach in Ruhe lassen, okay? Ich hab mit dieser SMS-Scheiße nichts zu tun!«

Jasmin klang entschieden und selbstbewusst. Ich musste wieder an Maricos Worte denken. Auch wenn es eigentlich die des falschen Marico gewesen sind. *Sie ist so stark. Und unabhängig. Selbstständig, selbstbewusst. Sie hat mich total umgehauen.*

Jetzt konnte ich mir das gut vorstellen. Wie fasziniert er Jasmin angeschaut haben muss, wenn sie so mit ihm sprach: von oben herab, völlig sicher in ihrem Auftreten und hundertprozentig hinter dem stehend, was sie sagte. Ob er wohl seine Kamera gehoben hatte, um diese Ausstrahlung irgendwie einzufangen? So wie er meinen Anblick einfangen und aufbewahren wollte? Welche Fotos würde ich auf seinem Laptop finden, wenn ich jetzt nachschauen könnte? Würde ich dort wieder auf Jasmins Blick stoßen? Wie hatte er sie fotografiert? Wo? Was von ihr?

Ich versuchte, all diese Fragen abzuschütteln und mich auf das Hier und Jetzt zu konzentrieren.

»Gestern hat er mich dazu gebracht, mit ihm zu skypen und dabei ein Essen zu kochen, das ich einmal mit Marico gekocht habe«, erzählte ich und versuchte dabei, meiner Stimme auch einen möglichst sicheren Klang zu geben. »Er hat mir lang und breit von eurer Affäre erzählt. Warum sollte er das tun? Und wer außer dir weiß davon?«

Jasmin schüttelte den Kopf. »Keine Ahnung«, sagte sie. »An meiner Schule haben es ziemlich viele mitbekommen, weil er mich dort mal abgeholt hat. Und ein paar seiner Freunde wussten auch Bescheid.«

Ich achtete nicht auf das Stechen, das mir bei ihren Worten durch den Magen fuhr.

»Hat dich irgendjemand mal auf ihn angesprochen? Dich ausgefragt oder so?«

»Nein.«

»Und hast du noch mehr SMS von der unterdrückten Nummer bekommen?«

»Seitdem ihr bei mir in der Schule wart, nicht mehr.«

Wir nickten.

»Hört mal.« Jasmin sah von einer zur anderen. »Ich habe damit wirklich nichts zu tun. Bei dem, was ich getan habe, kann ich echt nachvollziehen, dass ihr mich verdächtigt. Aber das mit Marico ist bisher die einzige Scheiße in dieser Größenordnung, die ich je gebaut habe. Bei uns an der Schule gelte ich als Moralapostel, fragt ruhig nach! Ich kann mir jetzt schon nicht verzeihen, was ich da getan habe. Warum sollte ich dir noch mehr antun wollen? Und dann so etwas Grausames?«

Lange sah ich sie an, bis ich langsam nickte. Ich mochte sie nicht besonders. Ihr Zimmer wirkte wie das einer Dreißigjährigen, überall standen Bücher herum, die sogar meine Deutschlehrerin zu hochtrabend finden würde. Und Jasmins Gesicht wirkte für eine Jugendliche viel zu erwachsen. Ihre Aufrichtigkeit kotzte mich an, aber sie brachte mich dazu, ihr trotz allem zu vertrauen. Ich glaubte ihr. Das hatte ich schon in ihrer Schule getan.

»Von mir aus könnt ihr auch Markus fragen, ob ich gestern mit ihm zusammen war. Ich kann euch gern seine Nummer geben und ihr ruft ihn jetzt vor meinen Augen an. Gar kein Problem. Aber hört auf, mich zu verdächtigen.«

Plötzlich stand ich auf. »Sie hat recht. Gehen wir.«

»Aber …?« Tila sah fragend zu Lorena, doch die zuckte nur mit den Schultern und stand auf.

»Wenn ihr Hilfe braucht, sagt Bescheid, ja?«, sagte Jasmin, ihre Stimme klang jetzt schon etwas sanfter.

»Machen wir. Zumindest, wenn es gar nicht anders geht.«

Und ohne ein weiteres Wort verließen wir ihr Zimmer, ihr Haus, und stiegen wieder ins Auto.

»Gehen wir shoppen?«, fragte mich Marico, kurz bevor ich meine Haustür wieder erreicht hatte.

»Marico will einkaufen gehen.«

»Sag doch nicht immer Marico!«, bat mich Tila. »Sag doch bitte irgendwas anderes.«

»Nicht-Marico will mit mir shoppen gehen.«

»O Mann.« Tila stöhnte auf. »Sag ihm, er soll sich ficken und dich für immer in Ruhe lassen.«

»Das kann ich nicht«, sagte ich ruhig. »Kommt ihr mit?«

»Das wird er nicht wollen.«

»Heute muss er.«

Ich schrieb ihm, heute wäre Mädelstag, shoppen könnten wir einrichten, aber ich würde nicht allein mit ihm gehen. Und zu meiner Überraschung war Nicht-Marico einverstanden.

»Nach unserer letzten Nacht würde ich dir jeden Wunsch erfüllen«, schrieb er, und mir wurde wieder schlecht.

Langsam liefen wir in Richtung Altstadt.

»Ich denke, wir sollten wirklich langsam ...«, setzte Lorena an, doch ich unterbrach sie.

»Nein«, sagte ich. Ich wusste, sie wollte mich überreden, endlich die Polizei einzuschalten. Tila und

Lorena waren sich längst einig. Sie hatten Angst um mich, doch mir würde schon nichts passieren. Ich würde es mit Nicht-Marico aufnehmen, allein. Er würde sich noch wünschen, sich nicht mit mir angelegt zu haben.

»Wir kriegen den«, sagte ich entschieden. »Verlasst euch drauf!«

Kurze Zeit später schrieb mir Marico, wir sollten unbedingt in den ersten Laden links auf dem Neumarkt schauen. Es war ein Klamottenladen für Frauen, in dem ich erst einmal gewesen bin und dann doch nichts gekauft hatte, weil er einfach viel zu teuer war. Jetzt traten wir ein und bewegten uns vorsichtig durch die Regale.

»Aber wir treten auf der Stelle! Wir brauchen unbedingt eine neue Spur«, sagte Lorena, während sie sich immer wieder umsah.

Wir alle fühlten uns beobachtet und verfolgt. Keinen Schritt taten wir, ohne unauffällig in einen Spiegel zu sehen oder uns immer wieder umzudrehen. Nirgends sahen wir etwas Auffälliges.

»Lasst uns noch mal überlegen«, sagte Lorena. »Was haben wir schon?«

Tila hob fragend einen Minirock hoch und wir schüttelten die Köpfe. Er war viel zu bunt. Außerdem hätte sie ihn sich wohl eh nicht leisten können.

»Also, wir wissen, dass er mich sehr gut kennen muss«, begann ich. »Außerdem muss er Marico gut gekannt haben. Schließlich weiß er viel über uns beide. Entweder wir haben ihm selbst von unseren Treffen erzählt oder er hat uns dabei beobachtet. Es muss jemand sein, mit dem wir entweder befreundet sind oder der über Freunde und Beobachtungen viel über uns rausfinden konnte.«

»Außerdem ist er ein perverses Arschloch«, fügte Tila hinzu, während sie den Rock zurückhing.

»Fällt uns da jemand ein?«

»Aaron!«, sagte Tila schnell und sah uns herausfordernd an.

»Ich kann mir immer noch sehr gut vorstellen, dass er es war.«

Lorena wiegte den Kopf hin und her.

»Ich weiß nicht. Für eine Manipulation wie gestern müsste er halt schon was im Kopf haben! Aber wir können ihn nächste Woche ja genau im Auge behalten.«

»Wenigstens etwas.«

»Noch jemand?«

»Es muss jemand sein, der Emilia entweder hasst oder total in sie verknallt ist. Oder jemand, mit dem Marico eine Affäre hatte.« Tila ließ einfach nicht locker.

»Quatsch!«, widersprach ich. »Und ich wüsste auch wirklich von niemandem, der mich total hasst oder in mich verknallt wäre! Außer Marico war nie einer in mich verknallt.«

»Das wissen wir nicht.«

»Was ist denn mit Viola?«, fragte ich nach kurzem Nachdenken.

»Warum Viola?«

»Sie hat mich nie gemocht.«

»Aber hasst sie dich deswegen gleich?«

Während ich mit den Schultern zuckte, vibrierte mein Handy.

»Wie gefällt dir das Kleid rechts neben der Kasse?«, fragte der falsche Marico, und ich sah rüber in die Ecke. Dort hing ein dunkelrotes Trägerkleid mit kurzem Rock.

»Ganz schön rot. Und ganz schön kurz«, schrieb ich zurück.

»So, wie ich es mag«, antwortete Marico prompt, und das stimmte, Marico hatte Rot an mir immer gern gesehen. »Bitte probier es an.«

Langsam sah ich auf.

»Was ist?« Tila wirkte sofort alarmiert.

»Marico möchte, dass ich das rote Kleid da drüben anprobiere.«

Zuerst wanderten ihre Blicke in die Richtung, in die ich deutete, danach durch den Laden. Wir waren fast allein hier. Die Verkäuferin faltete der einzigen anderen Kundin gerade eine Hose zusammen.

»Das ist wirklich unheimlich«, gab Lorena jetzt zu. Kaum merklich zog sie die Schultern hoch, als hätte sie Angst, und zum ersten Mal fragte ich mich, ob die beiden vielleicht nicht nur Angst um mich hatten. Wenn sie mit mir zusammen waren, standen sie schließlich genauso unter Beobachtung wie ich. Sie konnten ebenso wenig wissen, wann sie allein waren und wann nicht. Der Schreiber könnte jederzeit auch in ihren Garten einbrechen. Doch er hatte es schließlich eindeutig auf mich abgesehen.

»Das ist vor allem deswegen unheimlich, weil ich es schon mal anhatte«, erzählte ich.

»Was meinst du?«

Ich ging auf das Kleid zu und nahm es vorsichtig herunter.

»Etwa eine Woche bevor wir zusammen gekocht haben, waren wir einkaufen, Marico und ich. Zum Spaß sind wir hier reingegangen, und Marico wollte unbedingt, dass ich dieses Kleid anziehe. Es hat uns gefallen, aber es war mir natürlich zu teuer.«

Schweigend sahen sie mich an.

»Er weiß einfach alles«, sagte ich leise. Dann schrieb ich: »Ich weiß schon, dass es passt.«

Und Marico antwortete: »Ich auch. Geh zur Kasse und nenn deinen Namen.«

Ein *Warum* verkniff ich mir, ich kannte die Antwort schon: *Tu es einfach*.

Unsicher legte ich das Kleid auf den Kassentisch. »Entschuldigung«, sagte ich, »ich wollte ...«

»Ah!«, unterbrach mich die Verkäuferin. »Bist du Emilia?«

Wortlos nickte ich.

»Hast du ein Glück!«, strahlte sie mich an, und vor Überraschung vergaß ich sogar, auf diese Unterstellung hin den Kopf zu schütteln.

»Dein Freund ist ein echter Romantiker.«

»Mein Freund?«

Ich schaute zu Tila und Lorena hinüber. Verwirrt und gleichzeitig lauernd sahen sie erst zu mir, dann zurück zur Verkäuferin.

»Marico ist doch dein Freund?«

Darauf konnte ich nicht antworten.

»Wie auch immer. Er hat einen Gutschein für dich

hinterlegt und mir gesagt, dass du genau dieses Kleid dafür kaufen wirst. Er scheint dich richtig gut zu kennen.«

»Zu gut«, gab ich trocken zurück, doch sie achtete gar nicht auf mich. Mit einem ungebrochen strahlenden Grinsen im Gesicht zog sie das Preisschild über den Tisch, sodass es irgendwo piepste, faltete das Kleid ordentlich zusammen und legte es mir in eine Tüte.

»Viel Spaß damit!«, flötete sie, und ich beeilte mich, das Geschäft zu verlassen.

Lorena und Tila blieben noch kurz drin. Von draußen sah ich, wie sie mit der Verkäuferin sprachen, aber ich konnte nichts hören. Als sie rauskamen, schüttelten sie die Köpfe.

»Wir haben sie gefragt, von wem sie den Gutschein hatte.«

»Und?«

»Er hat ihn per E-Mail bestellt.«

»Das geht?«

»Anscheinend.«

»O Mann.«

Schweigend sahen wir uns an, nur Nicht-Marico hatte etwas zu sagen.

»Freut mich, dass du mein Geschenk angenommen hast! Und jetzt brauchen wir noch etwas für mich, okay? Schauen wir mal in den Laden links gegenüber der Kirche.«

Ich zeigte den anderen beiden die SMS, und Tila fragte: »Eigentlich muss er doch hier irgendwo sein, oder?«

Wieder drehten wir uns um. Doch die Stadt war viel zu voll, rechts und links drängten sich fremde Menschen an uns vorbei, hinter uns liefen sie kreuz und quer, vor uns ebenso. Niemand schien uns besonders zu beachten und nirgends sahen wir ein bekanntes Gesicht.

Während wir auf den zweiten Laden zugingen, sagte ich: »Etwas haben wir bei unserer Aufzählung vergessen, nämlich das Wichtigste, was wir bisher rausgefunden haben: Wir kennen seine IP-Adresse und sind so auf Jasmins Oma gestoßen.«

»Schon«, sagte Tila, »aber du glaubst doch nicht, dass es Jasmin war.«

»Das nicht«, gab ich zu, während wir den Laden betraten, von dem der falsche Marico gesprochen hatte. Diesmal war es ein billigeres Geschäft, in dem Mode für Jungs und Mädchen verkauft wurde. Doch bevor ich meinen Gedankengang weiter ausführen konnte, schrieb Marico: »Die Treppe hoch und dann ganz hinten!«

Also fuhren wir Rolltreppe. Schon von Weitem sahen wir, dass ein paar bekannte Gesichter uns auf der runterlaufenden Treppe entgegenkamen.

»Heeey«, rief Peter und hob die Hand, damit jemand von uns einschlug.

Lorena und Tila zogen nur die Augenbrauen hoch, als wollten sie sagen: *Das ist nicht dein Ernst,* also erbarmte ich mich und schlug ein. Er war mit Jonathan, Colin, einem fremden Typen und Viola unterwegs. Letztere hing Peter ergeben am Arm.

»Viel Spaß, Mädels!«, rief Colin mit seiner etwas

zu lauten und etwas zu dümmlich klingenden Stimme.

Kurz musste ich daran denken, dass ich als Kind mit ihm mal gut befreundet gewesen war. Jetzt könnte ich keine drei Worte mit ihm wechseln, ohne dass wir uns gegenseitig langweilten. Schon seltsam, wie unterschiedlich man sich nebeneinanderher entwickeln kann.

Als ich verkündete, dass wir den Spaß sicher haben würden, klang es wie ein Witz. Doch niemand von ihnen bemerkte es. Lachend liefen sie weiter hinunter und verließen das Geschäft.

»War das jetzt ein Zufall?«, fragte Lorena, während sie rücklings auf das erste Stockwerk stolperte.

»Gerade haben wir noch über Viola gesprochen.«

»Die schien mit ihrem Peter völlig glücklich zu sein.«

»Und die anderen?«

Auch wir verließen jetzt die Rolltreppe und zuckten mit den Schultern. Denen trauten wir es eigentlich nicht zu. Peter hatte uns die IP-Adresse verraten, Colin konnte noch weniger bis drei zählen als Aaron, und Jonathan war eigentlich ein richtig guter Kerl. Den anderen hatte ich noch nie gesehen. Ich hatte nur registriert, dass er etwas zu lange Haare hatte. Aber wenn wir ehrlich waren, konnten wir uns auf nichts verlassen.

»Wo waren wir? Ach genau, die IP-Adresse. Ich glaube, Jasmin ist nicht die, nach der wir suchen sollten. Aber vielleicht sollten wir uns die Adresse trotzdem noch mal genauer ansehen.«

»Stimmt! Peter hatte doch gesagt, die IP-Adresse führt uns, wenn wir Glück haben, zu einer Straße!«

»Genau, zu einer *Straße*! Und weil es dort anscheinend nur ein bewohntes Haus gibt, sind wir auf dieses Haus gekommen. Aber vielleicht müssen wir uns in der Straße noch mal genauer umsehen!«

»Außerdem gab es doch in dem einen Haus mehrere Wohnungen. Dort wohnt sicher nicht nur Jasmins Oma!«

Gemeinsam gingen wir bis nach hinten durch, so wie Nicht-Marico es mir geschrieben hatte.

»Aber es wäre schon ein seltsamer Zufall, wenn wir ohne Grund zu Jasmin geführt worden wären«, gab Lorena zu bedenken, aber schnell antwortete ich: »Das war bestimmt nicht ohne Grund! Garantiert hat er das so eingefädelt. Vielleicht wohnt er ja wirklich im Stockwerk oben drüber oder so!«

Plötzlich wirbelte Tila herum. »Wir sollten unsere Kurslisten durchschauen!«

»Kurslisten?«

»Ich bin mir nicht sicher, aber ich hab irgendwie im Kopf, dass Aaron da in der Ecke wohnen könnte.«

Sie sah nicht, wie Lorena die Augen verdrehte. Dass Tila noch immer an ihrem Verdacht gegenüber Aaron festhielt, war wirklich lächerlich.

»Eine gute Idee!«, sagte ich schnell, um keine Diskussion zwischen den beiden aufkommen zu lassen. »Vielleicht wohnt da ja wirklich jemand, der infrage kommen könnte.«

Langsam nickte Lorena und Tila schlug sich stolz auf die Brust.

»Super Idee«, lobte sie sich selbst, während wir bei der Männerunterwäsche ankamen.

»Hier sollen wir hin?«, fragte Lorena und sah mich zweifelnd an.

Ich zuckte mit den Schultern und schaute auf mein Handy. Er hatte schon geschrieben.

»Ich brauche neue Boxershorts.«

»Das ist ja widerlich.« Lorena streckte die Zunge heraus. »Wir kaufen dem Perversen garantiert keine Unterwäsche, schreib ihm das.«

Gleichzeitig vibrierte mein Handy.

»Nimm die im zweiten Regal rechts. Sie ist blau und gelb kariert. An der Kasse brauchst du nur zu sagen, wer du bist. Du weißt ja mittlerweile, wie das geht.«

Ich verzog den Mund, trotzdem steuerte ich direkt darauf zu und nahm sie in die Hand. Irgendwie kam sie mir bekannt vor, doch ich hatte keine Ahnung, warum. Das Kleid hatte ich schon einmal anprobiert, im Anschluss daran waren wir allerdings nicht in diesen Laden gegangen. Marico hat keine Unterwäsche gekauft. Außerdem kannte ich seine Unterwäsche nicht, so weit waren wir nie gekommen.

Die meisten Boxershorts sahen hier ähnlich aus, doch genau diese eine löste in mir ein Gefühl von Vertrautheit aus, als würde ich sie wiedererkennen. Ich musste es mir einbilden. Oder es war einfach nur ein Déjà-vu.

Entschieden nahm ich sie vom Haken und ging damit in Richtung Kasse.

10

Luca«, sagte ich langsam, »den Namen habe ich noch nie gehört.«

Die anderen beiden stimmten mir zu. Verwirrt sahen wir zurück auf die Kursliste. Anscheinend saß ein Luca mit uns in Mathe, den keine von uns kannte. Doch das war es nicht, was uns den Namen immer wieder lesen ließ. Es war seine Adresse: Er wohnte tatsächlich im selben Haus wie Jasmins Oma.

»Das kann kein Zufall sein.«

Wir waren uns einig. Wir hatten eine neue Spur.

Die dritte Stunde am Montagmorgen war Mathe und zum ersten Mal sehnten wir sie herbei. Wir mussten sein Gesicht sehen. Ich wollte ihm unbedingt in die Augen schauen. Würden sie ihn schon verraten? Doch warum sollte er all das tun, wenn ich ihn noch nicht einmal kannte?

Als es endlich so weit war, gingen wir so früh wie möglich in unseren Raum. Wir waren die Ersten und setzten uns auf die Plätze, von denen aus die Tür am besten einsehbar war.

Langsam trudelten die anderen ein. Manche grüßten uns, manche nicht. Ein Mädchen, das allein hereinkam, war mir vorher noch nie aufgefallen.

Mir wurde bewusst, wie wenig ich auf meine Umwelt zu achten schien. Anscheinend nahm ich unbekannte Gesichter nicht einmal wahr. So musste es auch bei diesem Luca gewesen sein. Doch ein weiterer Fremder kam und kam nicht.

Der Raum füllte sich, bis schließlich auch die Lehrerin eintrat. Sie schloss die Tür hinter sich und das einzige unbekannte Gesicht blieb dieses eine Mädchen. Und wie ein Luca sah sie wirklich nicht aus.

»Könnte es auch ein Frauenname sein?«, flüsterte ich den anderen zu, und die zuckten mit den Schultern. Gerade wollte ich die Fremde schon eingehend mustern, als die Tür noch einmal aufging. Herein kam ein Junge mit etwas zu langen, dunkelblonden Haaren. Er grinste die Lehrerin entschuldigend an und schien fast zu seinem Platz zu hüpfen.

»Wer ist das?«, flüsterte ich, und als wollte unsere Lehrerin meine Frage beantworten, sagte sie: »Das ist schon das zweite Mal, Luca!«

Ich starrte ihn an. *Das* war Luca? Ich hatte ihn tatsächlich noch nie wahrgenommen. Aber er grüßte Peter, der neben ihm saß, als würden sie sich schon ewig kennen. Außerdem kam er mir jetzt, bei genauerem Hinsehen, irgendwie doch bekannt vor.

»Wir haben ihn gestern gesehen«, flüsterte mir Lorena zu.

»Stimmt, auf der Rolltreppe. Sie waren alle zusammen unterwegs!« Tila beugte sich über ihren Tisch, und ich tat es ihr gleich, um Luca besser in Augenschein nehmen zu können. Er schien irgendwie unruhig zu sein, ständig rutschte er auf seinem Stuhl hin und her, und seine dunkelgrünen Augen huschten von einer Ecke des Raums in die andere. Bis er meinen Blick bemerkte. Erst schien er mich nur flüchtig anzusehen, um sich gleich darauf wieder der Lehrerin zuzuwenden, doch dann kehrten seine Augen noch einmal zu mir zurück. Er hatte wohl bemerkt, dass ich ihn anstarrte. Ertappt sah ich an ihm vorbei und tat, als würde ich mich gelangweilt im Kurs umsehen. Doch ich spürte, dass er es mir nicht abkaufte. Er sah mich weiterhin an, quer durch die Klasse hindurch, so lange, dass ich seinen Blick irgendwann erwidern musste. Ich zwang mich, ihm möglichst herausfordernd und selbstsicher in die Augen zu schauen. Doch statt ertappt zu wirken, begann er, ganz vorsichtig zu lächeln. Es war ein geheimnisvolles Lächeln. Eins, das zu sagen schien: *Na komm, versuch doch, mehr über mich zu erfahren. Oder hast du etwa Angst?*

Ich stellte mir vor, wie er all die Nachrichten geschrieben hatte, obwohl wir noch nie miteinander geredet hatten. Was, wenn der falsche Marico wirklich jede Woche mit mir in Mathe gesessen hatte? Was, wenn er all das über mich wusste, während ich ihn bisher nicht einmal bemerkt hatte?

Plötzlich hob er die Hand, um sich zu melden. Lächelnd sah er mich dabei weiterhin an.

»Luca?«, nahm ihn die Lehrerin dran, und er sagte irgendeine Zahl. Anscheinend war es die richtige Lösung. Ich hatte nicht einmal mitbekommen, worum es im Unterricht gerade ging, geschweige denn, dass ich irgendeine Matheaufgabe hätte lösen können, während Luca mich ansah.

Doch er war anscheinend nicht so sehr bei mir, wie ich es geglaubt hatte. Er grinste.

»Nicht schlecht«, sagte die Lehrerin. »Ich hätte nicht erwartet, dass du beim Flirten auch noch rechnen kannst.«

Sofort spürte ich, wie ich rot wurde. Schnell löste ich den Blick von Luca und sah auf den Tisch.

Die Klasse kicherte.

»Na klar kann ich das«, hörte ich Luca sagen. »Während ich flirte, kann ich sogar viel besser denken.«

Peter lachte laut und klopfte Luca auf die Schulter.

»Beneidenswert.« Die Lehrerin lächelte spöttisch. »Die Frauen müssen dir zu Füßen liegen.«

Und als wäre das nicht schon genug gewesen, fügte sie noch in meine Richtung hinzu: »Dann viel Spaß, Emilia! Aber besser erst in der Pause, du scheinst nicht ganz so konzentriert zu sein wie er.«

Jetzt war mein Kopf richtig heiß. Am liebsten hätte ich ihn hinter meinen Händen versteckt, doch das wäre genauso auffällig gewesen. Alle lachten und sahen zwischen mir und Luca hin und her.

»Du flirtest mit einem Typen, der eventuell der falsche Marico ist?«, fragte mich Lorena flüsternd, und ich schüttelte den Kopf.

»Ich habe nicht mit ihm geflirtet! Außerdem glaube ich nicht, dass ein völlig Fremder so etwas tun würde.«

»Gerade sieht es aber ganz so aus.«

»Was jetzt?«

»Beides. Als würdest du flirten *und* als hätte ein völlig Fremder so etwas getan!«

Darauf antwortete ich nicht. Den Rest der Stunde sah ich nicht mehr von meinem Tisch auf.

»Ich verstehe das nicht«, sagte ich später, als wir auf dem Schulhof saßen.

Es war einer der wenigen schönen Sommertage, die dieser Juni zu bieten hatte. Der Wind fuhr uns durch die Haare, und ich stellte mir vor, dass er mich sicher noch verwirrter aussehen ließ.

»Was verstehst du nicht?« Tila setzte sich neben mich und sah mich von der Seite an.

»Wieso habe ich den noch nie vorher bemerkt?«

»Na ja, er hat jetzt nicht gerade ein eindrucksvolles Gesicht«, warf Lorena ein.

»Stimmt.«

»Er ist auch nicht sonderlich gut gebaut.«

»Nein.«

»Na also. Du guckst dir halt lieber schöne Männer an.«

»Aber heute hat er die ganze Klasse unterhalten. Anscheinend ist er ganz witzig und nicht gerade der Schüchternste, das hätten wir doch bemerken müssen!«

»Redet ihr von Luca?«

Wir drehten uns um. Hinter uns stand Viola mit verschränkten Armen und grinste.

»Der scheint dich ja beeindruckt zu haben.«

»Überhaupt nicht!«, sagte ich etwas zu schnell

und etwas zu laut. Sofort bereute ich, überhaupt geantwortet zu haben.

»Nein, nein, gar nicht!« Sie warf ihre kurzen dunklen Haare zurück und grinste noch breiter.

»Wir haben uns nur gefragt, wo der plötzlich herkommt«, versuchte Tila mich zu retten.

»*Wo der plötzlich herkommt?*« Viola riss amüsiert die Augen auf. »Ihr kriegt gar nichts mit, oder?«

»O bitte, liebe Viola, erlöse uns von unserem Unwissen«, sagte Lorena, und uns war klar, dass sie wirklich genervt war.

»Wenn ihr nicht immer so sehr auf euer süßes kleines Grüppchen fixiert wärt, würdet ihr auch von den anderen mehr mitkriegen. Keine Ahnung, was ihr immer für hochtrabend wichtige Dinge besprechen müsst, aber ihr seid nicht die Einzigen auf dieser Welt. Oder auf unserer Schule. Nicht mal im Mathekurs.«

Lorena verdrehte die Augen und sagte: »Es tut uns unglaublich leid, wie sehr wir dich vernachlässigt haben. Wir wissen doch eigentlich, dass du viel Aufmerksamkeit brauchst.«

Missbilligend hob Viola die Augenbrauen.

»Jetzt sag schon, was du über Luca weißt«, bat ich.

»Er ist neu.«

»Wie, er ist neu?«

»Wie ich es gerade sagte.«

»Geht es etwas genauer?«

»Er hat vor etwa einem Monat auf unsere Schule gewechselt.«

»Okay.« Lorena strich sich mit einer entschlossenen Bewegung eine der kleinen Locken hinters Ohr. »Dann kannst du dir ja wohl denken, warum vor allem Emilia von dieser Zeit nicht viel mitbekommen hat, oder? Dass sie in den letzten Wochen etwas größere Probleme hatte als irgendeinen Luca, dürfte dir ja wohl auch klar sein?«

Viola stockte. Kaum merklich trat sie einen Schritt zurück. Darüber hatte sie während ihrer Rede wohl nicht nachgedacht. Natürlich nicht, es war ja auch ausnahmsweise mal nicht um Marico und seinen Tod gegangen. Sie muss es genossen haben, endlich einmal frei sprechen zu können, ohne ständig in Gefahr zu sein, etwas richtig Dummes zu sagen. Jetzt war sie trotzdem nah dran gewesen. Fast tat sie mir ein wenig leid, also sagte ich schnell: »Und warum wechselt er kurz vor den Sommerferien die Schule?«

Erleichtert lächelte Viola. »Tja«, sagte sie genüsslich. »Das ist tatsächlich eine gute Frage.«

»Was meinst du?«

»Ich habe ihn gleich zu Anfang selbst gefragt, und da meinte er, er wollte unbedingt einen Latein-LK machen, hätte sich aber mit seinem Lehrer verkracht.«

»Okay.« Ich kniff die Augen zusammen. »Das klingt doch eigentlich plausibel.«

»Eigentlich schon.« Viola grinste und Lorena stöhnte auf.

»Jetzt sag schon, was los ist!«

»Aber letzte Woche habe ich etwas ganz anderes gehört.«

»Von wem?«

»Ist doch egal. Es ist wohl nur ein Gerücht. Aber man weiß ja nie, was an Gerüchten so dran ist.«

»Was denn für ein Gerücht?«

»Bisher war Luca auf dem Gustav-Freytag-Gymnasium. Und es heißt, dass dort viel mehr vorgefallen wäre als nur ein Streit zwischen Luca und seinem Lehrer.«

»Mann, Viola, erzähl es uns bitte einfach!«

Viola sah lächelnd von einer zur anderen. Sie genoss es sichtlich, uns auf die Folter zu spannen.

»Es gibt ein Mädchen, das ihm Stalking vorwirft.«

Jetzt standen uns allen die Münder offen.

»Wie, Stalking?«

»Na ja, ihr wisst schon: ständige Verfolgung, SMS, Mails, Briefe, das ganze Programm.«

»Wir wissen, was Stalking ist, glaub mir. Erzähl uns die Geschichte!«

»Viel mehr weiß ich auch nicht. Anscheinend hat er sie wochenlang mit Nachrichten genervt und ist ihr nicht von der Seite gewichen. Er soll nachts vor ihrem Fenster gestanden und tagsüber sogar vorm Klo gewartet haben, bis sie wieder rauskam. Einmal hat er sie zwingen wollen, ihn abends ins Haus zu lassen, doch dummerweise sind ihre Eltern da gewesen. Die haben sofort Anzeige erstattet. Dieses Jahr war die Verhandlung und er musste die Schule wechseln. Ob er noch mehr auferlegt bekommen hat, weiß ich nicht.«

Wir sahen uns an. Keine von uns wusste, was sie sagen sollte.

»Aber natürlich ist es nur ein Gerücht! Ihr wisst

ja, wie das mit solchen Geschichten ist. Manchmal weiß man echt nicht, wo sie herkommen. Letztes Jahr hieß es, ich würde im Sommer keine Unterwäsche tragen.«

Lachend fuhr sie sich durch die Haare, und wir versuchten, wenigstens ein Lächeln anzudeuten. Schließlich waren wir uns bis heute nicht sicher, ob an diesem Gerücht nicht doch etwas dran war. Viola hatte es bisher nicht wirklich abgestritten.

»Und warum wart ihr dann gestern alle mit ihm unterwegs?«

Sie zuckte mit den Schultern.

»Er ist lustig!«

»Bitte?« Ich konnte nicht glauben, wie unbefangen sie mir antwortete.

»Vielleicht ist er gefährlich!«

»Meine Idee war das nicht! Peter und Colin fragen ihn immer. Ihr wisst ja, wie die sind, denen ist so was ziemlich egal. Wenn sie es überhaupt mitbekommen haben.«

»Und warum gehst du dann mit?«

»O Emilia, es ist doch nur ein Gerücht! Er streitet ja alles ab.«

»Das würde ich an seiner Stelle auch tun.«

»Nimm es nicht so schwer, du kannst trotzdem mit ihm flirten!« Sie zwinkerte mir zu, dann drehte sie sich um und stolzierte davon.

Ratlos sahen wir uns an. Der Wind, der unsere Haare noch immer zerzauste, schien plötzlich etwas kühler geworden zu sein. Es klingelte, die Schüler um uns herum standen auf und liefen langsam in Richtung Schule. Die Pause war fast vorbei, aber in diesem Moment kümmerte es uns nicht wirklich. Nachdenklich sahen wir ihnen hinterher.

»Also, ich fasse kurz zusammen«, sagte Lorena, als wir fast als Einzige auf dem Hof zurückgeblieben waren. »Ein Typ wird von der Schule geworfen, weil er ein Mädchen belästigt hat. Er kommt auf eine andere Schule und zur gleichen Zeit wird an der ebenfalls ein Mädchen belästigt.« Sie machte eine kurze Pause und sah von einer zur anderen. Dann fügte sie hinzu: »Der Fall liegt auf der Hand, oder?«

Ein paar Wimpernschläge lang erwiderte ich ihren Blick, dann schüttelte ich den Kopf: »Irgendetwas stimmt an dieser Geschichte nicht.«

»Warum?«

»Luca und ich kennen uns nicht. Also warum ich? Und woher sollte er all das über mich wissen? Und über Marico? Es muss doch einen Grund geben!«

»Der ist einfach ein Psychopath«, warf Tila ein. »Da weiß man nie so genau, warum die tun, was sie tun!«

Noch einmal schüttelte ich den Kopf.

»Ich weiß nicht«, sagte ich, aber näher konnte ich meinen Zweifel nicht begründen.

An diesem Nachmittag tat ich etwas, das ich seit Maricos Tod nicht getan hatte. Ich schnappte mir meine Kamera und ging in den Wald.

Lange Zeit lief ich nur auf den ausgewiesenen Wegen entlang. Die Kamera hatte ich mir um den Hals gehängt. Ich traute mich nicht, sie aufzunehmen, noch nicht einmal, sie mit den Fingerspitzen zu berühren. Ich hätte nicht gewusst, was ich im nächsten Moment hätte tun sollen. Sie vor mein Gesicht halten – okay. Aber welches Bild wäre es wert gewesen, eingefangen zu werden?

Einmal bin ich mit Marico hier gewesen. Natürlich, jedes Pärchen, das in Gotha wohnt, kommt irgendwann hierher, wo es still ist, wo es nach Moos und Nadeln durftet und wo viele kleine Büsche, dichte Bäume und Einbuchtungen in der Erde die Liebenden verstecken können.

Hand in Hand sind wir in den Wald hineingelaufen, unsere Kameras, die uns von den Hälsen baumelten, schlugen uns lautlos gegen die Bäuche, und unsere Blicke waren ständig auf der Suche nach dem richtigen Licht, den richtigen Farben, einem Ort, an dem wir stehen bleiben könnten.

An diesem Nachmittag hatten wir wenig geredet. Normalerweise tat mir Marico den Gefallen und versuchte, ebenso viel zu diskutieren und zu erzählen wie ich. Eigentlich aber gefiel er sich schweigend besser. Und wenn er in der Natur war, wie jetzt in diesem Wald, glaubte er, ihr Stille zu schulden. Er wollte das Rauschen der Bäume und das Zwitschern der Vögel nicht stören, er wollte es als Zuhörer genießen. Unsere Schritte und unser Atem waren ihm schon genug menschliche Einmischung.

Bald gingen wir querfeldein bis zu einer kleinen Lichtung, die mit niedrigen Pflanzen zugewuchert war. Wie ein Klee- oder ein Moosfeld, nur dass es weder Klee noch Moos gewesen ist, was da so dicht wuchs. Dafür war es ebenso weich und noch dazu beinahe unberührt. Hier hob Marico zum ersten Mal die Kamera. Doch zuerst bat er mich, mich in die Pflanzen zu legen. Die Träger meines Tops sollte ich über die Schultern streifen, sodass es so aussah, als gäbe es kein Top. Nur mich und meine Schultern im Wald.

Als ich auf dem Rücken lag, die Augen geschlossen und den Kopf leicht zur Seite geneigt, konnte ich das Krabbeln unter mir spüren, ein ganz leichtes Kitzeln. Der Wald lebte und ich war mittendrin. Irgendwo über mir klickte es leise. Irgendwo über mir stand Marico und sah mich an.

Während ich jetzt daran dachte, versuchte ich, mein Gesicht nicht mit dem von Jasmin zu vertauschen. Nicht *sie* dort zu sehen, zwischen den niedrigen, hellgrünen Pflanzen. *Ich* bin es gewesen, die dort gelegen hat, nicht sie. *Ich* habe ihn im Anschluss gebeten, doch auf den Baum ein paar Meter von uns entfernt zu klettern, sich dort hinzuhocken, sodass ich ihn von unten in den Blättern fotografieren konnte. Er hat mich angelächelt, zwischen den einzelnen Schüssen, mich, nicht sie. Doch immer wieder tauchte in meinen Erinnerungen ihr Gesicht auf. Ihre scharfen Konturen zeichneten sich deutlich von den weichen Blättern ab: ihre gerade Nase, ihre klaren Augen, ihre dunklen, ewig langen Haare.

Dieser Tag ist schon so lange her, dass Jasmin damals noch keine Rolle gespielt haben konnte. Eigentlich gehörte diese Erinnerung wirklich nur mir. Und doch. Ich hatte das Gefühl, als würde nichts mehr nur mir gehören.

Allein ging ich tiefer in den Wald, und an der gleichen Stelle, an der ich damals mit Marico den Weg verlassen hatte, verließ ich ihn auch jetzt.

Ich kletterte über große Wurzeln, duckte mich unter Dornenranken hinweg und schob dicke Zweige zur Seite. Es wurde immer beschwerlicher, vorwärtszukommen, aber mit Marico hatte es ja auch einen Weg gegeben. Einen Weg zu einer weichen Lichtung.

Ich kletterte weiter vorwärts, immer in der Hoffnung, dass sie sich bald vor mir öffnen würde. Doch sie tat es nicht. An diesem Tag fand ich unsere Lichtung nicht wieder. Sie schien einfach verschwunden zu sein.

Ich musste wohl doch einen anderen Weg gegangen sein als den, den ich mit Marico gefunden hatte.

Irgendwann ließ ich mich einfach ins Unterholz fallen. Nicht weil ich keine Kraft mehr gehabt hätte, sondern weil ich einfach Lust hatte, mich fallen zu lassen. Es war total unbequem, irgendetwas stach mir in den Hintern und etwas anderes in den Rücken. Halb schräg lag ich zwischen zwei Büschen und schaute hinauf. Hoch über mir hingen ein paar begrünte Äste. Leuchtend hoben sie sich vom blaugrauen Himmel ab, an dem die Sonne gerade hinter ein paar Wolken verschwunden war.

In diesem Moment hob ich dann doch die Kamera

vor meine Augen. Das Farbspiel hätte Marico gefallen. Und für ihn fing ich es ein, unten liegend, zwischen den Büschen. Während es klickte, erinnerte ich mich wieder, warum das Fotografieren überhaupt mein Hobby gewesen war. Dass es mein Hobby gewesen war. Mit den Fotos konnte ich meinen Blick auf die Welt einfangen und ihn den anderen zeigen. Durch sie konnte ich auf eine ganz besondere Art mit Menschen in Kontakt treten. Es gab nichts sonst, das an diesen Weg der Kommunikation auch nur im Mindesten herangereicht hätte.

Langsam stand ich auf und lief weiter, jetzt mit der Kamera in meiner Hand, ständig bereit, sie vor mein Gesicht zu heben und abzudrücken.

Nach und nach zog der Geruch von Gewitter auf. Gerüche lassen sich nicht fotografieren, aber wo ein Geruch ist, ist oft auch eine Farbe. Das Blau des Himmels wurde intensiver, und als ich den Kopf wandte, sah ich dicke schwarze Wolken näher kommen. Ich sollte mich beeilen.

An einer anderen Stelle als damals trat ich aus dem Unterholz heraus, zurück auf den Wanderweg, der zum Bürgerturm führte.

Ich war die Einzige hier draußen. Wegen des aufziehenden Gewitters hatte sich sonst wohl niemand dazu entschieden, zum Bürgerturm zu laufen.

Als ich mit Marico hier gewesen bin, war ich losgerannt, sobald der metallfarbene Turm in der Ferne aufgetaucht war.

»Was ist los?«, hatte Marico mir hinterhergerufen. Es war das Erste, was er hier draußen gesagt hatte, und ich lächelte beim Klang seiner Worte, die mir viel schneller folgen konnten als er.

Atemlos blieb ich irgendwann stehen und drehte mich um, die Kamera vor meinen Augen.

Marico war ganz klein, gerade trat er aus den Bäumen heraus, als ich ihn fotografierte. Und noch mal. Und noch mal. Er wurde immer größer, seine Beine und Arme länger, sein Oberkörper breiter, sein Lächeln auch. Jeden Schritt fotografierte ich, als könnte ich damit seine Bewegungen, seine Art zu gehen festhalten.

Bald passte nur noch sein Oberkörper auf ein Foto, dann nur noch sein Kopf, sein Blick, sein Mund.

Er schob die Kamera zur Seite und ohne Linse sah ich ihm in die Augen. Wir küssten uns lange, am Fuß des Turms, nicht weit weg von der Stelle, an der einmal ein Körper aufgetroffen war, an dem Punkt, wo er sich von einem lebenden Körper in einen toten verwandelt hatte. Ein Junge war von ganz oben gesprungen, kurz nachdem der Turm errichtet worden war, all die Stufen hinunter, an den Quer- und Längsstreben entlang im freien Fall, bis er aufkam und auch wieder nicht. Er war es nicht mehr, der da aufkam, es war nur noch sein Körper. Der Mensch, der gesprungen war, muss noch einmal gesprungen sein, von unten, der Aufprall muss ihn wieder hochgewirbelt haben, nur ihn, ohne den Körper. Der blieb liegen. Nicht wie bei Marico. Er war nicht gemeinsam mit ihm als Farbe in die Luft geflogen. Farblos, lautlos, allein muss er aufgestiegen sein.

Jetzt, als ich wieder aus den Bäumen trat, diesmal

langsam und allein, sah ich zuerst die Gedenktafel und dann erst den Turm. Trotzdem ging ich langsam an ihr vorbei, steuerte auf den Turm zu und stieg hinauf. Jede Stufe trug einen anderen Namen. Es waren die Namen von Gothaer Bürgern, die für den Turm gespendet hatten. Bei jedem Schritt las ich sie. Heinrich, Schritt, Manuela, Schritt, Stefan, Schritt. Alles Lebende, nicht Springende, alles Menschen, die nicht auf Gedenktafeln standen, sondern auf Treppenstufen. Menschen, die etwas schultern wollten oder zumindest das Glück hatten, es versuchen zu können. Ich wollte nicht daran denken, wie ungerecht dieses Glück war. Wie ungerecht *mein* Glück war, das mich hier einfach hinaufklettern lies, mit dem sicheren Wissen, dass ich auf meinen eigenen Beinen wieder hinuntersteigen würde.

Ganz oben stellte ich mich an die Stelle, an der der Gedenktafel-Junge über die Absperrung geklettert sein musste, um so schnell wie möglich wieder hinunterzukommen. Schneller, als jede Treppe es ihm ermöglichen konnte.

Es heißt, er habe hier oben noch einen Abschiedsbrief geschrieben. Auf seinem Laptop. Man sagt, er sei aus Liebeskummer gesprungen, nur der Laptop, der Brief, sei oben geblieben.

Langsam lehnte ich mich über die Brüstung, mit der Kamera vorm Gesicht, und fotografierte seinen Weg.

In der Ferne donnerte es leise.

Ich hob den Blick mitsamt Linse und wartete auf den nächsten Blitz. Er kam. Und ich drückte ab.

11

Auf dem Foto war ganz vorn Sonnenschein und blauer Himmel zu sehen, weiter hinten trafen unheilvoll schwarze Wolken aufeinander. Das Gewitter wirkte so winzig an diesem langen, breiten Himmel über der kleinen Stadt. Doch auf das Westviertel regnete es bereits nieder. Weit weg, nicht besonders hell, konnte man einen kleinen gezackten Blitz erkennen. Wäre er auf den richtigen Untergrund getroffen – oder besser gesagt auf den falschen –, dann hätte er genug Macht gehabt, etwas zu zerstören.

Ich sollte nach Hause laufen.

Schnell sprang ich die Treppenstufen hinunter und lief zurück in Richtung Wald. Und noch bevor ich die ersten Häuser sehen konnte, bekam ich eine Nachricht. Marico schrieb: »Gehst du mit mir ins Theater?«

Ich hielt inne. Was für ein Theater meinte er? In Gotha gab es schon lange kein Theater mehr. Dort, wo das prachtvolle Gebäude einmal gestanden hatte, fand man heute nur noch ein Modegeschäft. Schräg gegenüber gab es zwar noch das Kulturhaus, in dem sich auch ein Theatersaal befand, doch soweit ich wusste, wurde dort zurzeit nichts gespielt. Außerdem bin ich nie mit Marico im Theater gewesen. Und bisher hatte der falsche Marico doch unbedingt alte Dates durchspielen wollen.

»Was für ein Theater?«, fragte ich ihn.

»Ins Hoftheater natürlich. Wohin sonst sollten wir beide gehören?«

Natürlich, darauf hätte ich gleich kommen können. Wir sind einmal mit der gesamten Klasse in diesem kleinen historischen Saal im Schloss gewesen. Ohne lange darüber nachzudenken, schrieb ich: »Hast du das schon mal gemacht?«

»Klar waren wir zusammen im Hoftheater.«

»Das meine ich nicht.«

»Was meinst du?«

»Das alles. Deine ständigen Nachrichten. Dass du mich nicht in Ruhe lässt. Hast du das schon jemals mit einem Mädchen gemacht?«

Diesmal brauchte er länger, um mir zu antworten. Mit großen Schritten lief ich den Waldweg entlang. Es roch nach Regen, ganz sanft. Tief atmete ich den Geruch ein: Das aufziehende Gewitter deutete sich darin an, schwer und gefährlich, aber vielleicht auch erlösend. Ich sah hinauf in die Baumwipfel, dunkel zeichneten sie sich vorm Himmel ab, und leicht bogen sie sich in die Richtung, die auch ich eingeschlagen hatte. Ob Luca gerade im Haus von Jasmins Oma saß und auf sein Handy starrte? Ob er die Stirn runzelte und fieberhaft darüber nachdachte, was er auf diese Nachricht antworten sollte?

Schließlich schrieb er: »Seitdem du das mit Jasmin erfahren hast, scheinst du sehr eifersüchtig geworden zu sein. Dafür hast du keinen Grund, du bist für mich die Einzige. Die Vergangenheit ist mir egal.«

Jetzt war es an mir, die Stirn zu runzeln. *Die Vergangenheit ist mir egal.* Welche Vergangenheit? Meinte er damit wirklich nur Jasmin, tat er immer noch so, als wäre er Marico? Oder ließ er hier durchblicken, dass er eigentlich Luca war, dass er in der Vergangenheit schon einmal etwas Ähnliches mit einem anderen Mädchen getan hatte? Dass ich nicht die Erste war, die all das durchmachte?

Schneller lief ich weiter.

Sie wusste es. Sie musste etwas gehört haben. Irgendwie war die Geschichte zu ihr durchgedrungen. Die Geschichte, die ich mit ihr endgültig hatte hinter mir lassen wollen. Sie gehörte nicht hierher. Mehr noch: Sie gehörte nicht mehr in mein Leben. Es war, als wäre sie nie passiert. Lange hatte ich nicht mehr an sie gedacht, erst jetzt sah ich das Gesicht des Mädchens wieder vor mir. Mittlerweile hatte es alle Anziehungskraft verloren, die es mal auf mich ausgeübt hatte. Ihr voller Mund schien mich nicht mehr aufzufordern, näher zu kommen, ihre kleine Nase atmete nicht mehr gierig ein, um meinen Geruch in sich aufzunehmen, ihre Augenfarbe hatte ich vergessen. Die Vergangenheit war egal geworden, seit ich endlich auf diese Weise mit Emilia in Kontakt stand. Seit sie mich in ihre Küche und unter ihr Top hatte sehen lassen. Doch wenn sie die Geschichte kannte, dann könnte sie alles viel zu früh erfahren. Dann könnte mein ganzer Plan scheitern, jetzt noch, obwohl er doch kurz davor war, aufzugehen!

Mein Herz raste, meine Finger, die das Handy umklammerten, waren ganz feucht.

Wie hatte sie überhaupt davon erfahren? Es ist doch auf einer anderen Schule passiert, alle meine Freunde haben versprochen, dichtzuhalten, und sie würden ihre Versprechen nicht brechen. Das würden sie sich nicht trauen, schließlich hatte ich ihnen ganz genau beschrieben, was ihnen sonst geschehen würde. Ich würde Geschichten über sie verbreiten. Geschichten, die mindestens den gleichen Wahrheitsgehalt hätten wie die eine über mich. Jeder hatte etwas zu verbergen. Und zu meinem Glück schienen die anderen das vor mir einfach zu vergessen. Wenn ich mich in ihrer Nähe aufhielt, fielen die verräterischen Sätze, die bösen Gedanken, die wahren Geschichten hinter den Lügen wie Laub von den Bäumen, in meiner Nähe schien immer Herbst zu sein.

Wer hatte mich trotzdem verraten?

Langsam tippte ich eine Antwort an Emilia. Ich musste von mir ablenken, also tat ich so, als würde ich nicht richtig verstehen. Als ginge es hier nur um Jasmin. Die Vergangenheit ist mir egal, *schrieb ich. Und das stimmte, zumindest das. Sie war mir egal. Das Jetzt war entscheidend.*

Ich steckte mein Handy in die Hosentasche und umfasste die Streben, die rund um die Aussichtsplattform des Bürgerturms führten, mit beiden Händen. Meine Augen suchten den Waldweg nach Emilia ab, doch konnte ich sie nirgends mehr entdecken. Ich bin nicht schnell genug gewesen.

Nachdem sie hinuntergestiegen und in Richtung Stadt davongelaufen war, hatte ich mich aus dem Dunkel der Bäume gewagt, die auf der anderen Seite des Turms stan-

den. Ich bin die selben Stufen hinaufgestiegen, die kurz zuvor noch ihre Schuhe berührt haben, ich habe die gleichen Namen gelesen wie sie, und oben angekommen hab ich das gleiche Schwanken gespürt, den gleichen Wind. Ich hab an der Stelle gestanden, an der auch Emilia nach unten gesehen hat, von hier aus hielt ich Ausschau nach ihr.

Auf dem Wanderweg hatte ich sie dann schnell entdeckt. Ich hatte die Kamera vors Gesicht gehalten, die ich für Emilias Fotoausflug extra eingesteckt hatte, und Emilia nah herangezoomt. Ihre schnellen Schritte, ihre schaukelnden langen Haare, den aufrechten Kopf. Sie würde sich nicht nach hinten umsehen.

Seit ich ihr folgte, wusste ich, wie selten sich Emilia umdrehte. Grundsätzlich schaute sie nach vorn, nie zurück. Nur dann, wenn sie etwas hörte oder Angst bekam, drehte sie sich um, doch das kam ausgesprochen selten vor. Meistens konnte ich nur ihren aufrechten Hals, die schaukelnden Haare und den geraden Rücken bewundern und mir höchstens vorstellen, wie es wäre, wenn sie sich in einem Moment, in dem ich nur wenige Meter hinter ihr stand und ihren Körper mit Blicken abtastete, zu mir umdrehen würde. Wie ihr Blick auf meinen treffen würde, während ihre Haare zurückflögen. Ich stellte mir vor, wie sie den Mund vor Überraschung öffnete, weil sie endlich verstand, und einfach so stehen bliebe. Auf mich wartete, bis ich bei ihr angekommen wäre. Bis ich meinen Blicken Hände folgen lassen könnte.

Doch das hatte sie noch nicht getan. Auch jetzt, vor meiner Linse, ging sie schnell und aufrecht in die falsche Richtung. Ich wollte sie aufhalten. Jetzt sofort. Ich wollte ihren Schritt verlangsamen und endlich, nach diesem langen

Tag, wieder ihre Aufmerksamkeit auf mich ziehen. Sie hatte schon viel zu lange geglaubt, allein zu sein.

Also hatte ich sie ins Theater eingeladen. Wie damals. Ins Ekhof-Theater. Damals wie heute wurde dort nichts gespielt. Das Ekhof-Theater war Teil eines Museums, ein kleines, uraltes Theater im Schloss, das noch über eine alte Kulissenschieber-Anlage verfügte. Wie im 17. Jahrhundert konnten dort noch heute mithilfe von Muskelkraft verschiedene Kulissen über die Bühne gezogen werden.

Wir hatten es uns schon einmal gemeinsam angesehen, ich und Emilia. Zwar war die ganze Klasse mit dabei gewesen, doch ich sah nur sie. Gemeinsam hatten wir auf der kleinen Bühne gestanden und zuerst zwischen die einzelnen Holzteile der Kulissen, dann in den leeren Zuschauerraum geschaut.

Ich hatte mir gewünscht, das Theater wäre voll gewesen, jeder Platz besetzt. Nur die Bühne hätten wir für uns gehabt, die Klassenkameraden wären verschwunden. Ich hätte Emilia an mich herangezogen, wie all die großen Figuren ihre Geliebten auf einer Bühne an sich herangezogen hatten – nach einem perfekt inszenierten Schauspiel. Alle Irrungen und Wirrungen, alle Intrigen und Lügen waren auf die Spitze getrieben worden, und auf dieser Spitze, kurz bevor sich jedes Rätsel löste, kurz bevor das Verhängnis zur Katastrophe oder das Irrspiel zum Liebesglück wird, hätte ich Emilia geküsst. Mit der Hand unter ihrem Oberteil, die Zunge tief in ihrem Mund. Der Vorhang wäre gefallen und mit ihm Emilia, rücklings zu Boden, der Rock wäre dabei weit hochgerutscht, nur für mich. Langsam hätte ich mich niedergelassen, hätte mich auf sie gelegt, in den Ohren noch der Applaus des Publikums.

Doch an diesem Tag war kein Vorhang gefallen, Emilia war stehen geblieben. Kurz hatte sie mir noch mit geröteten Wangen und fliegenden Haaren zugelächelt, dann war sie gegangen.

Heute Abend würde sie zurückkommen, für mich. Sie würde sich für mich noch einmal auf die Bühne stellen, das wusste ich. Auch wenn sie das Gespräch auf die Vergangenheit gelenkt hatte. Sie würde mir verzeihen, dass es nicht nur Jasmin gegeben hatte. Dass da noch eine andere gewesen ist, noch unwichtiger als Jasmin und schon gar nicht vergleichbar mit Emilia. Diesen Ausrutscher würde sie mir vergeben. Ich musste mich nur ein wenig anstrengen, dachte ich, und schrieb:

»Bitte trag das Kleid, das ich dir geschenkt habe. Wir treffen uns in einer Stunde auf der Bühne.«

Mit leicht zittrigen Fingern strich ich über meinen Bauch, über den Stoff des roten Kleids. Ich war total overdressed. Die Kassiererin im Museumsshop musterte mich mit zusammengezogenen Brauen, während sie mein Ticket ausdruckte.

»Macht dann drei Euro«, sagte sie gepresst. Sicher überlegte sie, was ich in diesem Aufzug hier wollte. Und dann auch noch allein. Welches achtzehnjährige Mädchen geht schon allein ins Schlossmuseum, wenn es nicht muss? Vor allem welches Mädchen aus Gotha? Wir alle kannten das Schloss durch die Schule in- und auswendig und die wenigsten von uns wollten mal Kunst studieren und beschäftigten sich freiwillig mit all dem alten Kram hier.

Mit einem leisen Seufzen nahm ich das Ticket

entgegen und lief zum Eingang des Museums, dann die Treppen hinauf. Wenn ich mich beeilte, konnte ich den falschen Marico vielleicht überraschen. Doch da schrieb er mir schon: »Du bist zu früh.«

Ich drehte mich um. Wieder war ich völlig allein. Woher wusste er, dass ich schon hier war?

»Aber keine Angst, es ist alles bereit. Das Theater wartet schon auf dich.«

Er schien mir immer einen Schritt voraus zu sein. Schnell lief ich in die Richtung, in die die Pfeile zum Ekhof-Theater mich führten. Auf meinem Weg traf ich nur eine Handvoll Menschen, heute war es wirklich leer. Würde mich jemand hören, wenn ich im Theater schrie? Keine Ahnung, wie gut es isoliert war. Was, wenn der falsche Marico einen Schlüssel hatte und mich darin einsperrte? Vielleicht würde ich ihm heute in die Augen sehen, im Theater, vielleicht würde sich Luca heute zu erkennen geben. Es wäre der richtige Ort. Hier hätte er seine Bühne. Und dann noch eine historische. Noch historischer, als es Marico selbst war.

Ohne hinzusehen, tippte ich meine Antwort: »Hast du heute den Arsch in der Hose, mir in die Augen zu sehen?«

»Na, na, na!«, rief jemand hinter mir, während ich auf *Senden* tippte. Ich wirbelte herum – und sah eine streng wirkende Museumswärterin auf mich zulaufen.

»Ich hoffe, du hast dein Handy gerade ausgeschaltet.«

Verwirrt sah ich sie an.

»Ähm ... ja ... klar«, log ich. »Warum?«

Sie verschränkte die Arme und musterte mein Kleid.

»Hier hängen überall Schilder: Handys sind strikt verboten. Das kannst du überall lesen!«

»Oh ... okay.«

»Eine SMS würde den Alarm auslösen.«

Mit offenem Mund starrte ich sie an. Ich versuchte nicht zu glucksen. Glaubte sie wirklich, ich würde ihr das abkaufen? Da hätten aber schon seit Minuten sämtliche Alarmglocken schrillen müssen.

»Ein Glück, dass mein Handy jetzt aus ist«, grinste ich und wandte mich ab, um mein Lachen zu verbergen. Zu dumm, Jugendlichen etwas über eine Technik zu erzählen, mit der sie sich besser auskannten als die meisten Erwachsenen.

»Das war das letzte Mal!«, rief sie mir noch nach, und vorsichtshalber steckte ich mein Handy weg. Noch mehr Streit sollte ich nicht provozieren.

Als ich vor der Tür des Theaters angekommen war, schaute ich mich noch kurz um. An der Wand stand ein kleiner Mann, dessen Jackett und Namensschild darauf hinwiesen, dass er ebenfalls im Museum arbeitete.

»Entschuldigen Sie«, sagte ich und ging einen Schritt auf ihn zu, »haben Sie hier jemanden gesehen?«

»Jemanden gesehen?« Er lächelte. »Natürlich, heute habe ich schon ein paar Menschen gesehen.«

»Ja, stimmt, ich meine – einen Jungen. Etwa in meinem Alter. Ein bisschen zu lange Haare.«

Er schüttelte den Kopf.

»Heute waren bisher nur ältere Herrschaften im Museum.«

»Überhaupt niemand in meinem Alter?«

Wieder schüttelte er den Kopf.

»Danke schön.« Ich nickte ihm zu, zog die Tür auf und betrat den ersten und einzigen Rang des Theaters. Von hier aus hatte man gleich den größten Teil der Bühne und des Zuschauerraums im Blick. Ich war allein. Die Stuhlreihen waren leer – natürlich, die Bühne auch. Ein gemalter roter Vorhang umsäumte sie und nach hinten hin rückten unechte Säulen immer enger zusammen. Das Theater war wie in meiner Erinnerung klein und gemütlich, gleichzeitig hatte es durch die rote Farbe und die altertümlichen Bemalungen etwas Herrschaftliches. Der alte Prunk hatte sich vor langer Zeit zwischen dem Holz des knarrenden Fußbodens, den stofflosen Vorhängen und der perspektivischen Kulissenanlage verfangen.

Langsam lief ich an die Seite des Rangs, von der aus ich die ganze Bühne im Blick hatte. Mein Handy vibrierte – doch im ganzen Schloss blieb es still. Irgendwas musste mit dieser Alarmanlage schiefgegangen sein, ich grinste.

Marico hatte geschrieben: »Lass uns spielen. Bitte geh auf die Bühne.«

»Das ist verboten.«

»Handys sind auch verboten.« Wieder einer dieser idiotischen Smileys.

Ich sah mich um. Niemand war mit mir im Raum. Keiner würde es sehen – wenn ich Glück hatte.

Der Fußboden knarrte laut, als ich zu der Stelle des Rangs lief, die der Bühne am nächsten kam. Von dort aus könnte ich auf die Bühne klettern. Es wäre nur ein kleiner Sprung.

»Trau dich«, schrieb er mir. Smiley.

Wie ich diese Smileys hasste. Niemals würde ich mich von ihm in der Realität anlächeln lassen. Doch so kletterte ich und sprang. Der Holzboden der Bühne knarrte noch lauter als der des Rangs. Ich drückte mich gegen die Wand und wartete. Hatte es jemand gehört? Kam jemand rein?

»Keine Angst«, schrieb mir Marico, »ich stehe draußen Schmiere. Sobald jemand reinwill, sag ich dir rechtzeitig Bescheid. Dann versteckst du dich.«

Ich sah mich um. Zwischen den Einzelteilen der Kulisse konnte man sich wirklich gut verstecken. Außerdem gab es Seitenräume, die vom Zuschauerraum aus nicht einsehbar waren. Sicher hatten dort früher die Schauspieler gestanden und auf ihre Auftritte gewartet, in rauschenden Kostümen und mit dicker Schminke im Gesicht. Mir wurde bewusst, dass auch ich ein Kostüm trug. Ganz in Rot. Auch ich trug Make-up. Welche Rolle sollte ich hier spielen? Ohne Publikum, ohne Text?

Langsam sah ich am Rang hinauf. War ich dort wirklich runtergesprungen? Und die viel wichtigere Frage war: Wie sollte ich da jemals wieder hochkommen?

»Du kommst nicht mehr hoch«, schrieb mir Marico, als könnte er nicht nur meine Blicke sehen, sondern auch meine Gedanken hören, »aber ich habe einen Schlüssel zur unteren Tür. Ich lass dich raus, sobald wir hier fertig sind. Du brauchst keine Angst zu haben, ich kümmere mich um dich.«

Ich sah quer durch den Raum. Unterhalb der Tür, durch die ich hereingekommen war, gab es eine zweite. Durch sie hatten die Zuschauer früher die Plätze im Parkett erreicht und dorthin würde ich leicht über die Rampe gelangen. Doch sie war verschlossen, das wusste ich. Jedes Mal, wenn wir mit der Schulklasse hier waren, hatten wir von außen versucht, unten reinzukommen, um heimlich auf die Bühne zu klettern – nie mit Erfolg.

Ich war gefangen. Ausgeliefert an den falschen Marico. Wieder, zum tausendsten Mal, wünschte ich mir, er wäre doch der echte. Nur diese eine Tür würde uns trennen, vielleicht noch die Rampe, vielleicht noch die Tatsache, dass ich auf der Bühne stand und er hinter der Tür, aber in wenigen Sekunden, mit wenigen Schlüsselumdrehungen und Schritten könnten wir uns sehen, uns näher kommen und uns berühren. Und obwohl ich wusste, dass es nicht so war, starrte ich plötzlich mit einer Sehnsucht auf die Tür, die jeden Luca, jede Jasmin längst vergessen hatte. Sie waren völlig egal. Ich konnte mir das Scheinwerferlicht so gut vorstellen, durch das er hindurchtreten würde, durch das er auf die Bühne springen würde, direkt vor mich. Wir wären plötzlich große Figuren, Tristan und Isolde, Leonce und Lena, Ferdinand und Luise oder wie sie alle hießen. Wir wären mindestens so bedeutend wie sie, unsere Leidenschaft wäre genauso groß. Marico und Emilia würden in den Hintergrund treten und mit ihnen Jasmin und Luca. Mir taten die Finger weh, wenn ich daran dachte, ihn berühren zu können, den echten Marico, mir schmerzten die Augen bei der Vorstellung seines Anblicks, meine Atemwege, als ich versuchte, mich an seinen Geruch zu erinnern. Ich durfte jetzt nicht weinen. Nur das nicht. Nicht wieder einen solchen Zusammenbruch bekommen wie vor Kurzem im Garten. Doch in diesem Moment nahm der Schmerz in meinem Bauch, der keine Übelkeit und kein Krampf war, wieder überhand. Die Jagd nach dem falschen Marico konnte ihn so oft überdecken oder mich von ihm ablenken. Doch hier, allein auf der Bühne, bemerkte ich wieder, dass er immer da gewesen ist, so stark wie an Maricos Todestag und so heftig wie am Tag seiner Trauerfeier. Es hatte sich nichts geändert. Genauso wenig wie Jasmin etwas an meinen Gefühlen geändert hatte. Würde Marico noch leben, hätte ich ihm wahrscheinlich verziehen. Die erste Liebe kann dich ausliefern. An einen Betrüger, an eine Jasmin, an einen Luca. Ich versuchte mir vorzustellen, dass Luca draußen stünde, lauernder Blick, zu lange Haare, mit dem Handy in der Hand, doch es klappte nicht. In meinen Gedanken stand da immer nur Marico und meine Augen wurden feucht.

»Was soll ich tun?«, fragte ich ihn und hielt meine Tränen dabei noch rechtzeitig auf.

»Stell dir vor, wir wären gemeinsam auf der

Bühne. Du und ich. Emilia und Marico. Nur wir zwei. Aber die Reihen wären voll. Was würdest du mir sagen?«

Ich sah auf und tauchte ein in diese Vorstellung. Ich sah in viele Gesichter ohne Gesichtszüge, die Scheinwerfer an der Decke waren zu hell, um beim Publikum Unterschiede von Haarfarben und Blicken auszumachen, ich sah in ein Gesichtermeer. Neben mir stand Marico, jetzt konnte ich ihn riechen, sehen und fühlen, meine Finger hatten sich längst mit seinen verschränkt. Der Schmerz ließ nach. Ich sagte: »Ich verzeihe dir.«

»Alles?«

»Ich verzeihe dir Jasmin, und ich verzeihe dir, dass du gestorben bist.«

Er drückte meine Hand und lächelte mich an. Es war nicht das Fotolächeln, das ich immer wieder, Tag für Tag auf meinem Handy sehen musste, es war das echte. Das ohne Blitz und ohne Zoom. Das, was niemand fotografieren konnte.

Er beugte sich zu mir herüber, dafür musste er den Kopf ganz leicht senken, er legte eine warme Hand an meine lauwarme Wange und seine Lippen auf meine. Und für einen kurzen Moment verschwand der Schmerz ganz, nichts tat mehr weh, gar nichts, bis er sich wieder von mir löste und mich nachdenklich ansah.

»Und was verzeihst du mir nicht?«

Noch während ich meine Antwort vorformulierte, wurde Maricos Haar länger und blonder, seine Augen grüner, sein Blick schelmischer und seine

Körpergröße geringer. Bis Luca vor mir stand. Schnell ließ ich ihn los.

»Ich verzeih dir nicht, dass du nicht einfach verschwindest wie jeder Tote.«

Mit halb gesenkten Lidern sah Luca mich an. Leise antwortete er: »Das ist sehr schade, Emilia. Denn ich werde nicht verschwinden. So funktioniert das nicht. Ich werde immer bei dir bleiben. Irgendwann wirst du es verstehen.«

Ich schüttelte den Kopf, ganz schnell und ruckartig, schloss die Augen und öffnete sie wieder. Ich hatte die Vorstellung verscheucht. Luca war verschwunden, Marico auch, die Stuhlreihen waren wieder leer, und nirgends gab es Scheinwerferlicht. Stattdessen war der Schmerz zurück, volle Breitseite, ich presste eine Hand auf den Bauch, mit der anderen tippte ich in mein Handy: »Was soll die Scheiße? Warum sollte ich herkommen?«

»Versteck dich!«

Ich sah auf. Tatsächlich, da war ein Geräusch. Es könnte die Klinke der oberen Tür sein, die heruntergedrückt wurde. Leise quietschte es, jemand kam herein. Sofort wich ich zurück zwischen zwei hölzerne Kulissenteile und duckte mich.

Der Holzboden über mir knarrte.

»Bist du sicher, dass hier jemand drin sein müsste?«, rief eine Frauenstimme, die ich gerade schon einmal gehört hatte, ganz nah über mir.

Ein Mann, wahrscheinlich der kleine freundliche, der vor der Tür gestanden hatte, antwortete: »Ein Mädchen ist reingegangen. Ich dachte, sie wäre noch nicht rausgekommen, aber ich kann mich auch täuschen.«

Ich nickte zustimmend, als würde das irgendwas bringen. Sie musste ihm glauben, sie musste einfach annehmen, dass er sich täuschte. Er hatte doch auch ein wenig trottelig ausgesehen, es war leicht vorstellbar, dass er sich täuschte.

In diesem Moment vibrierte mein Handy. Ich zuckte zusammen. Warum hatte ich es nicht ausgeschaltet? In meinen Ohren hallte das Vibrieren laut wider. Auch auf dem Rang waren die Schritte abrupt verstummt. Die Museumswärterin hatte es gehört, ganz bestimmt. Sicher hielt sie jetzt inne und lauschte in den leeren Raum hinein.

»Hallo?«, fragte sie dann, »ist jemand hier?«

So ruhig und leise wie möglich versuchte ich weiterzuatmen, trotzdem wurde ich hochrot. Ich bewegte mich keinen Millimeter, bis mir bewusst wurde, dass ich mich auch absolut nicht bewegen *durfte*. Jetzt merkte ich, in welch unbequemer Haltung ich dahockte. Meine Gelenke brannten plötzlich und es zog in meinen Waden – bis die Frau plötzlich wieder zurücklief. Es knarrte. Mit viel leiserer Stimme sagte sie, wohl zu sich selbst: »Unsinn, das kann ja gar nicht sein. Handys sind hier verboten.«

Eine Tür öffnete sich, kurz darauf schloss sie sich wieder, und ich spürte, dass ich allein war. Vorsichtig richtete ich mich auf und schüttelte meine Beine aus. Ich sah auf mein Handy. Natürlich war Marico schuld am Vibrieren gewesen.

»Hab keine Angst, ich bin ja da. Ich werde immer da sein«, stand in seiner SMS.

»Lass mich hier raus.«

Meine Finger zitterten, als ich das schrieb. Mir war kalt. Das Kleid war viel zu kurz für diesen kühlen, leeren Raum. Seit ich wieder allein war, kam mir das kleine Theater plötzlich riesengroß vor. Riesengroß und viel zu leer.

»Wir sind noch nicht fertig.« Die Worte des falschen Marico wirkten scharf und kantig.

Tief sog ich die Luft des Raums ein, roch die Samtstühle und das alte Holz und fragte mich, warum ich mich nur immer wieder auf diese Spiele einließ. Niemals hätte ich auf die Bühne springen dürfen. Das hätte mir gleich klar sein müssen. Was hatte ich mir davon erhofft?

»Schau hinauf.«

Als würde Maricos Finger mir eine Richtung weisen, sah ich von meinem Handy auf, nach oben zum Rang, und genau in dem Moment, genau an der Stelle, fiel etwas zwischen zwei Holzstreben hindurch nach unten. Etwas Rotes. Eine Blume mit vielen dünnen Blättern, sie flatterten im Flugwind. Die Blume fiel langsam, sie schien sehr leicht zu sein, sie segelte nach unten und landete zwischen erster Reihe und Bühne.

»Die ist für dich«, schrieb Marico.

Mit weichen Knien ging ich nach vorn, um von der Bühne zu klettern – als die Tür noch einmal zuschlug. Ich zuckte zusammen und sah nach oben. Ist er gerade eben hier im Raum gewesen? Ohne dass ich es gespürt habe? Ohne dass ich irgendetwas gehört hatte? Hat er gerade nur wenige Zentimeter über mir auf dem Bauch gelegen, um mir die Blume leise und unauffällig durch das Holzgeländer hindurch nach unten zu werfen? Natürlich, wie hätte sie sonst fliegen sollen? Jetzt war mir schlecht. Ich hätte vorhin nur zurückzugehen brauchen, ein paar Schritte, um bis auf den Rang schauen zu können. Vielleicht hätte ich dann seine Haare gesehen. Seine Finger, wie sie die Blume hielten und losließen.

»Hallo?«, fragte ich leise und wusste gleich, dass das nichts bringen würde. Selbst wenn es so gewesen ist, war der falsche Marico eben gerade wieder verschwunden. Es war völlig still um mich herum.

Ich stieg von der Bühne, griff nach der Blume, und im gleichen Augenblick verstand ich, dass es gar keine Blume war. Es war eine Haarspange, an der rote Stoffteile die Form einer Blume andeuteten.

Vorsichtig legte ich sie in meine geöffnete Handfläche, als könnte ich sie mit jeder anderen Berührung zum Welken bringen. Ich wollte sie nicht zerstören – aber warum nicht? Ich wusste, dass sie nicht von Marico kam, sondern von dem, der mich quälte. Natürlich wusste ich das. Und doch. Sie kam mir so vertraut vor. Viel zu vertraut. Ein Déjà-vu, noch eines, doch dieses war wunderschön und hatte gleichzeitig einen unangenehmen Beigeschmack. Woher kannte ich die Spange? Es war, als hätte ich sie schon oft in den Händen gehalten und noch viel öfter gesehen, doch ich konnte mich weder daran erinnern, an wem, noch daran, warum dieses Gefühl angenehm und unangenehm zugleich war.

Ich wollte die Blume schützen und wusste gleichzeitig, dass sie gefährlich war. Eigentlich sollte ich sie fallen lassen, als wäre sie giftig, vielleicht war sie giftig, doch ich würde sie festhalten, das wusste ich, auch wenn sie mich vergiften würde. Auch wenn mir wieder alles wehtun würde. Wieder die Finger, die Atemwege, die Augen und vor allem mein Bauch.

»Bind dir die Haare hoch«, schrieb mir Marico, und sofort zog ich mir die Spange über die Hand, fasste meine Haare zusammen und band sie mir hoch. Ich achtete genau darauf, dass die Blütenblätter nicht verknoteten. Dass die Blume nach hinten zeigte, haarfrei. Erst als sie perfekt saß, fragte ich mich, warum ich so oft gehorchte. Ich sollte mich wehren. Endlich nicht mehr das tun, was er sagte. Er hatte mich hierhergelockt, mich eingesperrt, und ich ließ alles mit mir machen. Doch auch, wenn ich darüber nachdachte, wurde ich nicht wütend. Ich fasste an meinen Hinterkopf und strich vorsichtig über die Blütenblätter. Nur dafür hatte ich Kraft, nicht mehr für Wut oder Trauer.

»Ich würde dich niemals einsperren, Emilia«, schrieb mir Marico jetzt, »die Tür ist offen, sie war es die ganze Zeit.«

Diese SMS las ich gleich noch mal. Ich sah auf. Und jetzt, als ich langsam auf die Tür zuging, als ich die Klinke unter meinen Fingern spürte, als ich sie herunterdrückte und sich die Tür ohne Probleme öffnen ließ, kehrte plötzlich die Kraft in mich zurück. Die Wut, der Hass auf den falschen Marico. Er hatte mich beschissen. Keine Ahnung, warum mich das so schockierte, schließlich war alles, was er tat, Betrug, jede Handlung, jede SMS, jedes Wort. Doch diesmal, als ich minutenlang geglaubt hatte, eingesperrt, ausgeliefert zu sein, obwohl ich jederzeit hätte gehen können, war ich noch wütender als am Tag in der Küche oder im Kino. Er hatte mich reingelegt. Mir gezeigt, wie leicht er mich manipulieren konnte. Vielleicht hatte er draußen gestanden und über mich gegrinst. Vielleicht hatte er sich zusammenreißen müssen, um nicht laut über mich zu lachen. Mit heißen Wangen und elektrischen Haaren sah ich mich um. Der Flur war leer. Schnell hastete ich die Treppe hoch, dorthin, wo sich der eigentliche Eingang zum Theater befand. Der kleine freundliche Mann stand noch immer dort, jetzt sah er mir überrascht entgegen.

»Warst du nicht gerade noch ...?«

»Ist der Junge *jetzt* hier gewesen?«, unterbrach ich ihn mit viel zu lauter und gehetzter Stimme. Ich konnte sie nicht kontrollieren.

»Eben gerade!«, fügte ich hinzu, »er muss eben gerade rausgekommen sein!«

Langsam schüttelte er den Kopf. Er wirkte tatsächlich etwas trottelig.

»Ich hab niemanden gesehen«, sagte er, »aber eben war ich kurz in einem anderen Raum. Vielleicht ...?«

Ohne darauf zu warten, dass er seinen Satz beendete, drehte ich mich um und rannte die Treppe wieder hinunter, um den Seitenausgang des Museums zu nehmen. Ich stieß die schwere Tür auf und stand im Innenhof des Schlosses. Kurz musste ich die Augen zusammenkneifen, so hell war es hier draußen. Der Hof war fast leer. Nur ein altes Ehepaar schlenderte gerade zum großen Tor in Richtung Altstadt. Ich rannte in die entgegengesetzte Richtung, dorthin, wo der Park begann, doch konnte ich auch zwischen den Bäumen niemand Verdächtigen sehen. Schnell drehte ich mich um, lief zurück und nahm diesmal den gleichen Weg wie das alte Ehepaar. Hinter dem Torbogen entfaltete sich der Ausblick auf Gotha. Das Gewitter hatte sich wieder verzogen, nur hier und da schienen ein paar kleine Wolken überzuquellen. Sie beugten sich zu den Häusern herunter, doch keines konnten sie berühren. Mir ging es ähnlich. Ich lehnte mich über die Brüstung und schaute mich um, aber nirgends sah ich einen falschen Marico. Und mit meinem schweifenden Blick verstreute sich nach und nach auch meine Wut. Wie Blütenstaub meiner falschen Blume im Haar rieselte sie die Brüstung hinab und schwebte hinunter auf die Dächer der Stadt, zwischen ihre Wände, auf ihre Straßen. Ich spürte, wie das Blut aus meinem Gesicht wich, wie meine Hände aufhörten zu zittern und mein Mund sich weniger trocken anfühlte.

Er hatte es wieder geschafft. Doch beim nächsten Mal würde ich es ihm nicht mehr so leicht machen. Er wollte spielen, das war klar, doch ab jetzt würde ich nicht mehr *mit* ihm spielen, sondern *gegen* ihn. Und darauf war er sicher nicht gefasst. Er würde schon sehen. Ich ballte die Hände zu Fäusten und entspannte sie wieder. Ich nickte entschieden. Er würde schon sehen.

Langsam lief ich den Weg entlang, der vom Schloss hinunter zur Straße führte. Mein Fahrrad hatte ich unten am Straßenrand abgestellt, vor langer Zeit, vor ewig langer Zeit, in der man Isolde, Lena oder Luise werden kann, in der man entführt wird und freigelassen, in der man Opfer und Heldin ist, Betrogene und Verspottete. Unverändert stand es noch immer dort und schien auf mich zu warten.

»Emilia!«, rief eine Stimme, und ich blieb stehen, blickte um mich, doch konnte ich niemanden sehen.

»Hier drüben bin ich, vorm Café!«, fügte sie hinzu. Es war eine Jungenstimme, so viel war klar, und ich kannte sie flüchtig. Doch brauchte ich einen Moment, um mich zu erinnern, woher.

Ich sah quer über die Straße zum Café Bender, vor dem ein paar kleine Tische und Stühle standen. Auf einem davon saß ein Junge mit blonden, etwas zu langen Haaren und grinste mir zu. Luca. Ich riss die Augen auf. Er war tatsächlich hier. Konnte das ein Zufall sein?

Ich vergaß mein Fahrrad, vergaß, auf die Straße zu schauen, und wortlos ging ich auf ihn zu.

12

»Das ist ja lustig, dass wir uns hier treffen!«, rief er, noch bevor ich bei ihm angekommen war.

»Lustig?« Meine Stimme klang seltsam belegt.

»Ja, okay, du hast recht«, gab er grinsend zu, »das ist Gotha, hier kann man sich kaum aus dem Weg gehen, aber weißt du ... Ich habe gerade eben an dich gedacht. Und plötzlich tauchst du hier auf!«

Er lachte fröhlich und sprang auf. Sofort wich ich einen Schritt zurück.

»Was soll das?«

Ich versuchte ihn möglichst ernst anzusehen, egal, wie fröhlich sein Gesicht wirkte, und egal, wie hell seine Augen mir entgegenleuchteten. Jetzt zuckten seine Mundwinkel leicht.

»Ja, sorry, ich weiß, wir kennen uns kaum, aber seit der letzten Stunde dachte ich ...«

»Was machst du hier?«

Mit unsicheren Händen deutete er auf den Tisch. Darauf lagen unser Lateinbuch und einige lose Blätter, sie knisterten leise im Wind.

»Zu Hause kann ich so schlecht lernen, ich wohne ...«

»Ich weiß, wo du wohnst.«

»Echt?«

»Was machst du hier?«, fragte ich noch einmal, diesmal mit Nachdruck.

Jetzt verschwand sein Grinsen, mit großen Augen sah er mich an.

»Wie gesagt, ich lerne. Zu Hause habe ich keine Ruhe und ich mag dieses Café.«

»Aha.«

»Was hast du denn?«

Ich verschränkte die Arme und musterte ihn von oben bis unten. War er gerade eben aus dem Schloss gerannt? Hatte er schnell die Bücher hier ausgebreitet, um keinen Verdacht auf sich zu lenken? Doch warum war er nicht ganz verschwunden? Warum saß er hier überhaupt an diesem Tisch, lernte oder tat zumindest so, und machte mich auch noch auf sich aufmerksam?

»Eben gerade hatte ich eine Idee«, fuhr er fort. Er schien sich nicht beirren lassen zu wollen.

»Ich hab gehört, du fotografierst total gut.«

Fragend sah er mich an, doch ich reagierte nicht.

»Ich wollte schon an meiner alten Schule eine Schülerzeitung gründen, das hat aber nicht funktioniert.«

Noch immer reagierte ich nicht. Ich hatte absolut keine Ahnung, wohin dieses Gespräch führen sollte.

»Allein macht so etwas keinen Sinn und die anderen wollten nicht. Hast du vielleicht Lust?«

»Ich?«

Jetzt war ich richtig überrascht. Das konnte doch nicht sein Ernst sein, nach alldem!

»Garantiert nicht«, sagte ich, drehte mich um und ging.

»Du bist einfach gegangen?« Lorena strich sich mit beiden Händen Strähnen hinter ihre Ohren. Die Augen hatte sie weit aufgerissen.

»Was hätte ich denn sagen sollen?«

Sie zuckte mit den Schultern, aber Tila sprang für sie ein: »Ihn mit allem konfrontieren, ihn anschreien und mit der Polizei drohen!«

»Ich weiß nicht.« Ich sah auf den Teppich in meinem Zimmer. »Er wirkte so ahnungslos.«

»Du fällst voll auf ihn rein!«

»Gar nicht!«

Meine Freundinnen zogen die Augenbrauen weit hoch.

»Wir haben überhaupt keine Beweise«, warf ich ein.

»Es reicht schon, dass er dort gewesen ist!«

»Und dann wohnt er auch noch in dem Haus, aus dem die Nachrichten verschickt werden.«

Ich schüttelte den Kopf.

»Jasmin ist auch oft in dem Haus und wir verdächtigen sie nicht mehr.«

»Und wie viele Leute sollen da noch drin wohnen? Außerdem haben wir schon festgestellt, dass es Jasmin nicht sein kann, und überhaupt – Luca ist ein Stalker!«

»Jemand könnte auch das Internet der alten Frau von der Straße aus anzapfen. Und das mit dem Stalking ist nur ein Gerücht!«

»Wie viele Zufälle sollen das denn bitte sein?«

Ich sah von einer zur anderen. Sie wirkten unerbittlich. Tief holte ich Luft.

»Was, wenn der falsche Marico genau das geplant hat?«

»Was?«

»Wenn er alles so gedreht hat, dass der Verdacht auf Luca fällt?«

»Oder er hat damit gerechnet, dass du misstrauisch bist und bei zu deutlichen Hinweisen gleich von seiner Unschuld ausgehst.«

»Das ist schon ziemlich weit hergeholt.«

Tila zuckte mit den Schultern.

Plötzlich sprang Lorena von meinem Bett auf und rief: »Ich hab eine Idee!« Sie hob beide Hände, als könnte sie ihren Einfall so besser festhalten.

»Wir brauchen etwas, das ihn ohne Zweifel überführt«, begann sie, und wir nickten, »etwas, das er nicht als Gerücht oder Zufall abtun kann«, wieder nickten wir, »also – gründest du mit ihm die Schülerzeitung!«

Jetzt nickten wir nicht mehr.

»Geht's etwas genauer?«

»Ihr müsst die Schülerzeitung gemeinsam konzeptionieren und Zeit miteinander verbringen.«

»Aber genau das will er doch erreichen!«, widersprach Tila.

»Darum geht's nicht. Es geht darum, was *wir* erreichen wollen!«

»Was redest du da?«

»Denkt doch mal nach! Du schlägst vor, dass du

nach der Schule zu ihm fährst. Und da hast du dann genügend Gelegenheiten, seinen Laptop oder sein Handy zu durchsuchen.«

»Aber das ist doch gefährlich!«

Auch Tila war jetzt aufgestanden und sah Lorena zweifelnd an. »Wenn sie bei ihm ist, könnte sonst was passieren!«

»Wir würden natürlich aufpassen! Wir warten vorm Haus und Emilia öffnet unauffällig das Fenster. Sobald wir was hören oder sie uns schreibt, springen wir ein.«

»Und was, wenn wir nicht schnell genug sind?«

Tila drehte sich zu mir um. Unsicher zuckte ich mit den Schultern. Riskant war es auf jeden Fall. Sollte ich tatsächlich zu ihm nach Hause fahren? Mich allein mit ihm in einer fremden Wohnung aufhalten? Zwar war ich mir noch immer nicht sicher, ob er wirklich der falsche Marico war, aber ich konnte diese Möglichkeit auch nicht ausblenden. Lorena und Tila hatten schon recht, objektiv gesehen sprach einiges gegen ihn. In seiner Wohnung würde ich ihm vielleicht direkt ins offene Messer laufen. Forschend sah Lorena mir ins Gesicht.

»Doch keine so gute Idee?«

»Ich weiß nicht ...«

Enttäuscht setzte sie sich wieder hin.

»Wenn er wirklich der falsche Marico ist, dann wird er darauf hoffen, dass ich so etwas tue«, überlegte ich. »Und wir haben keine Ahnung, warum er mich überhaupt zu sich locken will.«

»Ganz genau!« Tila atmete erleichtert auf. »Das ist

viel zu gefährlich. Es muss einen anderen Weg geben.«

»Vielleicht habt ihr recht«, sagte Lorena, und ich nickte. Dabei hatte ich absolut keine Ahnung, wie so ein anderer Weg aussehen könnte.

Der nächste Tag war ein Regentag, farblose Schlieren verschleierten die Fenster unseres Klassenzimmers, und sogar unsere Lehrerin verlor sich lieber in diesem Muster, als uns anzusehen. Meine Freundinnen und ich konnten beinahe ungestört miteinander flüstern.

»Hattet ihr schon Blickkontakt?«, fragte mich Lorena leise.

»Wer?«

»Luca und du natürlich!«

»Nein, wieso auch?«

Lorena zuckte mit den Schultern und ich lugte möglichst unauffällig in Lucas Richtung. Konzentriert schrieb er etwas in seinen Block. Heute trug er Rot, Blütenrot, Haarspangenrot, und seine Haare offenbarten jedem, auf welcher Seite er in der Nacht geschlafen hatte. Ein bisschen eklig, dass er nicht einmal geduscht hatte, dachte ich und ekelte mich doch nicht. Stattdessen stellte ich mir vor, wie er sich auf der rechten Seite zusammengerollt hatte, die Hände unterm Kopf, die Beine leicht angewinkelt. Wie sah wohl sein Schlafzimmer aus? Und warum dachte ich überhaupt darüber nach?

»Zum Glück nicht«, fügte ich hinzu. Ich wollte nicht von ihm angesehen werden, nicht in einem leeren Theater, nicht vorm Schloss und schon gar nicht jetzt und hier im grauen Licht dieses verregneten Schultags.

»Hat er da ein Briefchen geschrieben?«, fragte uns Tila und deutete mit dem Kinn in Lucas Richtung. Gerade faltete er das oberste Blatt seines Blocks zusammen und reichte es Colin. Der gab es grinsend Viola, die gab es Peter und so weiter, bis Tila es in den Händen hielt.

»Für dich«, flüsterte sie mit zusammengezogenen Brauen.

»Bitte was?«

Ich starrte auf den kleinen Zettel, der tatsächlich meinen Namen trug. Wieso hatte er das getan? Jetzt wusste die halbe Klasse, dass Luca mir einen Brief geschrieben hatte! Mir stieg die Röte ins Gesicht.

»Was steht drin?«, zischte Lorena zwischen den Zähnen hindurch, tat aber so, als würde sie von der Tafel abschreiben, um nicht noch mehr Aufmerksamkeit der Klasse auf mich zu lenken.

Unterm Tisch faltete ich den Zettel auseinander.

»Hey Emilia! Tut mir voll leid, wenn ich dich gestern genervt hab, das wollte ich echt nicht. Kein Problem, wenn du keinen Bock auf Schülerzeitung hast, versteh ich. Das wollte ich dir nur sagen. Hoffe, du bist jetzt nicht sauer oder so und wir sind okay miteinander! Liebe Grüße, Luca.«

Ich las den Brief gleich mehrmals. Er klang so nett. Und so anders als alle Marico-Nachrichten. Absolut nicht geschwollen oder poetisch, sondern völlig aufrichtig. Gehörte das zum Plan? Oder war es doch ein ganz anderer, der mir jetzt schrieb? Ich sah auf. Er beobachtete mich. Als er meinen Blick sah, lächelte er und hob fragend die Augenbrauen. Langsam nickte ich und zwang mich, ebenfalls zu lächeln. War das eine Versöhnung? Oder tappte ich in die Falle?

»Emilia!«, flüsterte Tila. Also gab ich den Brief möglichst unauffällig weiter. Ihre Stirn runzelte sich immer stärker. Auch dann noch, als Lorena den Brief schon in den Händen hielt. Erst sahen wir uns noch ratlos an, dann versuchten wir uns auf den Unterricht zu konzentrieren. Ungestört reden konnten wir jetzt, da die ganze Klasse immer wieder zwischen Luca und mir hin und her sah, sowieso nicht mehr.

In der Pause verzogen wir uns in die hinterste Ecke der Aula, die kühle Wand im Rücken, den Raum genau im Blick. Niemand könnte uns hier hören, ohne dass er uns auffallen würde. Das dachten wir zumindest.

»Wenn er der falsche Marico wäre, würde er mir dann so etwas schreiben?«, fragte ich die anderen zwei.

»Vielleicht schon«, überlegte Tila. »Wenn er es wirklich ist, will er dich vielleicht davon überzeugen, dass er nichts mit der Sache zu tun hat. Damit du dich mit ihm anfreundest und sein Plan aufgeht.«

»Was soll das für ein Plan sein?« Ich lehnte den Kopf gegen die Wand. »Das ist doch ein ziemlich bescheuerter Plan. Der falsche Marico will mich davon überzeugen, dass er wirklich Marico ist. Warum sollte er mich dann auch noch mit seiner wahren Identität anlocken wollen?«

»Weil er völlig krank im Hirn ist!«, rief Tila.

»Ich weiß nicht.«

Lorena schüttelte den Kopf.

»Ich hab auch keine Ahnung. Aber irgendwie passt es wirklich nicht zusammen.«

»Vielleicht gibt es doch nur diesen einen Weg«, überlegte ich.

»Was für einen Weg?«

»Mir fällt einfach keine andere Möglichkeit ein.«

»Was meinst du?«

»Vielleicht sollte ich doch die Schülerzeitung mit ihm gründen. Das wäre die Gelegenheit, mehr über ihn herauszufinden!«

»Das haben wir doch schon ausdiskutiert«, widersprach Tila.

»Wenn ich sichergehen will, dass er es nicht ist, muss ich an seinen Computer. Und seine Wohnung würde bestimmt das meiste über ihn verraten.«

»Aber ...«

»Ich glaub, Emilia hat recht«, unterbrach Lorena Tila. »Eine andere Idee haben wir nicht. Wir müssen irgendwie weiterkommen. Und wir passen gut auf sie auf.«

Ich nickte und sah an meinen Freundinnen vorbei in die Aula hinein. Vielleicht war es ein Fehler, doch ich würde bei meiner Entscheidung bleiben. Auch wenn ich sie schon in dem Moment getroffen hatte, in dem ich Lucas Briefchen in den Händen gehalten hatte. Auch wenn es die falschen Gründe waren, die mich zu dieser Entscheidung gebracht hatten. Ich wusste, es gab kein Zurück mehr. Ich musste einfach mehr über Luca herausbekommen.

In der nächsten Stunde schrieb *ich* konzentriert in meinen Block. »Hey Luca! Ich hab nachgedacht. Tut mir leid, dass ich gestern so komisch war. Eigentlich ist eine Schülerzeitung gar keine schlechte Idee. Ich könnte nach der Schule bei dir vorbeikommen und wir besprechen das genauer? Liebe Grüße, Emilia.«

Ich faltete den Zettel zusammen und gab ihn weiter. Zuerst an Tila, die gab ihn ihrer Nachbarin und die wiederum ihrem Nachbarn, bis er bei Luca angekommen war. Er las, schaute auf und lächelte. Fragend hob ich die Augenbrauen, er nickte.

Ich hatte sie bald so weit, das wusste ich. Meine anfängliche Angst war verschwunden. Sie würde zu mir kommen, da war ich mir sicher. Es würde nicht mehr lange dauern. Ihr fehlten nur noch wenige Puzzleteile, dann würde sie alles verstehen. Es könnte jeden Moment so weit sein. Eigentlich hatte ich gedacht, sie würde es vielleicht schon bei der Haarspange begreifen. Sich erinnern. Mit spitzen Fingern hatte ich sie festgehalten und dann losgelassen. Langsam war sie nach unten geflattert, des Rätsels Lösung in Rot, der deutlichste Hinweis darauf, dass es mich gab, dass ich echt war, dass ich Bedeutung hatte. Dass ich immer da gewesen bin, auf ihren Fersen, vor ihrem Fenster, in ihrem Garten, all die Jahre. Dass ich bleiben würde, für immer.

Doch mein Name hallte nicht durch das kleine Theater, ich wurde nicht gerufen, nach unten gebeten, geküsst. Emilia blieb still. Sie brauchte noch mehr Hinweise, noch mehr Erinnerungsstützen, und die würde sie kriegen. Bald würde sie sich erinnern, an alles, an die Haarspange, die Boxershorts, an die Kerze, den Lippenstift und vor allem an unser Lied. Es war ganz leicht.

Ich drückte die schwere Tür auf, vor der ich stand, und trat ein. Es roch nach kaltem Stein und alten, sehr alten Farben. Langsam ging ich durch den Mittelgang nach vorn, auf der Suche nach dem richtigen Versteck. Einem Versteck, auf das einzig Emilia kommen würde. Noch heute. Ich fand es, so wie sie es in wenigen Stunden finden würde. Kurz blieb ich noch stehen. Stellte mir ihren Blick vor, wenn sie es sah, stellte mir ihre Haltung vor, ihren Körper, ihren Geruch. Ich würde nicht mehr lange warten müssen. Bald hatte ich sie so weit, sehr bald.

Wieder stand ich vor dem einen Haus, dem einzig bewohnten in dieser Straße, doch diesmal blieb ich nicht vorm Fenster stehen. Diesmal schaute Jasmins Oma nicht heraus, ich klingelte gleich in einer anderen Wohnung. Schrill hörte ich die Glocke aus dem Inneren des Hauses, dann den Summer. Ich trat ein.

»Zweiter Stock!«, rief mir Lucas Stimme von oben zu, und ich begann, die Treppe hinaufzusteigen. Es war ein sehr altes Treppenhaus, das jahrzehntelang nicht renoviert worden war. Die Decken beängstigend niedrig, die Stufen graugelb und ausgetreten.

Vor seiner Wohnungstür stand Luca und grinste mir entgegen. »Willkommen im größten Drecksloch«, sagte er übertrieben laut und breitete die Arme aus, »fühl dich wie zu Hause.«

»Okay«, sagte ich langsam, er trat einen Schritt zur Seite und ließ mich vorgehen.

»Ich hätte mich ja lieber in der Schule oder in einem Café mit dir getroffen, aber da du drauf bestanden hast ...«

»Ja, hab ich.«

Entschiedenen Schrittes betrat ich die Wohnung und sah mich um. Wir standen in einem kleinen Raum, an dessen einer Wand sich eine Kochecke befand, an der gegenüberliegenden ein Bett und vor Kopf ein altes, graues Sofa hinter einem niedrigen Tischchen.

»Ist das ... dein Zimmer?«

»Das ist meine Wohnung.«

»Und wo sind deine Eltern?«

Während er auf die Kochecke zusteuerte und begann, ein paar Schränke zu öffnen und Tassen herauszuholen, erklärte er: »Die bestehen nur noch aus meinem Vater und der ist vor zwei Wochen zu seiner reizenden neuen Freundin nach Jena gezogen.«

Vor allem bei *reizend* hatte seine Stimme einen bitteren Unterton.

»Sie ist ein Arschloch?«, schloss ich.

»Keine Ahnung, in ihrer Nähe werde vor allem ich zum Arschloch.«

»Aha.«

»Außerdem hab ich gerade erst die Schule gewechselt. Das wollte ich nach zwei Wochen nicht gleich wieder tun.«

»Du wohnst hier ganz allein?«

»Kaffee?« Mit einer halb vollen Packung in der Hand drehte er sich zu mir um.

»Du bist doch höchstens achtzehn!«

»Ich bin siebzehn, aber mein Kaffee ist der Hammer. Willst du einen?«

Ich zuckte mit den Schultern, doch er nahm es als Aufforderung an, überraschend viel von dem braunen Pulver in einen Filter zu löffeln.

»Und dein Vater hat dich einfach hier allein wohnen lassen?«

Er löffelte weiter, während er antwortete: »Ich werde doch in einem Dreivierteljahr schon achtzehn«, und mit merkwürdig verstellter Stimme fuhr er fort: »Der Junge kriegt das schon hin, kein Problem für den, das macht der schon!« Dann sah er mich über die Schulter hinweg an und grinste. »Mein Vater hat da keine Bedenken.«

Sein Grinsen wirkte eine Spur traurig, aber vielleicht bildete ich mir das auch nur ein, weil ich selbst es so traurig fand, was er sagte.

»Ist das rechtlich überhaupt erlaubt?«

»Wenn die Eltern zustimmen, schon.«

Er drückte auf den roten Knopf der Kaffeemaschine und drehte sich ganz zu mir herum.

»Setz dich doch!«

Er zeigte auf das ausgesessene Sofa.

»Eine andere Sitzgelegenheit gibt es leider nicht, außer natürlich ...« Er sah zu seinem Bett hinüber.

Sofort schüttelte ich den Kopf. »Das Sofa ist voll in Ordnung.«

»Der Kaffee ist auch bald fertig.«

»Kein Stress.«

Er nickte.

»Und hier fühlst du dich wohl?« Ich konnte einfach nicht aufhören, mich mit halb geöffnetem Mund in Lucas Zimmer umzusehen, während wir uns setzten. Tief sanken wir in das Sofa ein.

»Es ist sicher nicht so schick wie bei dir zu Hause, aber ich komme klar.«

Mit zusammengekniffenen Augen sah ich ihn an.

»Woher weißt du denn bitte, wie es bei mir zu Hause ist?«

»Du trägst jeden Tag ein anderes Outfit, du schreibst mit einem Lamy-Füller in Hefte mit festem Einband – dir scheint es nicht schlecht zu gehen.«

Ich runzelte die Stirn.

»Seit wann sind Lamy-Füller ein Anzeichen für Glück?«

»So meinte ich das nicht.«

»Dann ist ja gut.«

»Sorry.«

Kurz schwiegen wir beide. Es war ein komisches Gefühl, nebeneinander auf dem uns verschluckenden Sofa zu sitzen und nichts zu sagen. Also öffnete ich den Mund, und heraus kam: »Ich bin auch meistens allein zu Hause.«

Dabei hatte ich *das* wirklich nicht sagen wollen. Eigentlich sagte ich so was nie. Nicht mal zu Tila oder Lorena. Für gewöhnlich versuchte ich, nicht mal darüber nachzudenken. Es ging mir ja eigentlich gut. Eigentlich war ja alles in Ordnung.

»Wo sind deine Eltern?«

»Meine Mutter ist sehr oft auf Geschäftsreise und mein Vater fährt dann meistens mit.«

»Er hat keinen Job?«

»Er ist freischaffender Autor. Irgendeiner, niemand kennt ihn. Aber meine Mutter verdient genug. Seit ein paar Wochen sind sie in Singapur.«

»Seit ein paar Wochen?«

Ich zuckte mit den Schultern. Gezählt hatte ich die Tage nicht. Langsam bildete sich irgendwo in meiner Magengegend ein kleiner Klumpen. Ich hatte ihn schon lange nicht mehr gespürt. Schließlich bin ich nie wirklich allein gewesen. Ich hatte ja meine Freundinnen. Und wenn meine Eltern zu Hause waren, unternahmen wir auch hin und wieder etwas miteinander. Dann gingen wir zusammen ins Kino oder essen. Manchmal spielten wir auch ganz klassisch Minigolf, bei dem sie mich immer gewinnen ließen. Perfektes Familienglück also. Ich versuchte zu lächeln.

»Wir werden eben erwachsen«, sagte ich und hörte leider selbst, wie gezwungen tapfer es klang.

Er nickte.

»Seit wann ist es bei dir so?«

Kurz musste ich überlegen.

»Seit ein paar Jahren. Als ich klein war, sind sie

meistens zu Hause gewesen. Ich hab sehr viel mit meiner Mutter gemacht, sie hat mich überall hingefahren. Aber dann hat das mit den Geschäftsreisen angefangen. Ich weiß nicht –« Ich hielt inne. Was erzählte ich da? Das war Luca, vielleicht also der falsche Marico, und ich erzählte ihm Geheimnisse, über die ich nicht mal ein Selbstgespräch führen wollte. Er sollte so wenig wie möglich über mich erfahren, jedes Wissen könnte er im nächsten Schachzug gegen mich verwenden. Meine Hände wurden feucht.

»Reden wir doch lieber über die Schülerzeitung«, schlug ich vor, während ich möglichst unauffällig von ihm wegrückte.

»Geht es dir gut?«

Luca legte ein Knie aufs Sofa, sodass er sich ganz zu mir drehen konnte, und sah mir fest ins Gesicht. Er hatte ein paar Sommersprossen direkt unter den Augen, und während er auf meine Antwort wartete, zuckten seine Mundwinkel kaum merklich nach unten. Wenn er so schaute – ein fordernd sanfter Blick unter geraden Brauen –, war sein Gesicht ausgesprochen schön. Schnell sah ich weg.

»Klar geht's mir gut«, nuschelte ich.

»Was?«

»Mir geht's super!« Jetzt sprach ich laut und deutlich und rutschte noch ein paar Zentimeter von ihm weg. Ich sollte an seine SMS denken. Wenn er sie denn geschrieben hatte. Daran, wie er mich gestern glauben gemacht hatte, dass ich im Theater eingesperrt wäre. Vielleicht. Oder daran, wie er mich im

Garten betrunken dazu gebracht hat, mich vor ihm auszuziehen. Aber hatte er das? Wäre er tatsächlich zu so etwas in der Lage?

»Die Schülerzeitung«, sagte ich mit fester Stimme, »wie hast du dir die denn vorgestellt?«

»Ja also, ich hatte immer die Vorstellung, sie könnte ein Kommentar zum Schulalltag sein. Wir könnten Klatsch und Tratsch aufgreifen, aber auch ernsthafte Themen diskutieren, die gerade an der Schule verhandelt werden. Wir können auch Buch- und Filmtipps geben.«

Ich nickte.

»Und wo komme ich ins Spiel?«

»Na, du bist die Fotografin!«

»Aber zu zweit wird es schwierig, eine ganze Zeitung zu füllen.«

»Wir können Aushänge machen. Und die ersten Ausgaben können ja noch ganz dünn sein.«

Während er mit mir darüber sprach, wurde sein Gesicht irgendwie besser durchblutet als vorher, er wirkte frischer, seine Augen glänzten. Die Idee schien ihn wirklich zu begeistern. In einem langen Redeschwall erzählte er mir, in welchen Räumen wir uns treffen könnten, welche Rubriken er sich vorstellte und welche Events in nächster Zeit für eine Berichterstattung in der ersten Ausgabe infrage kämen. Dann stand er auf und meldete sich kurz für die Toilette ab.

Etwas paralysiert blieb ich auf dem Sofa sitzen und sah ihm nach. Erst als er die Tür schon längst geschlossen hatte, fiel mir ein, warum ich eigentlich hier war. Das Fenster hatte ich auch nicht geöffnet, obwohl Tila und Lorena sicher irgendwo unten standen und besorgt hinaufstarrten. Schnell kippte ich es. Dann sah ich mich im Raum um. Sein Laptop stand aufgeklappt auf dem Schreibtisch. Ein Blick zur Klotür – ich hörte nichts.

Ich tippte auf die Tastatur und stellte fest, dass der PC noch eingeschaltet war. Facebook war noch offen und Luca unter seinem eigenen Namen eingeloggt. Schnell loggte ich ihn aus und gab in der Eingabezeile für den Benutzernamen »Marico« ein. Der PC vervollständigte den Namen nicht. Als hätte Luca ihn hier nie eingegeben. Aber natürlich konnte er diese Funktion auch ausgeschaltet haben. Ich sah in der Chronik seines Browsers nach – zuletzt hatte er eine Ernährungsseite offen gehabt, myfitnesspal, ich musste leise glucksen. Außerdem hatte er wohl Zeitungsressorts gegoogelt und die Preise der Post, nichts davon schien mir wirklich verdächtig.

Hinter der Klotür blieb es noch immer still.

»Geht's dir gut?«, rief ich.

»Vermisst du mich schon?« Ich hörte Lucas Stimme an, dass er grinste.

»Geht.«

»Noch zwei Minuten!«

»Kein Stress.«

»Der Kaffee hat nicht immer die beste Wirkung.«

»Erzähl mir mehr!«

»Lieber nicht.«

Ich musste grinsen, während ich Luca mithilfe des gespeicherten Passworts wieder einloggte. Sein

Handy konnte ich nirgends sehen. Ich lief zu seinem Regal und sah flüchtig durch die Unterlagen, dabei hatte ich keine Ahnung, nach was ich überhaupt suchen sollte. Nichts wies hier auf Marico oder mich hin. Hatte ich wirklich geglaubt, hier gebe es einen Aktenordner, in dem er geheime Unterlagen oder Notizen zu uns aufbewahrte? Mein Handy vibrierte, und fast erschrak ich, als Maricos Foto aufleuchtete.

»Hör auf, mit einem anderen zu flirten. Ich bin erst vor Kurzem gestorben! Wir treffen uns in einer halben Stunde in der Kirche am Neumarkt. Sei pünktlich. Und komm allein. Dein Marico.«

Hatte Luca das gerade vom Klo aus geschickt? Aber warum, ich war doch schon bei ihm! Ich drehte mich um – und sah ihm direkt ins Gesicht. Er stand in der offenen Klotür und schaute mich fragend an.

»Was machst du an meinem Regal?«

»Ich seh mich nur um«, sagte ich wahrheitsgemäß. »Ich find die Zimmer anderer Leute immer sehr spannend.«

Er nickte. »Meins ist besonders spannend.«

»Total!«

Ich versuchte zu lächeln, doch es klappte nicht so richtig.

»Ich muss jetzt los«, sagte ich schnell, »tut mir leid.«

»Jetzt sofort? Aber wir haben doch noch gar nichts beschlossen! Wollen wir nicht wenigstens eine To-Do-Liste machen?«

»Tila hat grad geschrieben, ich muss schnell zu ihr.«

»Oh, okay, schade ... Wie findest du meine Pläne denn überhaupt?«

»Klingt alles super, ich bin dabei!«

»Wirklich?« Er strahlte.

»Klar. Aber ich muss jetzt. Bis dann!« Mit fahrigen Bewegungen sammelte ich meine Tasche und meine Jacke wieder ein, dann steuerte ich auf Lucas Wohnungstür zu.

»Danke für den Kaffee«, sagte ich noch, »bis morgen!«

Bevor er die Tür erreichen konnte, um sich zu verabschieden, hatte ich sie schon hinter mir geschlossen. Schnell sprang ich die Treppenstufen hinunter.

13

Hinter der Häuserecke hatten Tila und Lorena auf mich gewartet. Sobald sie meine Schritte hörten, sprangen sie hervor.

»Wie ist es gelaufen?«

»Hast du was rausgefunden?«

Ich schüttelte den Kopf.

»Kommt mit!«, flüsterte ich, schließlich war das Fenster noch immer gekippt. Wir liefen zu unseren Fahrrädern und fuhren ein paar Meter schweigend, dann sagte ich: »Da war gar nichts, überhaupt kein Hinweis. Aber Luca war ewig auf dem Klo und währenddessen kam eine SMS von Marico.«

»Was stand drin?«

»Ich soll nicht mit anderen Männern flirten, sondern ihn jetzt allein in der Kirche treffen.«

»Du hast mit Luca geflirtet?«, rief Tila vorwurfsvoll.

»Quatsch. Überhaupt nichts hab ich. Woher sollte Marico das auch wissen?«

»Wenn Luca Marico ist, weiß er es ja wohl am allerbesten.«

»Aber warum sollte er mich dann wieder von sich selbst weglocken?«

»Anscheinend will er weiter so tun, als wäre er Marico. Wer weiß, was er vorhat.«

Ich nickte. Wahrscheinlich hatten sie recht, ich sollte Luca wirklich nicht zu sehr vertrauen.

»Jedenfalls soll ich allein in die Kirche kommen.«

»Dann warten wir solange in der Metzgerei und essen was. Ich hab riesigen Hunger.«

»Ist das dein Ernst?« Vorwurfsvoll sah Lorena Tila über ihren Lenker hinweg an. »Sie sollte da nicht allein reingehen!«

»Aber er hat geschrieben, ich soll allein kommen. Bisher ist doch nie etwas Schlimmes passiert, ich pass schon auf mich auf.«

»Nie was passiert? Und die eine Nacht im Garten? Oder die Geschichte im Theater?«

»Ich war nie richtig eingesperrt und im Garten hätte ich einfach den Laptop zuklappen können.«

»Er kann dich manipulieren, das ist wirklich gefährlich!«

»Ihr seid doch nicht weit weg.«

Tila nickte.

»Sie kriegt das schon hin.«

»Seit wann bist du so leichtsinnig?«, fuhr Lorena Tila an.

»Bitte was bin ich? Du klingst wie mein Vater!«

Böse sah sie zu Lorena rüber.

»Manchmal ist das vielleicht gar nicht so schlecht.«

»Lorena!« Erschrocken starrte ich sie an. Es ging immerhin um Tilas Vater, um den Mann, den sie am besten nie kennengelernt hätte. Ich dachte wieder daran, wie sie damals im Gras gelegen haben musste, blutend, während er mit wütend verzerrtem Gesicht über ihr gestanden hatte.

»Fick dich«, sagte Tila so leise, dass wir es im Fahrtwind kaum hörten, dann bog sie ab.

»Tila!«, rief ich, »warte!«

Doch Lorena schüttelte den Kopf.

»Lass sie.«

Unbeirrt fuhr sie geradeaus. Es war der Weg zur Kirche. Eigentlich hätte ich Tila folgen müssen, aber wenn ich pünktlich in der Kirche sein wollte, musste ich hinter Lorena her. Es war nur eine kurze Zeitspanne, in der ich mich entscheiden konnte. Und ich bog nicht ab. Dabei spürte ich schon in diesem Moment, dass jetzt alles kippen könnte. Es war, als stünde vor mir eine Vase nur noch zur Hälfte auf dem Tisch. Die andere Hälfte schwebte in der Luft.

Vor der Kirche stiegen wir von unseren Rädern. Die ganze Zeit hatten wir nicht geredet. Ich sah auf die Uhr – noch zehn Minuten.

»Warum hast du das gesagt?«, fragte ich Lorena, die sich gerade eine Locke hinters Ohr strich.

»Ich weiß nicht.« Sie sah auf den Boden.

»Warum wolltest du ihr nicht folgen?«

»Du bist ihr auch nicht gefolgt.«

»Das war falsch.«

»Ich bin mir nicht sicher.«

Ich runzelte die Stirn.

»Warum bist du dir nicht sicher?«

»Emilia …« Mit zusammengekniffenen Lippen sah sie mich an, dann sagte sie: »Ich hab ein ganz komisches Gefühl.«

»Was für ein Gefühl?«

»Vorhin, etwa zwei Minuten bevor du runterkamst, hat Tila eine SMS geschrieben.«

»Was für eine SMS?«

Wieder kniff sie die schmalen Lippen zusammen, bevor sie antwortete: »Das ist es ja gerade. Sie hat es mir nicht verraten. Ganz schnell hat sie getippt und die SMS sofort abgeschickt. Sie hat irgendwie nervös gewirkt.«

»Vielleicht hat sie sich in jemanden verknallt und traut sich nicht, es uns zu erzählen.«

Lorena wiegte den Kopf hin und her.

»Warum hast du ein komisches Gefühl?«

»Sie muss die SMS etwa zu der Zeit geschrieben haben, in der du die von Marico bekommen hast.«

»Ja, und?« Ich riss die Augen auf. »Du willst doch nicht etwa sagen, dass wir jetzt jeden verdächtigen, der zur falschen Zeit eine SMS schreibt? Sogar unsere beste Freundin?«

Lorena sah mich fest an.

»Mir geht diese Möglichkeit schon länger durch den Kopf.«

»Was denn für eine Möglichkeit? Es gibt hier überhaupt keine Möglichkeit! Gerade eben warst du noch davon überzeugt, dass es Luca ist! Und jetzt tippst du auf Tila?« Meine Stimme wurde immer lauter. Ich konnte es nicht fassen.

»Hast du bemerkt, wie sie dich manchmal ansieht?«

Ich runzelte die Stirn.

»Wie soll sie mich denn ansehen?«

»Manchmal, wenn sie glaubt, du siehst es nicht,

starrt sie dich minutenlang an. Es ist gruselig. Merkst du das überhaupt nicht?«

Ohne dass ich es wollte, stand mein Mund offen. Ich hatte keine Ahnung, was ich antworten sollte. Warum sagte Lorena so etwas?

»Hast du dir noch nie überlegt, warum Tila niemals in einen Jungen verliebt war? Nicht mal, als wir dreizehn waren und wir zwei ständig einen anderen Schwarm hatten?«

»Da war Markus!«, sagte ich schnell. Er war ein Junge aus der Parallelklasse, den sie zwei Wochen lang aus der Ferne angeschmachtet hatte.

»Ein Alibi.«

»Wofür denn ein Alibi?«

»Sie hat es mir gesagt, Emilia. In der Zeit, als Marico gestorben ist. Wir wollten ganz für dich da sein und es dir erst erzählen, wenn es dir besser geht. Sie wollte sich in diesen Tagen nicht in den Mittelpunkt drängen. Und dann fing die Scheiße mit den Nachrichten an.«

»Was denn gesagt? Ich hab überhaupt keine Ahnung, wovon du da redest!«

»Natürlich hast du das.«

Die Ruhe in Lorenas Stimme machte mich aggressiv. Ich hatte wirklich keine Ahnung, ich *wollte* keine Ahnung haben. Es war spät, ich sollte endlich zu dem Treffpunkt.

Ich schüttelte den Kopf. »Ich muss jetzt los.«

»Tila steht auf Frauen, das kann doch keine große Überraschung sein!«

Jetzt blieb ich doch stehen.

»Du musst doch auch mal darüber nachgedacht haben, warum sie nie einen Jungen geküsst hat, obwohl sich einige angeboten haben. Und warum sie dich immer so ansieht.«

»Sie sieht mich überhaupt nicht irgendwie an!«

»Sie hat mir gesagt, manchmal muss sie aufpassen, sich nicht in dich zu verlieben.«

Wieder stand mir der Mund offen.

»Und deswegen soll sie jetzt der falsche Marico sein?«

Lorena zuckte mit den Schultern. Traurig sah sie mich an.

»Ein Scheiß!«, rief ich. »Was ist denn mit der Nacht im Garten? Ihr habt doch gemeinsam nach ihm gesucht und gleichzeitig hat er mit mir gechattet!«

»Sie kam zu spät.«

»Wie, zu spät?«

»Die erste halbe Stunde habe ich allein gesucht.«

Ich schüttelte den Kopf.

»Wir haben länger gechattet, als ihr gesucht habt.«

»Bist du dir sicher?«

Jetzt verlor ich die Geduld. Während ich rückwärtsging, sagte ich leise: »Was bist du nur für eine beschissene Freundin?«

Dann rannte ich auf die Kirche zu. Mit einer kräftigen Bewegung drückte ich gegen die große Tür, sodass sie sich öffnete. Trockene, staubige Luft umfing mich. Hinter mir schlug die Tür wieder zu, das Licht war dämmrig, und ich stand hier ganz allein.

»Danke, dass du gekommen bist.«

Ich antwortete ihm nicht.

»Weißt du noch, dass wir hier einmal zu zweit waren? Nur du und ich?«

Wieder schrieb ich nichts. Meine Hände zitterten zu sehr vom Streit vor der Kirche. Ich war zu traurig.

»Es ist einer der wenigen Tage gewesen, an denen deine Eltern zu Hause gewesen sind. Du hattest Angst, dass sie einfach in dein Zimmer kommen könnten, also sind wir rausgegangen. Doch vorm Rathaus fühlten wir uns beobachtet. Auf dem Buttermarkt auch. Und dann haben wir bemerkt, dass die Kirche offen war.«

Ich antwortete noch immer nicht, dabei erinnerte ich mich sehr gut. Natürlich. Wie sollte ich das auch vergessen? Wir hatten laut gelacht, als wir hier hineingestolpert sind. Es ist warm gewesen, viel wärmer als heute, schließlich war draußen Winter. Der richtige, der mit Schnee und Eis. Wir öffneten sofort unsere Reißverschlüsse und schoben unsere Hände unter die Jacken. Ich hatte laut geschrien, weil seine so kalt waren. Doch niemand hat es gehört. Wir sind ganz allein gewesen.

»Geh zu der Stelle, an der ich dir das erste Mal meine Hand in die Hose geschoben habe.«

Mir wurde schlecht, mal wieder. Woher wusste er das? Ohne dass ich es wollte, dachte ich daran, wie ich es am nächsten Tag auf dem Schulhof Tila und Lorena erzählt hatte. Jedes Detail. Mit aufgerissenen Augen und grinsenden Mündern hatten sie mir zugehört, sie wollten es ganz genau wissen, wie immer. Und ich wollte es ihnen ganz genau erzählen. Ich hatte ihnen immer alles ganz genau erzählt. Es gab niemanden sonst, der so viel über mich wusste.

Oder doch? Vielleicht hatte ich ja auch zu laut gesprochen. Vielleicht hatte uns noch jemand zugehört. So musste es sein. Jemand musste unauffällig in unserer Nähe gestanden haben, jedes Wort genauso gierig aufgesogen haben wie meine Freundinnen. Das war die einzig mögliche Erklärung. Aber war sie wirklich wahrscheinlich?

Meine Beine zitterten leicht, während ich durch die Stuhlreihen nach vorn ging. Plötzlich musste ich wieder an die Party denken, ganz am Anfang. An den Gin Tonic, den ich allein in der Küche getrunken hatte. Wo sind Lorena und Tila so lange gewesen? Ein Mädchen hatte sich dieses Lied gewünscht, für Emilia von Marico. Ich hatte ganz allein getanzt. So viele Sekunden, so viele Töne und Zeilen lang. Warum hatten sie so lang gebraucht, bis sie bei mir waren?

Und dann die Sache mit Jasmin. Tila hat sie sogar dann noch verdächtigt, als schon alles dagegen sprach. Auch auf Luca hat sie sich sofort gestürzt.

Ich versuchte, nicht länger darüber nachzudenken, sondern hielt an und sah auf die vorderste Bank. Hier ist es gewesen.

»Ich würde so gern wieder mit dir hier sitzen. Ich vermisse den Geschmack deiner Zunge. Den deines

Halses. Schon damals in der Kirche wollte ich dir die Hose ausziehen. Irgendwann gehen wir den ganzen Weg, Emilia. Es dauert nicht mehr lang.«

Ich hielt das Handy so weit wie möglich von mir weg, während ich die SMS las. Als wäre es ein Insekt mit zu vielen Beinen.

»Ich habe etwas für dich versteckt. Es ist ein Geschenk. Nimm es mit in dein Bett, damit du an mich denkst, wenn du einschläfst.«

Langsam schritt ich die vordere Sitzreihe entlang und ganz am Ende sah ich etwas unter der Bank liegen. Etwas Blaues. Ich bückte mich und zog es hervor: Es war ein kleines Kissen und auf seinem dunklen Blau leuchteten hellblaue Blumen. Wieder war da dieses Gefühl. Eine halbe Erinnerung. Die Vase stand nur halb auf dem Tisch, aber sie fiel nicht. Auch nicht jetzt, nicht hier, in der Kirche. Ich wusste, dieses Kissen hatte ich schon mal gesehen, aber ich konnte mich nicht daran erinnern, wann und wo.

Ich starrte es noch ein paar Sekunden lang an, dann drehte ich mich um und verließ die Kirche.

Draußen, am Schaufenster eines Klamottenladens, stand noch immer Lorena. Sie musste die schwere Tür gehört haben, denn in diesem Moment drehte sie sich um und ging auf mich zu.

»Emilia!«, rief sie, dann sah sie überrascht auf das blaue Kissen in meiner Hand.

»Lass mich in Ruhe«, fuhr ich sie an. Ich feuerte das Kissen in meinen Fahrradkorb und versuchte, mein Schloss zu öffnen.

»Aber …«

Energisch schüttelte ich den Kopf.

»Lass es einfach. Wenn es Tila sein könnte, könntest du es genauso sein. Wem soll ich da noch vertrauen? Ich mache allein weiter.«

»Was redest du denn da?«

Ich antwortete nicht, schwang mich auf mein Fahrrad, und im Stehen fuhr ich, so schnell ich konnte, davon.

Ich liebte es, wie sie Fahrrad fuhr. Wenn sie sich auf den Sattel schwang, dann warf sie ein Bein darüber, ganz gerade, punktgenau landete der Fuß auf der Pedale, und sofort stellte sie sich darauf. Die ersten Meter fuhr sie immer im Stehen, als wollte sie mir ihren Hintern in der engen Hose präsentieren. Auch heute. Ich sah ihr so lange nach, bis sie sich hinsetzte und hinter der nächsten Ecke verschwand. Mein Kissen leuchtete in ihrem Fahrradkorb. Ein wenig fühlte ich mich, als hätte sie mich mitgenommen. Als säße ich klein und quadratisch, weich und leuchtend auf ihrem Gepäckträger und wüsste, sie würde mich gleich aufs Bett werfen. Doch zum Grinsen war mir nicht zumute. Sie hatte doch längst alles, was sie brauchte. So viele Hinweise, es war doch alles so klar! Warum verstand sie es immer noch nicht? Dass ich das Beste sein würde, das ihr je passiert ist? Mit mir könnte sie doch über alles sprechen. Immer. Sogar über ihre Eltern, ich verstand es. Ich verstand alles, wenn es um Emilia ging. Nur nicht, warum sie sich nicht auf ihre Erinnerungen einlassen konnte.

Ich würde noch weiter gehen müssen als gedacht. Viel weiter.

In dieser Nacht konnte ich nicht einschlafen. Immer wieder nahm ich mein Handy in die Hand, dachte darüber nach, ob ich Tila oder Lorena schreiben sollte, doch dann legte ich es wieder weg. Ich wusste nicht, was ich sagen sollte. Weder per SMS noch am Telefon.

Wir hatten uns noch nie gestritten. Jedenfalls nicht so. Gut, manchmal schrien wir uns an oder knallten theatralisch mit der Klassentür. Doch noch nie sind wir im Streit auseinandergegangen. Keine von uns würde heute Nacht schlafen, das wusste ich. Wir alle hassten es, Dinge nicht ausdiskutiert zu haben, zu wissen, dass da noch etwas zwischen uns stand. Wenn wir uns stritten, dann immer nur, um danach gemeinsam einen großen Eisbecher essen zu gehen und uns zu erzählen, wie sehr dieser Streit unsere Freundschaft vorangebracht haben musste. Aber der Streit heute ist anders gewesen. Er hatte nichts vorangebracht. Stattdessen könnte er alles in völlig falsche Bahnen lenken.

Tila war zu Unrecht beschuldigt worden. Und sicher hatte sie keine Ahnung, warum Lorena sie so angefahren hatte. Warum ich mich noch immer nicht bei ihr meldete. So richtig wusste ich es selbst nicht. Ich war doch von ihrer Unschuld überzeugt! Oder? Sie ist immer für mich da gewesen, sie hätte jeden verprügelt, der mir solche SMS schrieb. Sie wäre nicht dazu fähig, sie selbst zu schreiben. Aber wusste ich das mit Sicherheit? Sie hatte mir schließlich die letzten Jahre vorgemacht, auf Jungs zu stehen. Daran hatte ich nie Zweifel gehabt. Kannte ich sie überhaupt? Zwischen meinen Kissen schüttelte ich den Kopf.

So ein Scheiß, das konnte man ja wohl absolut nicht miteinander in Verbindung bringen. Es ist wirklich ihre Sache, wann sie mit wem über ihre Sexualität spricht. Es vor mir noch nicht getan zu haben, konnte ich ihr auf keinen Fall vorwerfen. Die Sache mit den SMS war etwas völlig anderes. So etwas tat Tila nicht.

Andererseits hätte ich auch nie vermutet, dass Lorena solche Vorwürfe gegenüber unserer besten Freundin äußern könnte. Wir hielten doch immer zusammen, egal, was passierte. Sogar als Tila einmal bei Lorena abgeschrieben und dafür eine bessere Note als sie bekommen hatte, ist Lorena nicht böse geworden. Sie hatte nur mit ihr über die Dummheit des Lehrers gelacht. Und jetzt warf sie ihr das Schlimmste vor. Nur warum? Glaubte sie wirklich, dass Tila der falsche Marico sein konnte? Oder hatte sie selbst etwas zu verbergen?

Mir fiel wieder ein, was ich vor der Kirche zu ihr gesagt hatte. *Wenn es Tila sein könnte, könntest du es genauso sein.* Ich hatte es gesagt, ohne groß darüber nachzudenken, ohne wirklich zu wissen, was ich da rief. Doch jetzt merkte ich, wie wahr diese Worte gewesen sind. Wenn ich wirklich Tila verdächtigen sollte, müsste ich genauso Lorena verdächtigen, und jeden anderen, dem ich es nie zugetraut hätte. Ich wälzte mich auf die andere Seite und dann wieder zurück. In der hintersten Ecke meines Zimmers, unterm Stuhl, zwischen zwei alten Zeitschriften-

Kisten, sah ich schemenhaft das dunkelblaue Kissen. Wieso hatte ich es überhaupt mitgenommen, statt es wegzuschmeißen?

Ich stellte mir vor, wie Tila es in den Händen gehalten hatte, noch heute, direkt nach der Schule. Schließlich haben wir uns erst eine Stunde später vor Lucas Haus getroffen. Sie hätte genug Zeit gehabt. Genauso Lorena. Die kurzen Finger von Tila verlängerten sich, wurden schlanker. Jetzt waren es Lorenas Hände, zwischen denen ich das Kissen sah. Wieder schüttelte ich den Kopf, als wäre ich in einem Selbstgespräch. Dabei war es völlig leise in meinem Zimmer. Fast so leise wie im Rest des Hauses, wie im Wohnzimmer, im Flur, in der Küche, im Schlafzimmer meiner Eltern. Ich atmete tief durch. Ich musste jemandem vertrauen. Allein würde ich das alles nicht überstehen. Doch in dieser Nacht schaffte ich es nicht, Tila und Lorena das Kissen aus den Händen zu reißen.

»Tila!«, rief ich, als sie am nächsten Morgen im Schulfoyer an mir vorbeilief, ohne mich überhaupt nur anzusehen. Und obwohl ich ihren Namen rief, drehte sie sich nicht zu mir um.

»Tila!«, rief ich noch einmal, diesmal lauter. Schnell rannte ich ihr hinterher und hielt sie am Arm fest. Ich wollte mich bei ihr entschuldigen. Dafür, dass ich ihr gestern nicht nachgefahren bin. Dass ich sie nicht dabei unterstützt hatte, sich zu outen. Dass ich mir die ganze Nacht vorgestellt hatte, sie wäre der falsche Marico. Doch mit einer ruckartigen Bewegung löste sie meine Hand von ihrem Arm.

»*Fass* mich nicht an!«, zischte sie. »Ich will heute weder mit dir noch mit Lorena sprechen. Und ich hab keine Ahnung, wann sich das ändern wird.«

»Es tut mir –«

»Du hast gehört, was Lorena zu mir gesagt hat, und du bist trotzdem mit ihr weitergefahren.«

»Ich wollte –«

»Lass es einfach.«

Schon war sie ein paar Schritte vor mir und verschwand zwischen den anderen Schülern. Ich konnte ihr nicht wirklich böse sein. Jede andere hätte diese Reaktion vielleicht übertrieben gefunden, aber ich wusste es besser. Lorena und ich sind die Einzigen gewesen, mit denen sie einmal über ihren Vater gesprochen hatte. Wir wussten genau, wie sehr er noch in ihrem Kopf festsaß und dass er sie noch immer nicht in Ruhe ließ. Lorena hatte dieses Wissen in einem Streit ausgenutzt. Sie hatte sie spüren lassen, dass sie ihr wirklich wehtun könnte. Wir kannten uns zu gut, um diese Drohung, diesen Machtkampf nicht zu erkennen.

Langsam folgte ich Tila in unseren Matheraum. Als ich dort ankam, saß sie schon neben einem Mädchen, mit dem wir kaum etwas zu tun hatten, und strahlte sie auf eine seltsam übertriebene Art an, während sie ihr einen Stift reichte.

Ich sah mich um. Lorena wartete ein paar Tische weiter vorn, sie hatte mir einen Platz frei gehalten. Fragend sah sie mich an, doch ich konnte mich nicht neben sie setzen. Nicht nach allem, was sie gestern gesagt hatte.

Ich steuerte auf einen anderen Platz zu. Ich brauchte gar nicht darüber nachzudenken, ich wusste sofort, wohin ich wollte. Erst als ich ankam, merkte ich: Es war der freie Platz neben Luca.

»Hey Emilia!«, rief er und grinste mich an, »sitzt du heute hier?«

Überrascht sah ich ihn an, doch dann nickte ich. Sofort nahm er seine Tasche vom Stuhl und zog ihn für mich zurück.

»Das freut mich!« Er konnte gar nicht aufhören, breit zu grinsen. Und ich konnte mich nicht dagegen wehren, zurückzulächeln.

Aus dem Augenwinkel sah ich, wie Lorenas Mund sich erstaunt öffnete. Weiter hinten streifte auch Tilas Blick mich kurz. Zwar ließ sie sich nicht ganz so viel Überraschung anmerken, ich wusste aber, dass auch sie es seltsam finden würde, wohin ich mich gesetzt hatte. Plötzlich hatte ich das Gefühl, das ganze Klassenzimmer würde mich ansehen, alle würden es seltsam finden. Nicht nur, dass Tila, Lorena und ich – sonst immer im Dreierpack unterwegs – uns keines Blickes würdigten, ich hatte mich auch noch neben einen Jungen gesetzt, der mich unentwegt anstrahlte. Überlegten sie, ob wir flirteten? Dachten sie an Marico? Fragten sie sich, ob ich überhaupt noch trauerte?

»Geht es Tila besser?«, fragte Luca mit einer für seine Verhältnisse relativ leisen Stimme. Vielleicht hatte auch er bemerkt, dass wir beobachtet wurden.

»Ja klar, alles gut«, sagte ich kurz und kramte sinnlos in meiner Tasche herum.

Etwas verunsichert sah er sich in der Klasse um.

»Ist irgendwas bei euch los?«, fragte er.

»Was meinst du?«

»Die drei Fragezeichen sitzen getrennt!«

»Die drei was?«

Ich hörte auf zu kramen und starrte ihn an.

»Die drei Fragezeichen. Früher gab es so Kassetten«, erklärte er geduldig.

»Das weiß ich! Aber warum nennst du uns so?«

Jetzt lachte er.

»Wusstest du das gar nicht? Oh, sorry, ich dachte, das wäre bekannt.«

»Wieso bekannt?«

»Das ist euer Spitzname. In der ganzen Schule. Ich hab's schon am ersten Tag gehört.«

Leicht geschockt lehnte ich mich vor.

»So nennen uns alle?«

»Anscheinend.«

»Von wem weißt du das?«

»Von ... einfach allen. Von Viola und ihren Mädels, Peter, Colin, Jonathan –«

»Sogar Jonathan?«

»Einfach allen eben. Aber sie meinen es nicht böse. Keine Sorge.«

»Wie meinen sie es denn dann?«

»Liebevoll!« Luca grinste und beugte sich leicht zu mir herüber, sodass mich seine Armhaare kitzelten. Mir wurde warm, dabei wollte ich das wirklich nicht.

»Es ist witzig gemeint.«

»Und was soll das bedeuten?«

»Na ja, ihr seid immer nur zu dritt.«

»Das ist alles?«

»Und ihr tut immer so geheimnisvoll. Meistens zieht ihr euch zurück und redet nur miteinander. Ständig schaut ihr lauernd über eure Schultern. Wenn andere kommen, hört ihr auf zu reden. Ihr beobachtet die ganze Klasse. So was eben. Das merken natürlich alle.«

Ich wusste nicht, was ich sagen sollte. Er hatte recht, natürlich. Aber wir hätten nie gedacht, dass unser Verhalten so auffallen könnte.

»Was sagen sie noch über uns?«

Jetzt lehnte sich auch Luca zurück und verschränkte die Arme. Er lächelte.

»Ist das eine ernst gemeinte Frage?«

Ich nickte.

»Willst du es wirklich wissen?«

Wieder nickte ich. Und weil gerade unsere Lehrerin mit dem Unterricht begann, fuhr er leise fort: »Es gibt da ein Gerücht.«

Ich zog nur die Augenbrauen hoch.

»Wahrscheinlich ist absolut nichts dran.«

»Wahrscheinlich nicht«, flüsterte ich. Wir mussten näher zusammenrücken, um unsere Stimmen besser hören zu können. Er roch frisch geduscht, und ich überlegte, welches Duschgel er wohl benutzte. Erst jetzt fiel mir das Mädchen wieder ein. Das Mädchen, das er belästigt hatte. Und ich fragte mich, wie ein so lustiger, lockerer Mensch, der so gut duftete und eine so angenehme Flüsterstimme hatte, zum Stalker werden konnte. Es war nur ein Gerücht, nichts weiter. Genauso ein Gerücht wie das, das er mir jetzt erzählen würde.

Er holte tief Luft und mit überraschend ernstem Blick sagte er: »Manche glauben, Tila wäre in dich verliebt.«

Ich wusste nicht, was ich sagen sollte. Hätte ich gestern nicht mit Lorena genau über dieses Thema gesprochen, hätte ich wohl laut gelacht. So laut, dass mich die Lehrerin ermahnt hätte und wir daraufhin hätten schweigen müssen. Aber so? Zum Lachen war mir wirklich nicht zumute.

»Warum das denn?«, fragte ich, doch ich ahnte schon, was er antworten würde.

»Sie sieht dich immer so an«, sagte er.

»Wer sagt das?«

Ich überlegte, ob es Lorena selbst gewesen ist, die dieses Gerücht verbreitet hatte, doch sofort antwortete er: »Das seh ich selbst«, und lächelte, »aber wer kann es ihr übel nehmen?«

Ich ahnte, dass er für diesen Satz allen Mut zusammengenommen hatte. Er ließ seinen Blick bemüht lang auf meinem Gesicht ruhen, dann sah er auf den Tisch. Sein Lächeln blieb.

So lange, bis er aufstand. »Mal wieder zu viel Kaffee«, sagte er und zwinkerte.

Ich lächelte nicht. Und er drehte sich nicht nach mir um, während er das Klassenzimmer verließ. Ich wollte ihn nicht nett finden. Und ich wollte ihm nicht glauben. Tila sah mich überhaupt nicht seltsam an. Sie sah mich an, wie man die beste Freundin eben ansieht, alles andere war Schwachsinn.

Schnell griff ich nach Lucas Tasche. Trotzige Hände, suchende Finger. Ich brauchte gar nicht hinzusehen, niemand bemerkte meine Bewegungen. Alle starrten angespannt an die Tafel oder gelangweilt auf ihre Hefte.

Sein Handy bekam ich gleich zu fassen. Ich rief die Nachrichten auf und fand keine an mich. Auch Whatsapp und Facebook verrieten nichts. Wahrscheinlich hatte der falsche Marico noch ein anderes Handy. Natürlich, schließlich nutzte er Maricos alte Nummer. Irgendwo musste es das Marico-Handy geben. Ich griff noch einmal nach der Tasche und suchte danach. Doch meine Finger trafen nur auf Schulhefte, eine Packung Taschentücher, etwas Weiches, das in Alufolie eingepackt worden war, einen Apfel. Luca hatte nur *ein* Handy. Und kam auch schon zurück.

Lautlos ließ ich sein Handy zurück in die Tasche gleiten und schrieb gleichzeitig mit der anderen Hand eine Formel in mein Heft.

»Was hab ich verpasst?«, flüsterte Luca, als er sich wieder hinsetzte.

»Eigentlich nichts«, antwortete ich.

14

Ein paar Minuten saßen wir schweigend nebeneinander und versuchten, dem Unterricht zu folgen. Irgendwie hatte ich das Gefühl, dass es Luca ebenso schwerfiel wie mir. Immer mal wieder sah ich möglichst unauffällig zu Lorena und Tila hinüber.

Irgendwann flüsterte er: »Heute Abend ist im Pub ein Konzert.«

Ich sah ihn an.

»Ist das interessant?«

»Die Band klingt gut«, gab er zurück, »vielleicht könnten wir darüber unseren ersten Artikel schreiben.«

»Wir?«

»Ich schreibe, du fotografierst.«

Unsicher schielte ich zu Tila und Lorena hinüber. Was würden sie zu dem Vorschlag sagen? Am liebsten hätte ich meine Antwort mit ihnen abgesprochen, aber das war nicht möglich. Lorena strich sich gerade eine blonde Locke hinters Ohr. Ihr Blick wirkte selbstgerecht und unnachgiebig. Tila zog die Augenbrauen zusammen. Hilfe konnte ich von ihnen jetzt nicht erwarten, und selbst wenn sie mir welche anbieten würden – ich würde sie nicht annehmen. Allein ich saß neben Luca, ich war es, die diese Nachrichten bekam, ich war Maricos Freundin gewesen, und ich musste jetzt entscheiden, ob ich mit einem Verdächtigen auf ein Konzert gehen würde. Allein, ohne meine Freundinnen, die mir in den schlimmen Situationen sowieso nie hatten helfen können.

Ich nickte.

»Wann geht's los?«

Der Pub war voll, das war gut. Wir tanzten. Alle tanzten, es war eng und feucht. Die Musik war laut. Viel zu laut, niemand konnte reden. Wir konnten nur tanzen und schwitzen.

Emilia dachte nicht darüber nach, dass ich sie immer wieder berührte. Dass ich ihr so nah kam wie schon lange nicht mehr. Dass ich ihren Geruch tief einatmete. Immer wieder blieb ihre Haut an meiner kleben. Natürlich, wir zogen uns an, sie würde das bald schon verstehen, sie war so kurz davor. Schüchtern lächelte sie mir zu, tanzend, aufgeheizt, duftend. Und ich rieb mich immer wieder an ihren Armen, an ihrem Rücken. Sie genoss es. Ich spürte das. Vielleicht ahnte sie, dass sie heute Nacht nicht allein im großen Haus mit den blauen Wänden übernachten müsste. Dass sie jemand begleiten würde. Zwar war zwischen uns noch nicht alles geklärt, doch sie wollte in meiner Nähe sein. Dort bleiben. Noch verstand sie ihre Gefühle nicht, schließlich fehlte ihr die Erinnerung, sie war irgendwo in ihrem Kopf tief vergraben. Ihr Unterbewusstsein aber zog sie längst zu mir hin, das erinnerte sich, das wusste alles, das wollte sich mir hingeben. So wie früher, ganz früher.

Als sie noch nicht diesen Körper hatte und ich sie trotzdem schon ausziehen wollte. Als wir noch miteinander gespielt hatten, irgendwie naiv, irgendwie unschuldig, als wir immer eine Spielregel erfanden, nach der wir uns auf den Mund küssen mussten. Als wir unter mein Bettlaken krochen, um nicht gesehen zu werden, während wir uns überall berührten.

Emilia dachte, ich hätte diesen Körper nicht mehr. Aber ich war ihr ganz nah. Viel näher, als sie dachte. Ich wollte auch heute mit ihr spielen, so wie früher.

Bald würde sie sich erinnern. An unsere Spiele, unsere Küsse, unsere alten Körper und an den einen Abend, der alles zerstört hatte.

Luca und ich standen ganz vorn und beobachteten die Band. Es war viel zu voll im Pub, es stank nach Schweiß, und ständig rempelte mich jemand an. Die ganze Klasse schien sich hier versammelt zu haben, alle waren da, und ich hatte das Gefühl, sie alle würden uns beobachten. Ich ärgerte mich darüber, dass wir so beäugt wurden. Was dachten sie denn? Dass ich mit Luca hier wäre, um ihm näherzukommen? Dass ich Marico schon vergessen hätte? Wenn sie wüssten, dass ich genauso wenig eine Chance hatte, Marico zu vergessen, wie um ihn zu trauern. Aber sie hatten keine Ahnung, niemand von ihnen.

Luca lächelte mir zu, dann sagte er etwas, doch ich konnte es nicht verstehen. Ich rückte näher an ihn heran und schob den Kopf vor. Sein Gesicht kam mir entgegen, ich spürte seinen Atem an meinem Ohr.

»Willst du keine Fotos machen?«

»Doch, klar!«, rief ich und nickte überdeutlich, falls er meine Worte nicht verstanden hatte. Er hatte recht, nur dafür war ich ja hier. Also hob ich meine Kamera vor die Augen und drückte ab. Anfangs noch etwas planlos, doch nach und nach stellte ich sie richtig ein, versuchte zunächst die Band einzufangen und steuerte dann auf die schmale Wendeltreppe am Rand des Raums zu. Ein paar Stufen hinaufgestiegen, konnte ich die tanzende Menge überblicken. Die meisten Gesichter kannte ich. Klar, dass alle da waren. Wenn in Gotha schon mal was los war, rannte jeder hin. Ich zoomte die Leute so nah heran, dass die Masse der Tanzenden kein Ende zu haben schien: überall hochgeworfene Arme, fliegende Haare und glänzende Schultern.

An der Theke entdeckte ich Lorena, die sich gerade mit Viola unterhielt. Immer mal wieder sahen die beiden zu mir herüber, doch wir grüßten uns nicht. In diesem Moment betrat auch Tila den Pub, suchend sah sie sich um – sie war ganz allein gekommen. Ich sollte zu ihr gehen, sie in den Arm nehmen, noch einmal versuchen, mich zu entschuldigen. Stattdessen hob ich die Kamera und zoomte sie nah an mich heran. Ihre schulterlangen schwarzen Haare wirkten stumpfer als sonst, dafür glänzten ihre Augen. Sie trug ein schwarzes Oberteil, das anmutig an ihr herunterfloss und ihre muskulösen Oberarme frei ließ. Sie war hübsch wie immer, aber traurig. Natürlich, einen ähnlichen Blick musste auch ich haben. Ich vermisste sie, eigentlich wollte ich zu ihr laufen, doch konnte ich es nicht. Ich brauchte die Treppenstufen unter meinen Füßen, die Linse zwischen mir und der Menschenmenge, zwischen mir und meinen Freundinnen, den Finger am Auslöser. Tila sah sich noch immer um, während sie nah an der Tür stand, und trat von einem Bein aufs andere. Jederzeit könnte sie sich umdrehen und wieder gehen.

Etwas Dunkles schob sich ins Bild und verdeckte sie völlig. Ich nahm die Kamera herunter und sah in Lucas lächelndes Gesicht. Seine Lippen formten ein Wort, doch ich hatte keine Ahnung, welches.

»Was?«, schrie ich, und er antwortete mit der gleichen Lippenbewegung, die er eben schon gemacht hatte. Ich zuckte mit den Schultern, also nahm er meine Hand und zog mich die Treppe hinunter auf die Tanzfläche. Er muss »Tanzen?« gerufen haben, denn das tat er nun. Eigentlich war es nichts Besonderes, alle tanzten, und weil es so eng war, tanzten irgendwie alle mit allen. Doch dieser Tanz war trotzdem anders. Von allen Seiten wurden wir enger zusammengeschoben, und um den fremden Berührungen zu entgehen, wich ich ihnen immer weiter aus, bis ich stattdessen Luca berührte. Er lächelte und legte vorsichtig seine Hände an meine Hüften. Sein Grinsen war nicht so vorsichtig wie seine Finger, absolut nicht, er warf sich eine Strähne aus der Stirn und sah mir direkt in die Augen. Ich musste lachen. Weil er so fröhlich wirkte, weil seine Bewegungen so frei waren, seine Hände so warm und seine Haare ihm gleich wieder ins Gesicht fielen. Er lachte auch und zog mich noch näher an sich heran. Jetzt konnte ich seinen Bauch fühlen, wie er tanzte. Fließende

Bewegungen, vorsichtig und gleichzeitig herausfordernd. Ich legte meine Arme um seinen Hals und ließ mich mitnehmen. Hinein in den Rhythmus, in die Melodie, in seine Bewegungen und seinen Blick. Ich hatte lange mit niemandem mehr getanzt, doch das vergaß ich sofort. Ich vergaß meine Klassenkameraden, meine Freundinnen, den Pub und die Nachrichten. Für eine kurze Zeit war ich nur Körper, nur Tänzerin, es gab nur noch die Musik, Luca und mich. Seine Schultern unter meinen Fingern, seine Hände an meinen Hüften, sein Bauch an meinem Bauch. Als der Refrain begann, übernahm ich die Führung, und sofort passte er sich an, es gab keinen Bruch. Den gab es erst in der zweiten Strophe. Doch weder Luca noch ich führten ihn herbei, sondern Tila und Lorena. Beinahe gleichzeitig tauchten sie neben uns auf und schoben ihre Arme zwischen Luca und mich. Sie rissen mich an den Schultern zurück und schrien irgendwas, ich hörte es nicht, er hörte es nicht. Erstaunt sah er uns an. Ich war nicht erstaunt, ich ließ mich von ihnen wegreißen, quer über die Tanzfläche bis zur Tür, bis nach draußen.

»Was tust du da?«, schrie mich Tila an.

»Ich dachte, du willst nicht mehr mit mir reden?« Zerstreut schaute ich nach hinten, zu Luca, der in der offenen Tür stand und uns anstarrte.

»Er hört uns zu.« Lorena zog mich weiter über den Buttermarkt bis in eine dunkle Gasse.

»Warum tanzt du mit ihm?«

Tila stemmte die Hände in die Hüfte, wie sie es

immer getan hatte, als hätte sich nichts verändert, als hätten wir uns niemals gestritten.

»Er war nett zu mir.«

»Er ist ein Stalker! Er ist höchstwahrscheinlich der falsche Marico! Er quält dich!«

Ich schüttelte den Kopf.

»Es ist nur ein Gerücht.«

»An Gerüchten ist meistens etwas Wahres dran.«

Herausfordernd sah ich Tila an.

»Ach ja? Ich habe heute nämlich auch ein Gerücht gehört.«

Tila wartete, bis ich fortfuhr. Auch Lorena sagte nichts.

»Ein Gerücht über dich.« Fest sah ich Tila an. Plötzlich war ich wütend, dabei hatte ich keine Ahnung, warum. Tila hatte mir nichts getan. Sie wollte mich nur vor Luca schützen, doch ich wollte nicht beschützt werden, ich wollte weitertanzen, mit Luca, egal, wer er war. Egal, was er getan hatte. Nur heute Nacht.

»Sie sagen, du wärst in mich verliebt.«

Tila antwortete nicht. Sie kniff die Lippen zusammen und sah mich dunkel an.

»Und an den meisten Gerüchten ist doch etwas Wahres dran, oder?«

»Warum redest du so mit mir?«, fragte sie leise und ließ die Arme sinken.

»Ihr könnt mich nicht mit der ganzen Scheiße allein lassen und mich dann, wenn ich kurz mal nicht dran denke, hier rauszerren!«, rief ich viel lauter als nötig.

»Ich hab dich nicht allein gelassen.« Lorena versuchte ruhig zu bleiben und fasste mich am Arm, doch sofort schüttelte ich sie ab.

»Emilia«, Tila sah mich mit ernstem Blick an, »hör mir zu. Du wirst das nicht gern hören, aber du musst. Pass auf dich auf. Du darfst dich nicht in Luca verlieben.«

»Ich verliebe mich in überhaupt niemanden!«, schrie ich, wirbelte herum und ging mit großen, entschlossenen Schritten auf den Pub zu. »Lasst mich einfach in Ruhe, euch geht das absolut nichts an!«

Dies war die erste Nacht, in der mir Bier schmeckte. Ich trank viel davon, sehr viel. Ich tanzte viel. Mit allen, mit der ganzen Klasse, überall waren ihre Arme, ihre Haare, ihr Schweiß. Aber am meisten tanzte ich mit Luca. Immer wieder berührten wir uns, wir sahen uns an, lange, nachdenklich, lächelnd. Es wurde spät, sehr spät, doch Tila und Lorena kehrten nicht zurück. Das war meine Nacht, meine allein, meine und Lucas, niemand störte uns, ich bekam noch nicht einmal eine SMS.

Viel später brachte mich Luca nach Hause. Wir torkelten leicht, doch immer in die entgegengesetzte Richtung, sodass wir uns halten konnten. Meine Hand lag an seinem Unterarm, und ich hatte seinen Blick in den Haaren, als hielte er sich darin fest, ich konnte es spüren, den ganzen Heimweg lang.

»Das war lustig«, sagte er vor meiner Haustür,

leicht lallend, leicht unbeholfen. Er sah an der blauen Hauswand hoch.

»Und du wirst heute Nacht ganz allein in diesem Haus schlafen?«

Ich nickte und er grinste.

»Das musst du nicht.«

Jetzt lachten wir beide. Ich, während ich den Kopf schüttelte.

»Doch, das werde ich!«, sagte ich entschieden, nur ebenso lallend wie er.

»Aber du magst meine Nähe.« Er strich sich die blonden Strähnen aus der Stirn. »Das merk ich doch.«

Wieder musste ich lachen.

»Vielleicht. Aber vielleicht auch erst morgen wieder.«

Dann steckte ich den Schlüssel ins Loch, drehte um.

»Schlaf schön«, sagte ich noch.

»Du auch«, antwortete er, und entschieden schloss ich die Tür hinter mir ab.

Am nächsten Morgen schaltete ich den Wecker fünfmal aus. Als ich wieder aufwachte, war es längst Mittag. Zum ersten Mal in meinem Leben hatte ich verschlafen. Und dann gleich so schlimm, dass es keinen Sinn mehr hatte, noch in die Schule zu gehen.

Es war sowieso schon Freitag, also fast Wochenende. Fast. Warum hatte das Konzert auch an einem Donnerstag stattgefunden? Wessen seltsame Idee ist dieser Termin gewesen? Dieser Mensch war schuld, dass ich das Wochenende verlängerte, nicht ich. Ich drehte mich auf die andere Seite und schlief weiter.

Ein paar Stunden später weckte mich erneut eine Klingel. Doch diesmal war es nicht der Alarm meines Handys, es war die Haustür. Ich würde garantiert nicht aufstehen. Im Schlafanzug würde ich niemandem aufmachen, trotzig sah ich an die Decke. Doch wer auch immer da vor der Tür stand, drückte immer und immer wieder auf die Klingel. Er könnte das noch den ganzen Nachmittag tun, dachte ich, ich würde nicht aufstehen.

Doch jetzt klingelte auch noch mein Handy. Es war Lorena – ich ging nicht ran. Sie rief noch einmal an und noch einmal, dann kam eine SMS.

»Wenn du uns nicht sofort aufmachst, trete ich dir die Tür ein!!!!« Tila hatte vier Ausrufezeichen dahinter gesetzt. Es war, als schrie sie mich durch die Tür, durch die beiden Stockwerke bis in mein Zimmer hinein an.

Widerwillig richtete ich mich auf. Meine Augen waren noch nicht ganz offen, als ich die Treppe hinunterschlich, der Haustür entgegen.

»Sie lebt!«, hörte ich dahinter Lorenas Stimme, sie klang tatsächlich erleichtert.

Natürlich, sie mussten sich riesige Sorgen gemacht haben. Nicht nur, dass ich gestern die ganze Nacht mit unserem Hauptverdächtigen getanzt hatte – wieso bitte hatte ich *das* getan? Ich war am nächsten Morgen auch nicht in die Schule gekommen, ohne jemandem Bescheid zu geben. Sofort tat es mir leid. Ich dachte wieder daran, wie ich meine Freundinnen angeschrien hatte und dass ich danach sofort zu Luca gerannt war. Mir wurde schlecht. Wieso gerade zu ihm? Ich verstand mich selbst nicht mehr. Schnell öffnete ich die Tür.

»Es tut mir so leid«, sagte ich, noch bevor ich beide im Blick hatte, »ich hab verschlafen, und gestern war ich einfach dumm und ein Idiot, ich hätte nicht mit Luca tanzen dürfen. Es tut mir wirklich, wirklich leid.«

Gleichzeitig kamen sie mir entgegen und warfen ihre Arme um mich. Sie lachten.

»O Mann, Emilia, mach das nie wieder!«

»Nein.« Ich hatte einen Kloß im Hals, während ich sie umarmte.

»Wir haben uns so Sorgen gemacht.«

»Ich hätte das wirklich lassen sollen.«

»Beim nächsten Mal sagst du einfach Bescheid!«

»Ich tanz bestimmt nicht noch mal mit Luca.«

Vorsichtig lösten sich die beiden von mir und lächelten mich an.

»Wieso nicht?«

Ich trat ein paar Schritte hinein und ließ sie eintreten.

»Na, weil das gefährlich war?« Unsicher sah ich zwischen beiden hin und her.

Noch immer lächelten sie, sie wirkten frisch und irgendwie fröhlich. War das ein Test?

»Lass uns erst mal einen Kaffee trinken«, schlug Lorena mit sanfter Stimme vor und ging in die

Küche. Sie wusste, wo alles stand. Mit sicheren Bewegungen füllte sie die Maschine.

»Habt ihr euch wieder vertragen?«, fragte ich und sah von einer zur anderen.

Sie nickten.

»Gestern Nacht noch. Wir haben ewig geredet. Und uns ist einiges klar geworden«, begann Lorena.

Ich setzte mich auf einen Küchenstuhl und sah sie fragend an. Hinter ihr begann die Kaffeemaschine leise zu rauschen.

»Ich war richtig dumm«, sagte sie und setzte sich zu mir.

»Allerdings«, stimmte Tila ihr zu und grinste, »ich hätte sie gestern Nacht fast verprügelt.«

»Ich hätte es verdient gehabt.«

Ich konnte mir ein Nicken nicht verkneifen. Sie hätte es wirklich verdient.

»Du hast Tila alles erzählt?«, fragte ich vorsichtig, doch statt Lorena antwortete mir Tila selbst.

»Hat sie. Sie hat dir erzählt, dass ich lesbisch bin, dass ich dich immer so anstarren würde und dass sie mich verdächtigt hat.«

Mit offenem Mund sah ich Tila an. Wie konnte sie trotzdem so ruhig und fröhlich sein?

»Und in einem Punkt hatte sie recht.« Eine Spur ernster sah sie mich an. »Ich bin lesbisch. Es tut mir leid, dass ich mit dir nie darüber gesprochen habe. Aber ich wollte während der ganzen Scheiße, die bei dir passiert ist, nicht von deinen Problemen ablenken. Ich wollte, dass bei dir alles einigermaßen in Ordnung ist, bevor es um mich geht. Vielleicht war das dumm, aber ich konnte nicht anders. Außerdem war ich als Kind mal in dich verliebt.«

Tila lachte.

»Ernsthaft?«

»Na ja, wie ein Kind sich eben verliebt«, erzählte sie und lachte immer noch, »aber damals hab ich das nicht richtig verstanden.«

Vorsichtig lachte ich mit ihr.

»Und irgendwie war es mir deswegen unangenehm, es dir zu erzählen. Vielleicht war das auch der Grund, warum ich dich so angesehen habe. Ich hab mich gefragt, wie du wohl reagieren würdest. Und dann hab ich darüber nachgedacht, wie du das alles erträgst. Die Sache mit Marico. Das mit den Nachrichten. Ich hab dich so bewundert, dass ich nicht wegsehen konnte.«

Jetzt lächelte sie mich an, und ich musste aufstehen, auf sie zugehen und sie fest umarmen.

»Es tut mir leid, dass ich dich nicht unterstützt hab«, sagte ich leise und spürte, wie sie an meiner Schulter den Kopf schüttelte. »Und es tut mir leid, dass ich dir nicht hinterhergefahren bin!«

»Gar nichts braucht dir leidzutun«, antwortete sie, und als wir uns lösten, hatten wir beide Tränen in den Augen. Wir lachten darüber, sodass zwei von meinen hinunterkullerten.

»Aber viel schlimmer war, was ich noch gesagt habe«, begann Lorena, und wir drehten uns zu ihr um. Mit leicht zerknirschtem Gesicht sah sie uns an.

»Dass ich Tila verdächtigt hab, war wirklich das

Bescheuertste, was ich jemals getan habe. Ich weiß selbst nicht, was mit mir los war. Irgendwie ist gerade alles so viel, und ich hatte so Angst um Emilia, und als Tila nicht die gleiche Angst hatte, bin ich irgendwie durchgedreht.«

Ich nickte.

»Als Wiedergutmachung geht sie mit mir in einen Freizeitpark«, strahlte Tila, und ich musste lachen.

Lorena hasste Freizeitparks, ihr wurde schlecht, wenn sie nur das Geschrei von Achterbahnfahrern hörte. Es war also wirklich ein Opfer für sie.

»Ich setz mich mit dir in jede Bahn!«, versprach Lorena Tila grinsend.

Wir lachten viel lauter, als diese Idee lustig war, und viel befreiter, als es mein noch immer nicht ganz waches Gesicht normalerweise zulassen würde. Obwohl wir nicht mal zwei Tage lang zerstritten gewesen waren, hatte uns das allen große Angst gemacht.

»Wir müssen wirklich zusammenhalten«, sagte ich leise. »Ohne euch schaffe ich das alles nicht. Sobald ihr nicht da seid, mach ich nur Scheiße!«

»Na ja«, Tila grinste, »vielleicht war es gar nicht so scheiße, was du gemacht hast.«

»Was meint ihr?«

»Gestern ist uns klar geworden, dass wir dich nicht ohne Beweise von Luca wegkriegen. Und falls er unschuldig sein sollte, wäre es wirklich unfair, was wir da versucht haben.«

»Also haben wir beschlossen, der Geschichte nachzugehen.«

Beide lächelten.

»Und weiter?« Ungeduldig sah ich sie an.

»Gleich nach der Schule waren wir im Gustav-Freytag-Gymnasium und haben nach Lucas ehemaliger Klassenlehrerin gefragt. Sie ist gerade noch im Lehrerzimmer gewesen und war bereit, kurz mit uns zu sprechen.«

Lorena sah Tila an und die fuhr fort: »Die Geschichte mit dem Stalker ist wahr«, sagte sie, »das ist wirklich passiert.«

Verwirrt sah ich sie an.

»Und warum grinst ihr dann so?«

»Als wir ihr erzählt haben, dass das Gerücht rumgeht, Luca wäre dieser Stalker, hat sie gelacht! Sie meinte, er könnte so etwas auf keinen Fall tun, und sie könnte uns mit Sicherheit sagen, dass wir vor ihm keine Angst haben bräuchten.«

Langsam setzte ich mich wieder hin. Das Gerücht war falsch. Ich hatte nicht mit einem Stalker getanzt, nicht mit einem, der mir als mein toter Freund SMS schrieb. Er war einfach nur Luca. Luca, der mit mir eine Schülerzeitung gründen wollte und mir in seiner kleinen Wohnung Kaffee kochte. Luca, der schön tanzte, nett lachte und mich nach Hause gebracht hatte, weiter nichts.

»Und wer ist es dann gewesen?«

»Das konnte sie uns nicht sagen.«

»Wieso nicht?«

»Auch dieser Typ hat wohl ein Recht auf Privatsphäre«, Lorena zog die eine Seite ihrer Oberlippe hoch, »keine Ahnung, warum.«

»Und sie konnte da echt keine Ausnahme machen?«

»Anscheinend nicht.«

»Aber das finden wir noch raus!«, rief Tila. »Jetzt gehen wir erst mal einen großen Eisbecher essen.«

Und im Stillen hoffte ich, dass es doch eine dieser Streitereien gewesen ist. Eine wie alle anderen, die nur zufällig ein wenig länger gedauert hatte.

15

Den ganzen großen Eisbecher lang redeten wir nicht über mich. Es war seit Wochen das erste Gespräch, das weder vom echten noch vom falschen Marico, nicht von Jasmin oder Luca handelte, sondern von einem völlig anderen Thema. Von einem, das mit alldem nichts zu tun hatte. Dieses Gespräch hätten wir auch führen können, ohne dass irgendetwas davon geschehen wäre, und das tat unglaublich gut. Es ging um Tila.

Während meiner obersten Kugel, der Erdbeerkugel, starrte ich sie fasziniert an, und sie erzählte: »Ich wusste es schon, seit ich elf Jahre alt war. Und es war auch nicht so, dass ich mich deswegen geschämt hätte. Aber ich konnte es nicht richtig einordnen. Außerdem wollte ich immer das gleiche ... *wollen* wie ihr. Ich wollte die gleichen Ziele haben, die gleichen Wünsche, die gleichen Schwärmereien. Es war immer so schön, in unserer Gruppe aufzugehen.«

Davon, *was* Tila uns erzählte, war ich weniger fasziniert als von der Art, *wie* sie darüber sprach. Tila ist selten reflektiert, sie drückt sich fast nie gewählt aus. Sie musste über dieses Gespräch lange nachgedacht haben.

Stumm und staunend löffelte ich mein Erdbeereis. Tilas Wangen waren ähnlich rosa, dabei sind sie das eigentlich nie, sie sah uns immer wieder fest in die Augen.

»Ich denke natürlich schon länger nicht mehr so. Es war eine ziemlich kindische Einstellung, das ist mir jetzt klar. Aber unsere Freundschaft hatte sich schon so eingeschliffen – irgendwie hatte ich Angst, ich könnte damit etwas kaputt machen.«

Beinahe hätte ich mit der Walnusskugel angefangen, doch bei diesen Worten ließ ich meinen Löffel sinken und rückte näher an Tila heran.

»Niemals!«, sagte ich mit Nachdruck. »Das darfst du nicht denken.«

Sie nickte.

»Das weiß ich ja jetzt. Deswegen habe ich mich dazu entschlossen, es euch zu erzählen.«

Und während ich die Walnusskugel löffelte, erzählte sie uns, dass sie schon zwei Mädchen geküsst hat. Eines im Skiurlaub, an einem Abend, an dem ihre Eltern gedacht hatten, sie würde in ihrem Zimmer lesen, und eines auf der Konfirmationsfreizeit. Sie lächelte, als sie es uns erzählte, und ich löffelte Walnusseis. Für mich würden Tilas erste Küsse immer nach Walnuss schmecken, sie würden schneefarben sein, walnusseisfarben, sie wären ein wenig blasphemisch und angenehm nussig.

Meine dritte Kugel bestand aus Schokoladeneis, und während dieser Kugel gestand sie uns, in wen sie wirklich verliebt war. Oder gewesen ist, denn es war eine On-Off-Verliebtheit: in eine von Violas Freundinnen. Sie hatte schokoladenbraune Haare und dunkle Sommersprossen, Schokostückchensommersprossen. Und sie hieß Susan.

Als unsere Eisbecher leer waren, als alle Schoko- und Walnussstückchen, jeder noch so kleine Erdbeerklecks in unseren Mündern verschwunden waren, hatten Lorena und ich die wichtigsten Fragen gestellt, Tila hatte sie beantwortet, und zufrieden strahlten wir uns an.

»Ich find's irgendwie cool, eine lesbische Freundin zu haben«, gab ich zu und grinste. »Uns werden alle beneiden.«

»Na, ich weiß nicht«, antwortete Tila, aber sie musste mitgrinsen.

»Doch, klar werden sie das!«, stimmte mir Lorena zu.

»Können es dann jetzt alle wissen?«

Tila nickte.

»Meinen Freunden erzähl ich's und dann wird es sich sowieso rumsprechen.«

Mein Handy vibrierte. Im ersten Moment dachte ich gar nicht darüber nach, beiläufig zog ich es heraus, als würden mir meine Eltern schreiben oder irgendwelche netten Freunde. Wir hatten die Welt mit unserem Streit, mit unseren Eisbechern und mit Tilas Homosexualität nicht anhalten können. Die SMS war natürlich von Marico.

»Hast du mich schon vergessen? Das werde ich nicht zulassen, verlass dich drauf. Dein Marico.«

Bevor ich mich darüber aufregen konnte, kam schon eine zweite SMS an. Diese allerdings war nicht von Marico. Sie war von Luca.

»Lust, mit mir am Artikel zu arbeiten? Um sechs in meiner edlen Wohnung?«

Und obwohl mir fast gleichzeitig auch der falsche Marico geschrieben hatte, lächelte ich in mich hinein.

Als ich diesmal bei Luca ankam, war der Kaffee schon fertig. Dampfend stand er auf dem niedrigen Tischchen vor dem Sofa. Daneben lag aufgeklappt Lucas Laptop.

»Hast du die Fotos dabei?«

Ich nickte. »Sie sind aber noch nicht bearbeitet.«

Fast gleichzeitig ließen wir uns ins graue Sofa einsinken, so tief, dass wir unsere Arme auf die Knie legen mussten, um den Laptop zu erreichen. Also nahm Luca ihn auf seinen Schoß, wir lehnten uns zurück, und wieder spürte ich seine Armhaare an meiner Haut.

»Du warst nicht in der Schule.« Luca grinste.

»Verschlafen«, gab ich knapp zurück und sah ihn nicht an. Hatte ich mich gestern irgendwie seltsam verhalten? Hatte ich etwas Peinliches gesagt?

»War schön gestern«, sagte er, und seine Stimme klang, als würde er jetzt nicht mehr grinsen.

Ich nickte nur und steckte meinen USB-Stick in seinen Laptop.

»Unter ›Konzert‹«, sagte ich, doch da hatte Luca schon den obersten Ordner geöffnet, er hieß »Feuerwerk«. Sofort leuchteten die Fotos im Ordner klein auf, reihten sich nebeneinander, untereinander:

verkleinerte Funken und Strahlen, verkleinertes Staunen in fremden Gesichtern.

»Oh, tut mir leid.«

»Nein, nein, ist schon okay.«

»Was ist das? Darf ich?«

Ich nickte, und er markierte sie alle, um sie zu öffnen. Auf Lucas Laptop lief nun eine Diashow, die eigentlich nur Marico und mir gehört hatte. Eine Diashow von Maricos und meinen Fotos. Seine Feuerwerke leuchteten auf, ihr Knallen, festgehalten als bunte Farben. Daneben meine Fotos von glänzenden Gesichtern, nach oben gerichteten Augen und von Mündern, die wohl gerade »Oh« und »Ah« riefen.

»Wow«, sagte Luca leise. »Die sind wunderschön. Sind sie von dir?«

»Nicht alle.« Kurz überlegte ich, dann sagte ich: »Sie sind von Marico und mir. Er ist ... er war mein Freund.«

Luca nickte.

»Ich hab davon gehört.«

»Wir sind oft stundenlang mit dem Auto gefahren, nur um Feuerwerke fotografieren zu können. Es ist nie langweilig geworden. Jedes Feuerwerk ist völlig anders und fordert andere Bilder.«

»Hast du sie schon mal jemandem gezeigt?«

»Noch nicht. Irgendwann wollten wir eine Fotoausstellung machen. Irgendwann«, ich zog die Knie nah an mich heran und umarmte meine Beine, »wir hätten es gleich machen sollen.«

Stumm sahen wir auf die Fotos. Ein grüner Kreis, der innen dicker wurde, ein kleines Mädchen, auf deren Stirn er sich grün spiegelte, eine brennende Wunderkerze in einer alten Hand, gelbe Funken, die sektglasförmig nach oben schossen.

»Du kannst sie immer noch ausstellen.«

»Ohne Marico?«

»Für ihn. In der Schule, die Lehrer helfen dir bestimmt. Du könntest die Ausstellung sogar mit einer Gedenkfeier in der Schule eröffnen.«

Ich sah Luca an. Das war gar keine schlechte Idee.

»Es wäre doch schade, wenn niemand eure gemeinsamen Arbeiten sehen könnte.«

Ich nickte. Eine Weile sah ich der Diashow schweigend zu, dann sagte ich: »Marico würde das gefallen. Er hätte es zwar nie zugegeben, aber er stand gern im Mittelpunkt. Und er hat es geliebt, wenn Leute seine Fotos angesehen haben. Bestimmt würde er nicht wollen, dass ich sie nur für mich behalte.«

»Ich kann dir helfen, wenn du magst.«

»Und dann natürlich in der ersten Ausgabe der Schülerzeitung darüber berichten.«

»Klar.«

Wir grinsten. Fast hätten wir beide gelacht, aber nur fast. Das letzte Foto im Ordner zeigte Marico. Er hatte die Kamera erhoben, doch was er fotografierte, war nicht im Bild. Nur er, sein angespannter, langer Körper, der gestreckte Hals, der nach hinten geneigte Kopf, die Kamera und seine Finger, auf denen rotes und blaues Licht zu schimmern schien.

Die Fotoausstellung war die beste Idee, die ich jemals hatte. Sie würde das beste Ende, die beste Auflösung für

Maricos und Emilias, für meine und ihre Geschichte werden.

Emilia würde all diese Fotos entwickeln, so groß wie möglich, so bunt wie möglich, nur eines, ein einziges, ein kleines unscheinbares würde anders werden. So viele Leute würden kommen, vielleicht würde über diese Ausstellung sogar eine große Zeitung berichten, sie wären alle da, die Journalisten, die Fotografen, um Fotografien zu fotografieren, alle Mitschüler, alle Lehrer und natürlich Emilia selbst. Sie würde es anstarren, das eine Bild, lange anstarren. Und endlich würde sie verstehen. Es wird das letzte Puzzleteil sein. Natürlich musste das letzte Puzzleteil ein Bild sein, ich hätte es gleich wissen müssen. Schließlich ging es um Emilia, nur um sie, und ein Mädchen wie Emilia überzeugt man nur mit Schönheit. Nur mit einem Foto, einem perfekten Foto. Einem, das ihr die Augen öffnet.

Sie wird davorstehen, auf ihrer eigenen Ausstellung, sie wird es anstarren, überrascht, ihre Augen werden sich weiten, bis sie herumwirbelt und mich in der Menge sucht. Bis sie auf mich zuläuft, mich packt und entführt, mitnimmt in dieses Bild hinein, in unser Bild, bis wir uns darin verlieren, so sehr, dass uns niemand wiederfinden wird.

Dann endlich wird sie verstehen, dass ich der wirkliche Marico bin. Dass ich es immer war, sogar dann, als der andere, der falsche Marico noch am Leben gewesen ist. Sie wird wissen, dass sie gleich mich hätte wählen sollen. Sie wird verstehen, dass ich all das tun musste, dass es keinen anderen Weg gab, um ihr meine Gefühle mitzuteilen. Um ihr klarzumachen, dass ihr Leben so verlaufen musste. *Eine andere Möglichkeit hatte es nie gegeben. Sie hat den falschen Marico nur umarmt, um in meinen Armen an-*

kommen zu können. Wir werden endlich vereint sein, in unserem Bild, sie und ich, Emilia und Marico. Uns wird nichts mehr trennen.

An diesem Abend vergaßen wir, dass wir eigentlich Fotos vom Konzert hatten aussuchen wollen. Stattdessen suchten wir Feuerwerksfotos aus. Wir klickten uns noch einmal durch alle durch, noch einmal durch alle Farben, alle Funken, alle Ohs und Ahs, und versuchten, die schönsten auszuwählen. Den ganzen Abend saßen wir nebeneinander auf dem grauen Sofa, tief eingesunken, kaum bewegungsfähig, nah aneinander, doch ohne uns zu berühren.

»Das ist wirklich eine schöne Idee!« Lorenas Stimme klang dumpf aus dem Telefon. Sie schrie fast, also hielt ich es ein paar Zentimeter von meinem Ohr entfernt.

»Richtig schön! Wenn du möchtest, kann ich die Pressearbeit übernehmen.«

Ich runzelte die Stirn.

»Die Pressearbeit?«

»Ihr braucht doch eine breite Öffentlichkeit, damit die Bilder viele Menschen erreichen«, erklärte sie mir.

»Und wie kriegen wir das hin?«

»Mein Vater ist mit einem Journalisten befreundet, den könnten wir einladen, ich verfasse Pressemitteilungen und schreibe die Zeitungen an.«

»Ja, warum nicht.«

»Auf jeden Fall! Das sollte die ganze Stadt mitkriegen! Wann gibt es hier schon mal eine Ausstellung? Und dann auch noch mit so einem Hintergrund! Ich rufe Tila an. Ihre Mutter arbeitet doch im Getränkemarkt, vielleicht sponsern sie uns ein paar Flaschen Sekt!«

Langsam lehnte ich mich zurück. Um das Organisatorische würde ich mich nicht kümmern müssen, ich hatte ja Lorena.

Von nun an verlief das ganze Wochenende erstaunlich ruhig. Stundenlang saß ich mit meinen Freundinnen in meinem Zimmer und dachte über die Ausstellung nach. Bestimmt könnten wir den Raum der Foto-AG dafür nutzen und garantiert würde Herr Krämer das Projekt unterstützen. Tilas Mutter hatte uns gleich ein paar Flaschen Sekt in Aussicht gestellt und Lorena hatte zu Hause noch schicke schwarze Tabletts gefunden. Sogar die Pressemitteilung war Sonntagnachmittag fast schon fertig.

Am Abend traf ich mich wieder mit Luca, um die Fotos zu bearbeiten und die Anordnung der Bilder zu planen. Dafür zeichnete ich die ungefähren Umrisse des Raums auf, und mit dem Stift zeigte ich auf die Stellen, an denen ich mir die Fotos gut vorstellen konnte. Bis Luca mir den Stift aus der Hand nahm. Seine Finger streiften dabei meine, etwas zu erschrocken zog ich die Hand weg. Ohne mich anzusehen, lächelte er, beugte sich zu mir herüber und zeigte auf eine andere Stelle des Plans. Sein warmer Atem traf meine Wange, doch keiner von uns drehte den Kopf.

Viel später, allein in meinem Zimmer, als ich versuchte, endlich einzuschlafen, spürte ich die Wärme noch immer auf meinem Gesicht.

Vorsichtig legte ich einen Finger an meine Wange und lächelte. Die Fotoausstellung war eine gute Idee. Eine richtig gute. Wochenlang hatte ich nur dann Fotos von Marico gesehen, wenn der falsche Marico mir geschrieben hatte: auf meinem Handy oder auf Facebook. Sein Gesicht war für mich fast schon zum Symbol für Stalking geworden. Sah ich es, trauerte ich nicht, sondern wurde wütend oder bekam Angst. Da war kaum Platz für Traurigkeit und gar keiner für einen Abschied. Obwohl Marico längst gestorben war, geisterte er noch immer durch meinen Alltag. Sein fröhliches Grinsen wirkte längst verzerrt und aufgesetzt, sein Zwinkern gefährlich und leer. Wie ein Zombie, dachte ich, ein grauer, eingefallener Zombie mit stumpfen Augen. Und dachte ich an ihn, ohne mir eines dieser Fotos vorzustellen, sah ich ihn nicht scharf. Er war verschwommen, leicht verpixelt. Als hätte ich fast schon vergessen, wie er wirklich ausgesehen hatte. Auf meinen Armen bildete sich Gänsehaut.

Ich sollte aufhören, dem Stalker so viel Macht zu geben. Er durfte nicht die Möglichkeit bekommen, Maricos Andenken derart zu beschmutzen. Egal, wer er war – Marico musste Marico bleiben. Kein böser Geist, kein Gespenst, kein Untoter. Nichts Derartiges, nur Marico, der schöne Marico mit dem schönsten Blick, in dessen Augen die Farben eine ganz besondere Leuchtkraft bekommen. Und der viel zu früh gestorben ist. *Wirklich* gestorben. Der uns verlassen musste, viel zu früh, den wir ständig vermissen und den wir nie wiedersehen werden. Egal, wie oft ich SMS oder Nachrichten von ihm erhalte. Sie sind nicht wirklich von ihm, das waren sie nie. Ich drehte mich auf die andere Seite und zog die Decke bis zum Kinn. Eigentlich ist mir doch immer klar gewesen, dass es nicht Marico war, der mir da schrieb. Und doch hatte es Momente gegeben, in denen ich es mir so sehr gewünscht hatte. In denen die Vorstellung, er wäre doch noch da, irgendwo an einem Ort, von dem er vielleicht nur Nachrichten schreiben konnte, wunderschön gewesen ist. Doch er konnte es nicht sein. Ich musste seinen Tod akzeptieren, irgendwie. Und vielleicht würde mir die Ausstellung, die Gedenkfeier dabei helfen.

Während ich darüber nachdachte, fiel mir auf, dass der falsche Marico zwei Tage lang nicht geschrieben hatte. War das ein Zufall? Oder wusste er von meinen Plänen? Davon, dass ich endlich dabei war, mich von Marico zu verabschieden? Dass ich dadurch auch versuchte, dem falschen Marico seine Macht zu nehmen? Mir wurde bewusst, dass sich etwas an meiner Einstellung geändert hatte. Etwas Wesentliches: Ich wollte gar nicht mehr unbedingt wissen, wer der falsche Marico war. Diese Frage war in den Hintergrund getreten. Durch die Planung der Ausstellung trat endlich wieder der echte Marico hervor, als Mensch, nicht als Geist, als einer, den ich wirklich geliebt habe und den ich in meiner Erinnerung wieder scharf sehen wollte. Und dann musste ich an Luca denken. An seinen Atem an meiner Wange, an seine Armhaare auf meiner Haut. Es hatte sich nicht falsch angefühlt, trotz allem. Gedankenverloren wischte ich mir über die Wangen. Ich hatte überhaupt nicht gemerkt, dass ich weinte. Stumm und ohne Schluchzen, so wie ich es schon auf der Beerdigung getan hatte.

Langsam löste sich ein Knoten in meiner Brust, und irgendwann, es war schon sehr spät und tiefdunkel, schlief ich dann doch in meinem nassen Kissen ein.

16

Bewegungslos stand ich mitten im Raum und starrte auf dieses eine Bild. Ich konnte den Blick nicht abwenden, nicht einen Millimeter. Um mich herum klackerten viel zu viele Schuhe. Sie waren ausgestattet mit hohen Absätzen, glänzendem Leder oder blitzenden Schnallen, das wusste ich, das hatte ich vorhin schon gesehen, bevor mein Blick auf dieses eine Bild gefallen war. Wie schick sie alle waren. Die Väter und Mütter, die Lehrerinnen und Lehrer, die Omas und Opas, die Journalistinnen und Fotografen, die interessiert im Raum herumliefen. Doch darauf achtete ich jetzt nicht mehr. Ich starrte nur noch auf dieses eine Bild.

Eigentlich war es viel zu voll, um still zu stehen. Ständig wurde ich angerempelt, die Leute atmeten die Luft zu tief ein, sie sahen mit zu großen Augen auf Maricos und meine Bilder. Als wollten sie unsere leuchtenden Farben, unsere Lebenslust mithilfe ihrer Blicke stehlen. Genauso wie dieses eine Bild es zu tun schien. Es gehörte hier nicht her und deswegen stand ich still, stumm und starr davor. Trotz all der Menschen.

Ich hatte zwei Wochen lang an dieser Ausstellung gearbeitet. Lorena hat sich um alle organisatorischen

Fragen gekümmert, Tila um das Catering, und gemeinsam mit Luca hatte ich die Fotos im Labor groß und bunt entwickelt. Stundenlang hatten wir nah beieinandergestanden, in diesem dunklen, stickigen Raum, wir hatten die Chemikalien und den Geruch des jeweils anderen eingeatmet, Tag für Tag, ohne dass wir die Fotos sinken gelassen hätten, um uns noch näher zu kommen. Diese Stunden waren für Marico, das war uns klar. Für ihn standen wir im Labor und zogen große Papierbögen durch verschiedene Flüssigkeiten. Für ihn taten wir es wieder und wieder, bis wir mit dem Ergebnis zufrieden waren. Es ging hier nicht um Luca und mich, es ging nur um ihn.

Als hätte sogar der falsche Marico davor Respekt, hat er sich in diesen Wochen nicht einmal gemeldet. Nichts. Keine SMS, keine E-Mail, keine Facebook-Nachricht. Für kurze Zeit hatte ich geglaubt, es könnte vorbei sein. Vielleicht würde ich niemals erfahren, wer es gewesen ist – dieser Gedanke hatte mich aber nicht mehr erschreckt, dafür war die Ruhe viel zu schön. Ich hatte keine Anweisungen mehr bekommen, keine verwirrenden Anspielungen gelesen, ich musste keine quälenden Dialoge führen. Damit hätte ich gut leben können. Irgendwann müsste ich vielleicht nicht mal mehr an diese Zeit denken und Marico hätte ich nur noch als Marico vor Augen gehabt. Die Frage nach ihm hätte ich irgendwann nicht mehr stellen müssen, weil es für mich besser gewesen wäre, es nicht zu tun.

Doch natürlich ließ er das nicht zu. Jetzt, als ich vor diesem einen Bild stand, war es mir völlig klar: Er würde niemals aufhören. Garantiert nicht. Er hatte das geplant, all das. Die Stille während der Vorbereitungen, den Rückzug vor seinem großen Schlag, die Ruhe vor dem Sturm, und der Sturm war dieses Bild. Er hatte mich in Sicherheit wiegen wollen, damit ich nun völlig überrumpelt, gerade am Tag der Vernissage, inmitten meiner eigenen Ausstellung stehen und mich machtlos fühlen würde, ihm gegenüber. Dem großen, gruseligen Unbekannten, der dieses Bild dahin gehängt hatte. Zwischen Maricos und meine Bilder, zu denen es absolut nicht gehörte. Und doch kannte ich es. Mal wieder war da dieses Gefühl, jetzt noch deutlicher als je zuvor. Ich hatte es schon einmal gesehen: In einem hellen, dünnen Holzrahmen entfaltete sich ein blasses Alpenpanorama. Über den Gipfeln hingen ein paar Wolken, nach unten hin wurden die Berge grüner und endeten in einem Wald. Es schien mit einer Amateurkamera aufgenommen worden zu sein, und das vor vielen Jahren. Ich mochte es nicht. Ich hatte es noch nie gemocht. Es war nicht nur schlecht gemacht, sondern auch alt und verblichen, und seine dünnen Farben wirkten auf eine unheimliche Art traurig.

Endlich löste ich mich aus meiner Starre und stürmte auf das Bild zu. Die Menschen, die sich in meinem Weg befanden, stieß ich unsanft zur Seite. Es war mir egal, dass sie überrascht aufschrien oder mich böse anstarrten, ich wollte nur dieses Bild entfernen. Das hier war Maricos Abend und nichts sollte ihn stören.

Mit wenigen Schritten erreichte ich es und riss es schnell von der Wand. Viel langsamer segelte ein kleiner Zettel hinterher, der wohl zwischen Wand und Rahmen gesteckt hatte. Ich fing ihn auf.

»Vielen Dank für diesen wunderschönen Abend, er bedeutet mir alles. Dafür möchte ich dir etwas zurückgeben. Erinnerst du dich an das Bild? Nun gehört es dir, für immer, dein Marico.«

Alles begann sich zu drehen. Die Farben der Funken, das glänzende Fotopapier um mich herum, die lauten Menschen, ich selbst, meine Schultern, meine Hüften, fast wäre ich einfach umgefallen, wenn mir nicht plötzlich Herr Krämer die Hand auf die Schulter gelegt hätte.

»Ich denke, du kannst jetzt anfangen«, sagte er mit sanfter Stimme.

Verwirrt sah ich ihn an. Anfangen?

»Ist alles in Ordnung mit dir? Du bist ziemlich blass.«

Noch immer konnte ich keinen klaren Gedanken fassen. Mit der freien Hand wischte ich mir übers Gesicht.

»Das ist sicher nur die Aufregung. Aber du machst das schon.«

Er lächelte, hielt mir zwei gedrückte Daumen entgegen und trat einen Schritt zurück.

»Darf ich um Ihre Aufmerksamkeit bitten?«, rief er laut in den Raum hinein.

Sofort wurde das Klackern und Reden leiser.

»Unsere Gastgeberin, Emilia Loitsch, möchte das Wort an Sie richten.«

Noch einmal lächelte er mir aufmunternd zu, und plötzlich, als alle so still waren und mich erwartungsvoll ansahen, hörte der Raum wieder auf, sich zu drehen. Das Bild in meiner Hand wurde federleicht, ich konnte es einfach fallen lassen. Überraschend laut schlug es auf dem Boden auf, doch darauf achtete ich nicht, egal, wie viele Blicke ihm folgten.

»Schönen guten Abend an alle«, sagte ich langsam und stellte mich gerade hin. Es überraschte mich selbst, dass ich so schnell beginnen konnte zu sprechen. Doch ich wusste, dass ich die vorbereitete Rede ohne Probleme würde halten können. Ich hatte sie so oft geübt. Es war, als würde sie mir gleich jemand ins Ohr flüstern.

Die Menschen hatten einen Kreis um mich gebildet und schienen gespannt darauf zu warten, dass ich fortfuhr. Ich lächelte und ließ den Blick durch die Menge schweifen. Es waren wirklich alle gekommen. Die Lehrer, ein paar Journalisten und wirklich jeder dieser Schule, der Marico auch nur im Entferntesten gekannt hatte. Ganz vorn standen Tila und Lorena, dahinter Viola mit Sarah und Susan, Luca, der mir zulächelte, Colin, Jonathan, Peter, Aaron, einfach alle.

»Es bedeutet mir sehr viel, dass Sie alle gekommen sind. Ebenso viel hätte es Marico bedeutet, da bin ich mir sicher.«

Viola wickelte sich mit fahrigen Händen eine

Locke um den Finger, dahinter stand unsere Mathelehrerin, und dahinter – ganz leicht erschrak ich – stand Jasmin. Mit klaren Augen sah sie mich an. Ihre Haare waren noch dunkler als sonst, ihr Gesicht noch trauriger. Schnell sah ich wieder weg.

»Marico war mein Freund. Ich bin ein Jahr lang mit ihm zusammen gewesen und dieses eine Jahr war das schönste meines Lebens. Wir hatten ein Hobby, Marico und ich. Sehr oft sind wir gemeinsam zu Feuerwerken gefahren, um sie zu fotografieren. Zu seinen Ehren stelle ich hier nun unsere schönsten Fotos aus. Sie sollen daran erinnern, wie Marico die Welt gesehen hat. Und daran, wie sehr er in dieser Welt fehlt.«

Kurz hielt ich inne. Jasmins Augen glänzten jetzt, ich musste hineinsehen, obwohl ich es nicht wollte.

»Ich hoffe, dass sich Maricos Lebensgefühl ein wenig durch die Bilder auch auf Sie überträgt. Dieser Abend ist nur für ihn.« Noch einmal blickte ich über die Menge. Ich versuchte möglichst jeden einmal anzusehen, denn irgendjemand von ihnen musste es sein: der falsche Marico. Er musste zwischen den anderen stehen, als wäre er ein normaler Mensch, nur er selbst und nicht gleichzeitig auch Maricos Geist. Sicher beobachtete er jeden meiner Schritte, hörte jedes meiner Worte. Eigentlich wollte ich nur ihn ansehen, während ich mit Nachdruck sagte: »Und davor sollte jeder Respekt haben, niemand darf den heutigen Abend zerstören.«

Bei diesen Worten nahmen einige Gesichter einen

etwas verwirrten Ausdruck an, manche sahen betreten zu Boden. Niemand wirkte ertappt.

»Vielen Dank für Ihr Kommen, ich wünsche allen einen schönen Abend auf dieser Ausstellung«, beendete ich dann so schnell wie möglich meine Rede.

Erleichtert fingen die Zuhörer an zu klatschen, vorsichtig fingen sie an zu lächeln, und sofort klackerten und redeten sie wieder. Tief atmete ich durch. Das Bild lag noch immer am Boden, und erst jetzt merkte ich, dass ich den Zettel weiterhin in den Händen hielt. Meine feuchten Finger hatten ihn zerknüllt und leicht aufgeweicht, dennoch konnte ich die Worte noch lesen. Als ich jetzt daraufstarrte, kam mir plötzlich auch die Schrift bekannt vor. Ich hatte sie schon oft gelesen, doch wo? Im Klassenraum? An der Tafel? Wer war es, der diese kleinen, runden Buchstaben schrieb, die sich stark nach links neigten? Bei dem die i-Punkte aussahen wie kleine Striche? Ich überlegte und überlegte, doch ich kam einfach nicht darauf.

Jetzt stand sie da, mit meinem Zettel in der Hand, meinen Buchstaben zwischen den Fingern. Mein Bild lag zwar am Boden, achtlos weggeworfen, doch wenigstens las sie noch einmal meinen Zettel.

Es war nicht so gelaufen, wie ich es geplant hatte. Wir standen noch nicht am Fuße der Alpen, inmitten von sanften, hellen Farben, ganz allein. Noch standen wir in diesem Raum, umzingelt von bunten Fotos und schicken Menschen, doch nicht mehr lange. Bestimmt nicht mehr lange. Sie würde meine Schrift erkennen, sie musste. Sie starrte so intensiv darauf. Gleich würde sie sich daran erinnern: an meine Briefe von früher. Auch wenn diese schon zehn Jahre alt waren.

Damals, nach dem einen Abend, der alles zerstört hatte, hatte ich ihr täglich geschrieben. Ich glaubte noch, dass wir alles wieder reparieren könnten, irgendwie. Also schrieb ich Liebesbriefe. Natürlich waren es die Briefe eines Kindes: unschuldig, naiv, voller Rechtschreibfehler. Doch legte ich all meine Hoffnung hinein, all meine Gefühle. Sie hatte nie einen davon beantwortet, bis heute nicht. Heute ließ ich ihr keine andere Wahl mehr. Ihr würde in den nächsten Sekunden alles einfallen und dann müsste sie reagieren. Ich stand ganz nah vor ihr, extra so nah, dass sie mich mit wenigen Schritten erreichen könnte, um sich bei mir zu entschuldigen. Erwartungsvoll schaute ich sie an, doch sie sah nicht zu mir hoch. Sie ließ den Zettel nicht fallen, um auf mich zuzulaufen. Sie starrte nur darauf.

Erst als Lorena sie am Arm fasste, ließ sie ihn los, doch nicht meinetwegen. Unbeachtet segelte er zu Boden und statt mir fiel Emilia ihrer Freundin in die Arme.

Das konnte nicht sein. Was sollte ich denn noch tun? Verwirrt trat ich einige Schritte zurück. Keiner achtete auf mich, alle sahen nur auf die Fotos, auf die des falschen Maricos. War ich überhaupt hier? Gab es mich überhaupt? Niemand schien mich zu sehen und ich selbst konnte meine Füße nicht mehr spüren. Meine Beine waren verschwunden, mein Oberkörper, meine Arme. Existierte ich überhaupt? Hatte all das je stattgefunden, hatte ich jemals mit Emilia in Kontakt gestanden? Oder bin ich es nicht doch gewesen, der vor Wochen auf der Landstraße von Trügleben nach Gotha gegen einen Baum gefahren war? War ich längst tot? Es war, als würde ich mich auflösen, als würde ich verschwinden, und niemand würde sich je daran erinnern, dass ich einmal da gewesen bin. Nicht einmal ich selbst. Bevor sich auch noch mein Kopf auflösen konnte, taumelte ich nach draußen. Die frische Luft umfing mich, gierig atmete ich sie ein. Dann rannte ich los. Ich hatte noch eine Idee, eine allerletzte. Diesmal musste es einfach funktionieren.

»Warum ist sie hier?«, fragte Lorena leise und sah zu Jasmin hinüber, die bewegungslos an der Wand lehnte.

Ich zuckte mit den Schultern.

»Vielleicht hat sie auch noch das Bedürfnis, mit allem abzuschließen.«

»Das ist schon irgendwie respektlos.« Gerade war Tila neben uns aufgetaucht, und sie wusste wohl gleich, wovon wir sprachen. Lorena nickte, dann fragte sie: »Was ist das für ein Bild?« Sie deutete auf den Boden, wo noch immer das Alpenpanorama lag.

»Ein lieber Gruß von unserem besten Freund«, antwortete ich trocken. »Und der hier war dabei.«

Ich bückte mich nach dem Zettel, um ihn meinen Freundinnen entgegenzuhalten.

»Kommt euch die Schrift auch irgendwie bekannt vor?«

Schweigend sahen sie darauf.

»Kann sein«, erwiderte Tila, und Lorena sagte: »Irgendwie schon. Aber ich kann sie echt nicht zuordnen.«

»Ich glaube, er ist hier.«

»Jetzt gerade?«

»Klar, alle sind hier. Und garantiert wollte er sehen, wie ich auf sein Bild reagiere.«

»Was soll dieses Bild überhaupt?«

»Ich hab keine Ahnung, aber irgendwo habe ich es schon einmal gesehen.«

Nachdenklich schaute ich durch den Raum und musterte die Menschen, die um uns herumliefen. Wieder fiel mein Blick auf Jasmin und plötzlich kam mir eine Idee.

»Der Stalker war doch auf dem Gustav-Freytag-Gymnasium, oder?«

Lorena und Tila nickten.

»Jedenfalls laut der Lehrerin«, sagte Lorena.

»Und wer geht noch auf diese Schule?«, fragte ich, und meine Stimme überschlug sich fast bei diesen Worten. Warum war ich da nicht früher drauf gekommen?

»Du meinst, wir fragen einfach irgendwelche Schüler nach der Geschichte? Die werden bestimmt nicht so dichthalten wie die Lehrerin.«

»Ganz genau!«, ich nickte heftig. »Aber wir fragen nicht einfach *irgendwelche* Schüler, schließlich ist eine ganz bestimmte Schülerin schon hier!«

Bedeutungsvoll sah ich in Jasmins Richtung.

Jetzt schlug sich Lorena mit der flachen Hand auf die Stirn.

»Natürlich!«, rief sie, und ohne ein weiteres Wort gingen wir auf Jasmin zu. Überrascht sah sie uns entgegen.

»Wir müssen mit dir reden«, sagte ich, sobald wir bei ihr angekommen waren. »Kommst du kurz mit raus?«

Mit gerunzelter Stirn und fragenden Augen sah sie uns an. »Ja, ähm ... klar.«

Lorena fasste sie am Arm und schleifte sie hinter sich her Richtung Tür. Schnell folgten Tila und ich den beiden. Draußen gingen wir noch einige Meter den Flur entlang, bis wir sicher waren, dass uns niemand hören konnte.

»Was ist denn los?«, fragte Jasmin. »Wenn ihr sauer seid, dass ich hergekommen bin, dann geh ich sofort. Ich wusste nicht, ob es für dich in Ordnung ist, Emilia, ich hätte mit dir –«

»Kennst du die Geschichte vom Stalker?«, unterbrach Lorena sie, ohne auf ihre Worte zu achten.

»Vom Stalker?«

»Auf eurer Schule war einer, der einem Mädchen lange Zeit nachgestellt hat. Sie hat eine einstweilige Verfügung gegen ihn erwirkt, kennst du die Geschichte?«

Unsicher sah sie von einer zur anderen.

»Hast du das mitbekommen?«, fragte Lorena noch einmal mit Nachdruck.

»Ich habe ... ich darf nicht ...«

»Was darfst du nicht? Darüber sprechen? Also jetzt hör mir mal zu!« Tila war einen Schritt näher an sie herangetreten und verschränkte die Arme. »Du weißt ganz genau, wie viel du Emilia schuldest. Egal, was dir gesagt wurde – um nur ein kleines bisschen von der Scheiße wiedergutzumachen, die du angerichtet hast, solltest du jetzt endlich das Maul aufmachen!«

»Tila!«, zischte ich, doch sie achtete nicht auf mich.

»Sprich!«, fuhr sie Jasmin an, und die zuckte zusammen. Verängstigt sah sie mir in die Augen, fast schon bittend.

»Sag es uns«, stimmte ich Tila zu, »es ist wirklich wichtig, dass wir es erfahren.«

Weil sie immer noch nicht sprach, fügte ich noch hinzu: »An unserer Schule geht das Gerücht rum, dass es Luca war.«

»Luca?«, fragte sie ungläubig. »Garantiert nicht!«

»Aber wer war es dann?«

Sie sah auf den Boden.

»Es gibt einen Grund, warum es mir schwerfällt, euch das zu sagen.«

Ihre Stimme war sehr leise.

»Wäre es irgendjemand anderes, hätte ich sofort ... aber so ... Auch wenn einer etwas sehr Schlimmes getan hat, die Familie bleibt trotzdem irgendwie unantastbar, versteht ihr, was ich meine?«

Wir schüttelten die Köpfe.

»Die Familie?«, fragte Tila.

Als hätte sie eine Idee, atmete Lorena plötzlich laut ein. »War es ein Verwandter von dir?«, fragte sie mit großen Augen.

Jetzt sah Jasmin auf. Sie brauchte nichts zu sagen, wir wussten, dass Lorena ins Schwarze getroffen hatte.

»Hast du einen Bruder?«

Sie schüttelte den Kopf und in diesem Moment fiel es mir ein. Natürlich. Sie hatte keinen Bruder, das nicht.

»Sie hat einen Cousin«, sagte ich leise.

Jasmin sah zu Boden und atmete laut aus.

»Und wer ist dieser Cousin?«

Tila und Lorena wirkten verwirrt, doch ich war es nicht. Ich sah jetzt ganz klar. Jasmin brauchte nicht zu antworten, ich kannte die Antwort. Jasmins Cousin war Colin.

17

Jasmin nickte, anscheinend war Colin tatsächlich der Stalker. Bis vor einem Jahr ist er auf Jasmins Schule gegangen, doch bisher hatten wir uns nie gefragt, warum er die Schule wechseln musste. Irgendwann war er einfach da und über den Sport war er schon vorher mit unseren Jungs befreundet gewesen: mit Peter, Jonathan, Aaron, Marico. Sie hatten ihn sofort in unseren Freundeskreis integriert, nur wir sind nicht richtig mit ihm befreundet gewesen. Er war immer nur der Sportler-Colin, den wir nicht für voll nahmen, außer auf dem Feld.

Ganz früher, vor Jahren, bin ich einmal mit ihm befreundet gewesen, doch damals waren wir noch Kinder. Wir waren ganz andere Menschen als heute, an diese Zeit konnte ich mich kaum erinnern. Keine Ahnung, warum wir den Kontakt zueinander verloren haben. Wahrscheinlich einfach deswegen, weil er nach der Grundschule auf das Gustav-Freytag-Gymnasium gekommen war. Oder weil er irgendwann aufgehört haben muss, sein Hirn zu benutzen. Jedenfalls dachten wir bisher immer, er könne nicht bis drei zählen, er würde nur an seine Spiele denken, nur an seine Muskeln und garantiert niemals an mich. Ich musste mich an der Wand abstützen. Konnte das sein? Konnte Colin hinter alldem stecken? Warum sollte er so etwas tun? Ich kannte ihn kaum mehr, wir sprachen fast nie miteinander. Doch wenn ich jetzt darüber nachdachte, war es tatsächlich möglich. Er war mit mir im Deutsch- und im Mathekurs und natürlich ist er auch auf Peters Party gewesen. Jasmins Oma war genauso seine Oma. Wie sie könnte auch er das Internet in ihrem Haus benutzt haben.

Außerdem habe ich ihn ständig in der Stadt getroffen, mal am alten Rathaus, als die Nachrichten gerade erst angefangen hatten, mal im Klamottenladen, in den der falsche Marico uns geführt hatte.

Je länger ich darüber nachdachte, desto mehr fügte es sich zusammen. Er fiel mir so wenig auf, dass er sich ständig unbemerkt in meiner Nähe aufgehalten haben könnte. Außerdem ist er mit Marico befreundet gewesen. War es möglich, dass er ihm mehr von uns erzählt hatte, als ich es mir hätte vorstellen können? Von unserer Anfangsphase, von unseren ersten Fotos? Hatte er ihm so vertraut? Konnte es sein, dass Marico ihm unser Schwarz-Weiß-Video gezeigt hat? Hatte er ihm sogar von unserem Kuss im Garten erzählt? Oder hatte Colin schon damals in unserem Garten gestanden, versteckt hinter einem Busch, hatte er alles gesehen? Wie lange verfolgte er mich schon? Hatte er mich bereits im roten Kleid beobachtet, damals, im Klamottenladen, als ich es nicht gekauft habe? Er ist mir immer so egal gewesen, doch vielleicht war ich ihm nicht egal, schließlich hat er Marico sogar mit Jasmin bekannt gemacht. Möglicherweise ist zunächst das sein Plan gewesen: Marico und mich auseinanderzubringen. Und nun, als Marico gestorben war, wollte er mich sogar noch nach seinem Tod von ihm entfernen.

»Warum wollt ihr das wissen?«, fragte Jasmin jetzt.

Wir sahen sie nur an – von unserem Verdacht sagten wir ihr nichts. Vielleicht war all das ja auch nur ein Zufall. Er konnte der Stalker dieses Mädchens sein und mir trotzdem nicht nachstellen. Es war absolut kein Beweis. Hinzu kam, dass ich es nicht verstand. Was sollte er von mir wollen? Und worauf sollten all diese Andeutungen, diese Wahrheitsversprechen zielen?

»Er ist hier, oder?«, fragte Lorena jetzt.

»Ich hab ihn auch gesehen.«

Sofort rannten wir zurück in den Ausstellungsraum und kämpften uns durch die Herumstehenden. In einer Ecke stand Aaron mit Peter, in einer anderen Jonathan mit Viola und ihren Mädels. Ein paar Mal liefen wir quer durch den Raum, doch nirgends konnten wir Colin entdecken.

»Aber er war hier. Ganz bestimmt!«

Mein Handy vibrierte. Der falsche Marico hatte geschrieben: »Komm zur Hippiewiese, so schnell du kannst. Ich hoffe, dass du es dann verstehst.«

Ganz allein stand ich auf der Hippiewiese, auf der größten freien Fläche des Schlossparks.

Es dämmerte längst, und nirgends war ein Mensch zu sehen, nur die Mücken umzingelten mich. Ich musste noch warten. Den Feuerwerkskörper hatte ich in der einen Hand, in der anderen das Feuerzeug. Ich war bereit, bereit für Emilia, auch wenn die Enttäuschung über diesen Abend tief saß. Ich hatte ihn völlig anders geplant. Wenn ich das gewusst hätte, hätte ich Luca niemals von Maricos ach so schönen Fotos erzählt. Ich hätte nie laut überlegt, warum niemand sie ausstellt, um Marico zu gedenken, damit Luca genau diesen Vorschlag Emilia macht. Ich hätte unser Bild dort nicht hingehängt – viel zu nah an den Bildern vom falschen Marico. Ich hätte ihr meine Schrift nicht gezeigt.

Ich hatte so viel für sie getan. Ich wollte, dass sie mich bewundert, dass sie meinen Körper anziehend findet und mich auf dem Feld beobachtet. Ich hatte gehofft, dass es dann egal wäre, wie selten ich mich traue, mit ihr zu sprechen. Wie dumm ich wirke, wenn sie in meiner Nähe ist. Für sie hatte ich die Sache mit dem anderen Mädchen beendet und mich von der Schule werfen lassen, als mein Körper bereit für sie war. Als ich schön genug war, sportlich genug. Und um sie dann von Marico abzubringen, habe ich ihm Jasmin vorgestellt. Dass er einfach so verunglückt ist, hatte ich natürlich nicht geplant, aber es war perfekt. Das Problem war nur, dass Emilia trotzdem nicht aufgehört hat, um ihn zu trauern. Also habe ich ihn zurück in ihr Leben gebracht. Durch Marico sollte sie zu mir finden, zu ihrem echten Marico. Sie sollte sich an unsere Spiele erinnern, an das eine Spiel damals, an unser Lieblingsspiel. Sie sollte verstehen, dass ich seit unserer Kindheit ihr Marico gewesen bin. Ich hatte ihr so viele Tipps gegeben, ich hatte sie letztlich mit der Nase darauf gestoßen, doch sie verstand nichts.

Einen letzten Versuch würde ich noch machen, dann würde ich sie nicht mehr so sehr schonen. Dann hatte sie ihre Chancen verspielt. Sie musste doch wissen, wie allein sie in ihrem Haus war. Dass ihre Mutter sie seit dem einen Abend genauso verlassen hatte wie Emilia mich. Wer sollte das besser wissen als ich? Dass sie schutzlos war in diesem großen Haus, in ihrem großen Zimmer, allein in ihrem großen Bett. Wenn ich daran dachte, wurden meine Hände feucht. Es wäre leicht für mich, in ihr Haus einzubrechen und ihre Einsamkeit zu beenden. Sie hatte die Mutter verloren, obwohl sie noch lebte, irgendwo in Europa, sie hatte Marico verloren, der nicht mehr lebte, der nie wieder zurückkehren würde, aber mich würde sie wiedergewinnen. Spätestens heute Nacht. Sie hatte gar keine andere Wahl. Entweder sie entschied sich selbst für mich oder ich würde ihr diese Entscheidung abnehmen, heute noch. Ich lächelte. Es würde nicht mehr lange dauern, dann wäre sie hier. Nur noch wenige Minuten, das wusste ich. Ich stand leise da und lauschte in die beginnende Nacht hinein.

Irgendwann hörte ich sie dann: Schritte auf dem Asphalt, es waren mehr als zwei Füße, doch das war nicht wichtig. Ich hielt das Feuerzeug an die Zündschnur und die Rakete ging hoch.

Mit großen Schritten liefen wir auf die Hippiewiese zu, und noch bevor wir dort ankamen, stockten wir. Nur wenige Meter vor uns ging eine Feuerwerksrakete hoch. Sie leuchtete gelb, stieg auf, und weit, weit über uns knallte sie, zersprang in tausend gelbrote Funken. Erschrocken blieben wir stehen und starrten hinauf in den Himmel. Ich musste wieder an das letzte Feuerwerk denken, das ich gesehen hatte: bei Maricos Beisetzung. Es war das gleiche viel zu laute Knallen, die gleichen, traurig bunten Farben. Und dann spulten sich die vergangenen Feuerwerke rückwärts vor meinem geistigen Auge ab. Mit Marico auf fernen Feldern, in fremden Dörfern, in anderen Städten. Es knallte und funkelte so lange, bis wir wieder einsam auf dieser einen Wiese saßen, eng beieinander, so eng wie möglich, und uns küssten.

»Du beschissenes Arschloch!«, schrie jemand ohrenbetäubend laut in die Dämmerung, und erst als ich es hörte, merkte ich, dass es meine Stimme war, die da schrie. Dass es mein Körper war, der loslief, so schnell er konnte, zu der Stelle, an der die Rakete hochgegangen war. Im Rennen wurde die Wiese unglaublich klein, ich flog über sie hinweg und war plötzlich schon bei dem leeren Feuerwerkskörper angekommen. Nur noch eine verkohlte Hülle lag im Gras, weit und breit konnte ich niemanden sehen. Doch neben der Hülle lag noch etwas. Ich bückte mich danach und hob es auf. Es fühlte sich weich an, weich und schwer – ein großes Stück Stoff wie von einem teuren Handtuch. Ich breitete es aus und erkannte, was es wirklich war: ein Bademantel. Im schwächer werdenden Licht sah ich ihn kaum, doch ganz bestimmt war er blau. Ich wusste das, denn ich kannte ihn. Ich kannte ihn ebenso gut wie die Farbe des Lippenstiftes aus dem Kino, wie die Kerze auf meiner Terrasse, wie die Boxershorts und die rote Haarspange, die die Form einer Blume hatte. Genauso wie das blaue Kissen in der Kirche und das alte Bild von den Alpen. Ich kannte sie alle, sie und die Schrift auf dem Zettel. Colins Schrift.

Während ich dort mitten auf der Hippiewiese stand und auf den Bademantel starrte, in einer Nacht, die nie stiller sein könnte als kurz nach einem Feuerwerk, begriff ich es. Alles passte zusammen: Die Gegenstände vom falschen Marico erzählten eine Geschichte, eine, die ich seit Jahren nicht hatte hören wollen. Wahrscheinlich habe ich Colins Sprache deswegen nicht verstanden, ich wollte sie nicht verstehen. Doch jetzt musste ich, es war alles wieder da, mit einem Mal. Die Zeit, die Lorena und Tila brauchten, um bei mir anzukommen, reichte aus, um mich an alles zu erinnern.

Dieser eine Abend muss zehn Jahre zurückliegen. Der Abend, den ich so lange vergessen hatte. Es ist schön gewesen, ihn auszublenden, denn die Erinnerung an ihn drehte mir den Magen um. Damals war ich bei Colin zu Hause, wir hatten viel kürzere Beine als heute, kürzere Haare und fröhlichere Gesichter. Wir waren Kinder und spielten miteinander, so wie wir es ständig getan hatten. Damals waren wir beste Freunde und vielleicht sogar noch ein wenig mehr. Wenn wir Fangen spielten, fingen wir uns mit beiden Armen und schmiegten uns eng an den anderen. Wenn wir uns versteckten, dann nur zu zweit in dunklen Ecken. Und am liebsten spielten wir Gespenst. Als mir das wieder einfiel, stieg Galle in meiner Speiseröhre auf. Um mich zu erschrecken, warf Colin immer wieder ein großes weißes Bettlaken über sich, und mit einem lauten »Uuuh« lief er blind auf mich zu. Ich kreischte und rannte davon, doch immer nur so schnell, dass er mich noch einfangen konnte. Sobald er mich erreichte, warf er das Laken auch über mich. Hier sahen wir kaum etwas und zu zweit unter dem Laken konnten wir nicht weiterlaufen. Kichernd stolperten wir und fielen auf den Boden. Es war warm und dunkel mit Colin unter dem Bettlaken. Wir bissen uns auf die Finger, um nicht zu laut zu lachen, denn meine Mutter und Colins Vater, die irgendwo im Wohnzimmer saßen und Kaffee tranken, durften uns nicht hören. Sie sollten nicht wissen, was wir hier taten. Leise suchten wir das Gesicht des anderen mit den Fingern, ein Glucksen drang aus meinem Mund, und dann fand ich seine Stirn, seine Wangen, seine Lippen. Vorsichtig stießen wir mit den Nasen aneinander und schüchtern küssten wir uns auf den Mund.

»Aah, wie eklig!«, schrie ich lachend und stieß ihn weg.

»Selber eklig!«, hatte er geantwortet und sich auf mich gerollt. Jetzt musste ich noch lauter lachen. Ich stieß ihn herunter und rollte mich wiederum auf ihn, kichernd kämpften wir, das Bettlaken war längst von uns heruntergerutscht, und leise kullerten wir über den Fußboden. Bis wir etwas hörten. Fast gleichzeitig hielten wir inne.

»Da läuft Musik!«, sagte ich.

»Ja und?«

»Schöne Musik!«

»Findest du?«

»Wunderschön!«

Ich stand auf und lauschte ins Haus. Meine Mutter und Colins Vater hörten ein Lied, das ich mochte. Das eine Lied, auf das ich Jahre später zuerst mit dem echten und dann noch einmal mit dem falschen Marico tanzen würde. Doch damals ahnte ich noch nichts davon. Ich konnte nicht wissen, wohin die Musik mich noch an diesem Abend führen würde.

»Woher kommt das?«, fragte ich und öffnete Colins Zimmertür.

»Keine Ahnung«, sagte er und folgte mir. Lauschend liefen wir den Flur entlang, der Musik entgegen. Sie kam nicht, wie ich es erwartet hatte, aus dem Wohnzimmer, dort, wo die Erwachsenen sonst immer saßen. Sie kam aus einem anderen Raum. Leise stiegen wir die Treppe hinunter und gingen auf eine Tür zu. Wir fühlten uns wie Entdecker, es war ein weiteres Spiel. Das Haus wirkte auf uns wie eine rätselhafte Höhle mit tausend Gängen und in einem dieser Gänge erklang ein wundervolles Lied.

»Psst!«, sagte ich zu Colin und legte einen Finger auf meine Lippen, er nickte, wir wollten die Musik nicht stören. Ich öffnete die Tür, vorsichtig, langsam. Sofort wurde das Lied lauter, es gefiel mir so sehr, ich wollte mehr davon hören, also betrat ich den Raum.

Doch was ich darin sah, begriff ich erst heute,

erst jetzt, als ich auf der Hippiewiese stand und den Bademantel in den Händen hielt. All die Jahre hatte ich es nicht verstanden, schließlich hatte ich nie wieder darüber nachdenken wollen.

Colin und ich waren aus Versehen in das Schlafzimmer seines Vaters geschlichen. Über dem Bett hing ein blasses Foto von einem Alpenpanorama. Die Bettwäsche war blau und mit Blumen verziert, auf dem Nachttisch stand eine brennende Kerze, und über dem Bettpfosten hingen gemusterte Boxershorts. Meine Mutter lag auf den Laken, und sie trug nur noch ihre rote Blumenhaarspange, die ich so an ihr mochte. Ihr Haar war zerzaust und ihr verschmierter Lippenstift leuchtete rot. Schnell sprang Colins Vater auf und zog sich einen blauen Bademantel über. Er hastete auf uns zu.

»Raus hier!«, sagte er streng, und sofort gehorchten wir. »Was schleicht ihr hier rein?«, rief er uns noch hinterher, doch da hatten wir uns schon im Wohnzimmer hinterm Sofa versteckt.

Dies ist der letzte Abend gewesen, an dem meine Mutter mich zu Colin gefahren hatte. Bis zu diesem Tag waren wir ständig in seinem Haus, teilweise jeden Tag. Doch von nun an durfte ich Colin nicht mehr sehen. Er schrieb mir tausend Briefe mit kleinen runden Buchstaben, stark nach links geneigt, mit i-Punkten, die wie Striche wirkten. Meine Mutter erzählte mir, dass Colin sich verändert hätte und in der Schule die anderen Kinder schlug. Ich wollte ihm trotzdem antworten, doch sie verbot es mir. Dabei sah sie mir nicht in die Augen. Seit dem einen

Abend sah sie mich kaum noch an, während sie mit mir sprach – wenn sie überhaupt mal mit mir sprach. Vielleicht ist das der Grund gewesen, warum ich die Entdeckung im fremden Schlafzimmer so lange verdrängt hatte. Kurz darauf hatte sich meine Mutter für den Außendienst beworben. Einige Jahre ist sie allein unterwegs gewesen, in dieser Zeit wohnte ich mit meinem Vater in unserem großen Haus. Erst später, als ich auch mal allein bleiben konnte, schloss er sich ihr an. Ich hatte mich bisher nicht an den Grund für diese Entwicklung erinnern wollen. Daran, was ich über meine Mutter wusste und niemals hätte erfahren dürfen. Doch jetzt, durch Colins ekelhafte Schnitzeljagd, war alles wieder da. Er hatte die verdrängte Nacht zurück in mein Bewusstsein geholt.

Während ich hier stand, auf der Hippiewiese mit dem Bademantel in der Hand, konnte ich noch nicht näher über all das nachdenken: ob meine Mutter sich noch immer vor mir schämte. Ob sie Angst um ihre Familie gehabt hatte und mich deswegen allein ließ. Ob sie mir wirklich wegen der einen Nacht nicht mehr in die Augen sehen konnte und nur deswegen ständig auf Geschäftsreise war. Diese Fragen kamen erst viel später, erst jetzt, während ich all das aufschreibe.

Auf der Hippiewiese spürte ich nur, wie mein Mageninhalt hochkam. Ich beugte mich nach vorn und erbrach mich auf den grauschwarzen Rasen.

»O Gott, was hast du denn?«, fragte Lorena, die gerade eben mit Tila bei mir angekommen war.

Die beiden keuchten, aber ich antwortete nicht, ich würgte. Als mein Magen endlich leer war, wischte ich mir den Mund mit dem Bademantel trocken, ließ ihn an Ort und Stelle fallen und ging langsam über die Wiese in Richtung Stadt zurück.

18

»Gleich morgen früh zeigen wir ihn an«, sagte ich mit entschlossener Stimme, während ich in Lorenas und Tilas aufgerissene Augen sah.

Sie nickten.

»Sobald die Polizeistelle aufmacht!«, fügte ich noch hinzu, um die beiden ein wenig zu beruhigen. Sie konnten die Geschichte kaum glauben, die ich ihnen gerade erzählt hatte, sie würden noch einige Minuten brauchen, um es zu begreifen.

»Der ist krank«, flüsterte Tila immer wieder, »völlig krank, ein Psycho. Total der Psycho.«

Und Lorena sagte: »Wieso haben wir nichts gemerkt? Gar nichts? Das hätte ich ihm niemals zugetraut, nie im Leben.«

»Woher hat er überhaupt so viel über dich gewusst? Ich meine, er wusste sogar, dass ihr diesen Cannelloniauflauf so mochtet!«

Ich zuckte mit den Schultern.

»Er muss mich schon seit Ewigkeiten beobachten. Und vielleicht hat Marico seinen Freunden mehr über uns erzählt, als ich geglaubt hab. Schließlich wussten sie alle sogar von Jasmin! Ich kannte ihn wohl doch nicht ganz so gut, wie ich dachte.«

Dieser Gedanke war erschreckend, aber es sah so

aus, als müsste ich mich an ihn gewöhnen. Nach ein paar Monaten Beziehung lernt man den Freund nun mal besser kennen. Und in meinem Fall war das besonders schmerzhaft: Schließlich konnte sich Marico nicht mehr zu meinen neuen Einblicken in seine Entscheidungen erklären. Ich konnte ihm nicht mehr in die Augen sehen, während ich ihn näher kennenlernte.

»Und was ist mit dem DJ?«, überlegte Tila. »Es war doch ein Mädchen, das sich euer Lied gewünscht hat!«

»Er muss irgendeine, die Maricos und meine Geschichte nicht kannte, darum gebeten haben. Wer weiß, was sie dafür von ihm bekommen hat.«

Tila und Lorena sahen mich angewidert an.

»Du gehst jedenfalls nicht allein nach Hause!«, sagte Lorena mit aller Strenge, die sie in dieser Nacht noch aufbringen konnte. »Wer weiß, ob Colin heute noch was vorhat.«

»Nein«, antwortete ich. »Garantiert nicht. Ich fahre zu Luca.«

Überrascht sahen sie mich an.

»Jetzt noch?«

Ich nickte. Plötzlich hatte ich keinen größeren Wunsch, als mich auf mein Fahrrad zu setzen, um so schnell wie möglich an seiner Tür klingeln zu können. Ich wollte in seinem engen Zimmer ankommen und mit ihm im grauen Sofa versinken.

»Okay«, sagte Tila. »Aber wir bringen dich hin.«

Ich lächelte dankbar, ich hatte wirklich die besten Freundinnen auf der ganzen Welt.

Umständlich zog ich mein Handy aus der Tasche, und noch während ich Lucas Nummer suchte, beschloss ich, mir morgen ein neues Handy mit einer neuen Nummer zuzulegen. Er ging sofort dran.

»Wo bist du?«, fragte er mit besorgter Stimme.

»Lange Geschichte«, wich ich aus.

»Höre ich sie irgendwann?«

»Ganz bestimmt. Aber nicht heute.«

»Und was passiert heute?«

»Kann ich bei dir schlafen?«

Kurz war es still in der Leitung, Luca hustete.

»Aber, äh ... immer sehr gern! Natürlich, klar kannst du! Jetzt gleich?«

»Treffen wir uns bei dir?«

»Und deine Vernissage?«

»Kannst du mich bei Herrn Krämer entschuldigen und ihn bitten, die Veranstaltung für heute zu beenden? Sag ihm, mir wäre das heute zu viel geworden oder so.«

»Okay, kein Problem.«

»Danke, Luca.«

»Bis gleich.« Und ich konnte hören, wie er bei diesen Worten lächelte.

Tila und Lorena brachten mich zu Lucas Haus und warteten, bis er neben uns stand. Sobald sie um die Ecke verschwunden waren, küsste ich ihn. Viel zu schnell, sicherlich überrumpelte ich ihn völlig, aber ich konnte nicht anders. Ich nahm einfach sein Gesicht in meine Hände und zog es an mich heran. Seine Lippen schmeckten nach Kaffee und seine

Wangen rochen noch nach den Chemikalien aus dem Fotolabor. Wir sagten nichts, er umarmte mich nur, wir küssten uns nur, wir liefen die Treppe hoch, während wir versuchten, uns nicht loszulassen, wir stießen seine Tür auf und hinter uns wieder zu und landeten verknotet in seinem Bett. Er lächelte, ich lächelte, und gemeinsam verknoteten wir uns fester.

Mit jedem Kleidungsstück, das wir auszogen, fiel etwas von mir ab. Angst, Sorge, Wut und Traurigkeit, sie alle sammelten sich gemeinsam mit unseren Kleidern als bunter Berg auf dem Boden. Sie waren nicht völlig weg, das war mir klar, irgendwann würde ich sie wieder anziehen müssen, zumindest einen Teil davon. Aber für diese eine Nacht konnte ich mich aus ihnen herausschälen. In Lucas Armen, auf Lucas Bett fühlte ich mich plötzlich federleicht.

»Hast du das schon einmal gemacht?«, fragte er leise und grinste ein wenig, ich schüttelte den Kopf.

»Du?«

Jetzt schüttelte auch er den Kopf. Wir beide waren sehr vorsichtig, ein wenig schüchtern, es war schön, natürlich nicht richtig gut, aber das war egal. Wir lächelten die ganze Zeit, ich schwebte, und während ich mit ihm schlief, begriff ich, wie sehr ich mich in den letzten Tagen in Luca verliebt hatte. Dass ich es mir wegen Marico nicht hatte eingestehen können – nicht nur, weil er tot war, sondern vor allem auch, weil er noch immer durch mein Handy und durch meinen Computer gegeistert ist. Er hatte mich nicht losgelassen, und das ist der Grund gewesen, warum ich Luca nicht näher an mich heranlassen konnte. Jetzt, als Marico nur noch Marico war und der falsche Marico sich als Colin entpuppt hatte, als psychopathisches Kind unter einem weißen Bettlaken, fühlte ich mich plötzlich wieder frei.

Erst am nächsten Morgen erzählte ich Luca alles und die ganze Zeit über weinte ich. Als ich fertig war, liefen mir die Tränen nicht mehr stumm übers Gesicht, ich schluchzte, es brach laut aus mir heraus, und Luca hielt mich fest.

»Tut mir leid«, heulte ich, doch er schüttelte den Kopf.

»Kein Problem, das muss alles raus.«

Ich habe keine Ahnung, wie lange ich weinte, aber es war ein gutes Gefühl, mit jedem Schluchzen sogar noch besser. Als ich nicht mehr schluchzen konnte, als keine Tränen mehr aus meinen Augen traten, lagen wir trotzdem noch lange so da, sehr lange.

Irgendwann ging Luca ins Bad und ich folgte ihm. Auf dem Weg holte ich meine Kamera aus der Tasche, und als er vor dem Spiegel stand und sich selbst schief angrinste, hob ich sie vor meine Augen, um ihn einzufangen.

Das Foto war leicht verschwommen und die Farben sanft, nicht leuchtend. Ich hatte mich verändert, durch alles, was passiert war, das wusste ich. Doch manchmal ist eine Veränderung das Einzige, was einen retten kann.

Ich habe all das für uns beide aufgeschrieben, Marico, für dich und mich. Es ist mein Abschiedsbrief. Ich musste die Geschichte noch einmal erzählen, ein letztes Mal, um mit allem abzuschließen. Ich darf mir weder die Schuld dafür geben, dass meine Mutter mir seit meiner Kindheit aus dem Weg geht, noch für deinen Tod. Es ist nicht immer leicht, doch meistens weiß ich das. Das Schreiben hat mir geholfen, ich sehe jetzt alles ein wenig klarer. Dein Gesicht ist nicht mehr verpixelt, wenn ich an dich denke, es ist auch nicht mehr das eines Zombies. Es ist einfach nur deines und meine Erinnerung daran ist gestochen scharf.

Lieber Marico, du warst meine erste große Liebe, und ich werde dich niemals vergessen. Doch jetzt lasse ich dich los. Ich weiß, du verzeihst mir das, schließlich habe ich dir auch so einiges verziehen. Ich hab dir alles verziehen. Du wirst immer mein Marico bleiben, mein echter, egal was geschehen ist.

Deine Emilia.

Sicherlich wäre alles anders gekommen, wenn Emilia nicht diese furchtbaren Freundinnen gehabt hätte. Dann würde ich jetzt nicht hier sitzen, in dieser Klinik. Mich würde nicht täglich ein Psychologe besuchen, um über meine Gefühle zu sprechen, ich wäre nicht gezwungen, all das aufzuschreiben, um zu begreifen, wer ich wirklich bin. Doch Emilia hatte diese Freundinnen.

Nach meinem Feuerwerk glaubte ich, sie hätte es noch immer nicht verstanden. Schließlich hatte sie mich nicht angerufen, um meine Stimme zu hören. Sie hat meinen Namen auch nicht in den Park hinausgerufen. Sie ist einfach gegangen, zusammen mit ihren Freundinnen. Ich dachte, jetzt hätte ich alles versucht, und an allem, was nun geschehen würde, wäre sie selbst schuld. Langsam fuhr ich zu ihr nach Hause. Ich wollte ihr Zeit geben, sich von ihren Mädels zu verabschieden, die Tür aufzuschließen und sich allein ins Bett zu legen, ohne zu wissen, auf wen sie dort wartete.

Irgendwann kam ich dann bei ihr an. Ich schlich ums Haus herum bis zur Terrasse, denn die Hintertür war meistens offen. So auch heute. Es war kein Problem, ins Haus einzudringen, ich schaltete das Licht nicht ein, sondern steuerte auf die Treppe zu. Ich bin oft hier gewesen, allein, wenn Emilia bei ihren Freundinnen war oder in der Schule. Ich kannte mich auch im Dunkeln bei ihr aus, doch damit hätte ich nicht rechnen können. Plötzlich spürte ich einen harten Schlag auf den Hinterkopf. Als ich wieder zu mir kam, stand ein Polizist über mir, daneben Lorena und Tila, die mich böse anstarrten. Emilia war nicht bei ihnen.

Seit der Vernissage habe ich sie nur noch einmal gesehen: während der Gerichtsverhandlung. Sie war wunderschön mit ihren kalten Blicken und den warm-dunklen Haaren.

»Irgendwann sehen wir uns wieder«, dachte ich und hoffte, sie könnte meine Worte in sich spüren. »Sobald ich hier rauskomme, stehe ich vor deiner Tür. Oder am besten gleich in deinem Zimmer.«

Der Psychologe sagt, ich müsse sie loslassen, sie wäre nicht die Richtige für mich, doch er versteht nichts. Er *wollte, dass ich all das aufschreibe, um mich von Emilia und Marico zu verabschieden, doch das war keine gute Idee. Während ich es aufgeschrieben habe, fühlte ich mich mehr und mehr wie Marico. Ich sah die Welt in seinen Farben, ich wollte sie fotografieren und mir Locken wachsen lassen. Als Marico wollte ich Emilia aufs Bett ziehen und mich auf sie legen. Er hat eine Lücke hinterlassen und die wollte ich nun ausfüllen.*

Vielleicht hatte er es ja genau so gewollt. Schließlich hat er seine Geheimnisse mit Emilia nicht unbedingt für sich behalten. Er hat ständig von ihr geredet. Sogar, als sie es eigentlich noch niemandem erzählen wollten. Er hat mir von ihren ersten Küssen berichtet, von ihrem ersten »Ich liebe dich«, davon, wie weit sie gehen wollten, wie weit sie nicht gehen wollten, er fotografierte sie ständig und zeigte mir seine Fotos, er kochte mit ihr mein Cannelloni-Rezept und spielte mir stolz sein Schwarz-Weiß-Video vor. Weil er es so schön fand. Weil er sie so schön fand. Nur deswegen? Oder wollte er auch noch aus einem ganz anderen Grund, dass ich alles weiß? Wollte er, dass ich eines Tages, wenn die Zeit reif dafür wäre, seinen Platz einnehme? Weil er wusste, dass ich der viel bessere Marico sein würde?

»Colin? Sehen Sie mich an!«, sagt der Psychologe, wenn ich ihm davon erzähle, und ich sehe ihn an.

»Sie sind nicht Marico. Sie sind ein eigenständiger Mensch! Sehen Sie in den Spiegel.«

Und ich drehe mich um in Richtung Spiegel. Meine Haare wirken lockig und dunkel, meine Schultern schmal, obwohl ich ziemlich groß gewachsen bin. Ich zwinkere mir selbst zu.

»Sagen Sie es.«
Und ich sage: »Ich bin Colin.«
Doch das ist eine Lüge.

Danksagung

Die Stadt Gotha ermöglichte mir 2013 mit dem Kurd-Laßwitz-Stipendium, sechs Monate als Stadtschreiberin in Gotha zu wohnen und „Geliebte Angst“ zu schreiben. Für diese großartige Gelegenheit möchte ich mich ganz herzlich bedanken. Ohne sie wäre dieser Roman so nie entstanden, ich wäre niemals mit Emilia durch die hübschen Gassen Gothas geschlendert, wir wären nicht auf den Bürgerturm oder auf die Bühne des Ekhof-Theaters gestiegen. Ich bin froh, dass ich Gotha mit seinen realen und fiktiven Bewohnern kennen- und liebenlernen durfte. Danke schön an alle, die mich in dieser Zeit so herzlich aufgenommen und unterstützt haben.

Doris Bezler

Geisterfahrt

320 Seiten, ISBN 978-3-570-16306-1

Lisas Freundin Nadine ist verschwunden. Ihr Handy ist nicht zu orten, die Polizei findet keine Spur. Lisa ist verzweifelt. Hat dieser Herr Engel etwas damit zu tun? Ein mysteriöser Typ, von dem sich die Mädchen verfolgt fühlten – aus dessen Auto sie einst panisch geflohen sind. Oder etwa der nette junge Mann, der sie damals rettete? Da ereilt Lisa das nächste Grauen: Ihr kleiner Bruder Florian erzählt begeistert von seinem netten Schutzengel. Seit der ihn auf dem Schulweg begleite, fühle er sich sicher. Lisa beschleicht ein schlimmer Verdacht ... Plötzlich wird Nadine schwer verletzt und ohne Bewusstsein aufgefunden. War das das Werk ihres Schutzengels?

70007

www.cbt-buecher.de

Alexandra Kui

Stille Feindin

ca. 320 Seiten, ISBN 978-3-570-16275-0

Farina und Tami (beide 17) haben eines gemeinsam: Ihre Kindheit würden sie am liebsten aus dem Gedächtnis streichen. Als sie Freundinnen werden, hat Tami das Gefühl, sie hätten auf wundersame Weise schon immer zusammengehört, obwohl sie sich erst seit kurzer Zeit kennen. Und tatsächlich hat sich ihr Weg in der Vergangenheit schon einmal gekreuzt: Da ist etwas, was sie beide gleichermaßen betrifft. Ein Abgrund, der Farina unberechenbar macht – sogar für sich selbst.

20200

cbt

www.cbt-jugendbuch.de

Christina Stein

Stumme Angst

288 Seiten, ISBN 978-3-570-16265-1

Anna wird seit Tagen gefangen gehalten. Ihr Ex-Freund Natan hat sie jahrelang gestalkt, jetzt hat er sie in seine Gewalt gebracht. Was hat er mit ihr vor? Was ist sein dunkles Geheimnis? Liam fahndet verzweifelt nach seiner verschwundenen Freundin Anna. In ihren Unterlagen findet er acht Zeichnungen von Ex-Freunden. Liam beschließt, alle acht aufzusuchen, um jeden noch so kleinen Hinweis auf Annas Verbleib zusammenzutragen. Ein gewisser Natan steht auch auf seiner Liste ... Marie, Annas beste Freundin, hilft Liam so gut sie kann bei der Suche und kümmert sich rührend um den Verzweifelten. Aber nur sie weiß, was sonst keiner weiß: dass Natans und Annas Eltern einst bei demselben Autounfall ums Leben kamen.

cbt

www.cbt-verlag.de

20176

Birgit Schlieper

Böser Traum

ca. 320 Seiten, ISBN 978-3-570-16258-3

Die Entführung ist nur fingiert – doch, das, was für Charlottas Eltern geplant war, nimmt eine dramatische Wendung: Emilia landet nach einem Unfall schwerverletzt auf der Intensivstation. Und als sie aus dem Koma erwacht, erinnert sie sich nur unscharf an die in einer alten Fabrik eingesperrte Charlotta. Da zieht sie den jungen Pfleger ins Vertrauen. Aber warum ist sein Blick plötzlich so eisig? Und warum geht es Emilia, die doch eigentlich über den Berg sein sollte, von Tag zu Tag schlechter? Es beginnt ein Wettlauf gegen die Zeit. Denn nicht nur Charlotta schwebt in akuter Lebensgefahr ...

20165

cbt

www.cbt-jugendbuch.de
www.cbt-thriller.de

Christine Fehér

Schwarze Stunde

ca. 352 Seiten, ISBN 978-3-570-16081-7

Zwölfte Klasse, Studienfahrt. Eine Schülerin fehlt, als alle am Frühstückstisch sitzen: die gerade 18 gewordene Valerie, der man nachsagt, zwischen ihr und dem Englisch-Referendar Corvin Schwarze sei was am Laufen. Da kommt die Polizei in den Raum: Valerie wurde schwer verletzt gefunden – jemand hat sie von einer Klippe gestürzt. Aber wer? War es ihr Ex-Freund Manuel, der nie über die Trennung hinwegkam? Ihre Freundin Alena, die ihr die Heimlichtuerei verübelte? Die Klassenlehrerin Frau Bollmann, die selbst in Corvin Schwarze verliebt war? Oder etwa Corvin selbst, der nicht akzeptieren wollte, dass Valerie Abstand von ihm suchte?

cbt

www.cbt-jugendbuch.de
www.cbt-thriller.de

20096